I0647059

A. FERRET 1980

UN

HOMME HEUREUX

OUVRAGES

DE

MÉRY

PUBLIÉS DANS LA COLLECTION MICHEL LÉVY

———

———

Beaugency. — Imprimerie F. Renou.

UN

HOMME HEUREUX

— SAINT-PIERRE DE ROME —

PAR

MÉRY

MC

PARIS

MICHEL LÉVY FRÈRES, LIBRAIRES ÉDITEURS

RUE VIVIENNE, 2 BIS, ET BOULEVARD DES ITALIENS, 15

A LA LIBRAIRIE NOUVELLE

—

1866

Le livre que nous publions aujourd'hui a été écrit dans la dernière année du règne de Louis-Philippe, à l'époque où l'érection de Pie IX au pontificat attirait sur la ville éternelle tous les regards. C'est un livre d'études tranquilles et sereines sur cette ville qui n'a pas sa pareille dans le monde. M. Méry a visité Rome en 1834. Il allait porter les consolations de la poésie à l'auguste mère de Napoléon. Au palais de Rinuccini, le poëte se trouvait tous les jours avec le cardinal Fesch, et, par son intermédiaire, rien dans Rome n'a pour lui conservé ses voiles.

Amant passionné de la muse latine, en même temps qu'élevé dans le catholicisme du midi provençal, M. Méry étudia Rome sous son double aspect. Nul ne la connaît mieux que lui : il en remontrerait à un Trasteverin. Son pied a foulé le sable de toutes les ruines, son œil a lu toutes les inscriptions, et, en même temps poëte du XIXᵉ siècle, il a assisté en artiste et en croyant aux *funzioni* de la Semaine-Sainte.

Plusieurs fois dans ses livres il a parlé de Rome. Celui que nous éditons aujourd'hui est comme la préface de ce grand ouvrage qui a paru sous les titres de *la Juive au Vatican* et *Débora*. Unis ensemble, ils

1

forment le livre le plus complet et le plus vrai que nous ayons sur Rome et l'Italie. Si la *Juive au Vatican* et *Débora* ont paru avant *Saint-Pierre*, c'est au temps qu'il faut s'en prendre. Cependant tout ce qui touche à Rome est toujours si palpitant d'actualité, que nous ne craignons nullement qu'on nous adresse le reproche d'arriver un peu tard. S'il est une heure favorable aux livres de fantaisie, toutes les heures sont bonnes aux livres d'études, et celui-ci est de ceux qu'on lira toujours avec intérêt.

Outre les impressions personnelles, il contient des descriptions faites sur les lieux avec ce soin minutieux et cette exactitude jusque dans les moindres détails que M. Méry apporte dans tout ce qu'il fait. En outre, ce qui donne un puissant attrait à ce livre, c'est le personnage de ce portier romain dont M. Méry a dit dans la *Juive* :

« Le concierge du Vatican était aussi un vieillard » qui donnait l'idée exacte du juste ou de l'élu, types » créés par les livres saints ; il avait la conscience non- » seulement de son bonheur terrestre, mais encore de » son bonheur à venir, car il lui était impossible de » supposer qu'après sa mort saint Pierre, le concierge » du Paradis, refusât sa porte au concierge de Saint- » Pierre. La sérénité d'une aube de printemps rayon- » nait sur le visage de cet homme si heureux. »

Nous ne parlerons pas de ce qu'a d'original cette idée de voyageur, d'écouter les commérages d'un por-

tier romain, de les mettre en parallèle avec les commérages de ses confrères parisiens, pour en induire
une haute leçon de philosophie. M. Méry est de ceux
qui nous ont habitués aux conceptions ingénieuses.
Plus que personne au monde il déteste le vulgaire, et
quand on ouvre un de ses livres on est toujours sûr
de trouver quelque chose en dehors de la ligne commune. Ce concierge si bon, si heureux dans sa vieillesse sereine, est touchant et nous intéresse quand il
attend son ami le majordome dont il ne reçoit la visite
que deux fois l'an. Celui-ci, habitué aux grandes choses, se complaît dans cette visite ; il cause avec son vieil
ami, et les histoires qu'il lui raconte sont graves et
profondes, comme il convient à cette terre si féconde
et éprouvée par tant de secousses.

M. Méry a écouté ces histoires et les a mises dans
son livre. Ce sont des nouvelles écrites avec ce style
charmant, particulier à l'auteur, et elles suffiraient à
faire le succès de l'ouvrage. L'histoire de *Stefano
Vetelli* est effrayante dans ses péripéties et conso-
lante dans sa conclusion. C'est la plus longue du livre
et elle forme presque un roman complet. Avec ce
cadre, bien des auteurs de nos jours auraient écrit
plusieurs volumes. Mais M. Méry n'est pas de ceux
qui aiment à allonger indéfiniment leur sujet. Il se
plaît, au contraire, à le restreindre, se bornant au
strict nécessaire, afin que l'accessoire ne fasse point
oublier le principal. Il ne veut pas que le lecteur se

laisse séduire par le dramatique des événements, au point d'oublier le but vers lequel tend le récit. Si l'histoire de Stefano Vetelli a pris des proportions plus grandes que les autres, c'est qu'aussi la leçon qui ressort de cette histoire est plus élevée, et que pour la faire comprendre, il fallait montrer ce vieillard arrivé au faîte des malheurs humains, gravissant la haute coupole de Saint-Pierre pour se consoler au seul aspect de la grande martyre des nations.

Nous n'insisterons pas davantage sur ce livre. A la fois voyage et histoire romanesque, il se présente au lecteur avec ce double cachet. Autrefois ces livres étaient fort à la mode. Aujourd'hui on n'en fait guère plus. Pourquoi? C'est ce qu'un éditeur ne saurait dire. S'il est vrai cependant que de tout temps on aime à lire ce qui plaît, amuse et instruit en même temps, on lira *Un homme heureux* ou *Saint-Pierre de Rome,* et ce livre n'aura rien à envier à ses aînés.

G. B.

UN
HOMME HEUREUX

I

En voyage, on cherche ordinairement des ruines, des musées, des aventures, des distractions, des ennuis amusants; mais personne, je crois, ne s'est encore occupé de courir, en chaise de poste, à la découverte d'un homme véritablement heureux. Il est vrai que la lanterne de Diogène ne suffirait pas pour trouver cet atome dans la voie lactée humaine; il faudrait réduire aux proportions du microscope la grande lunette d'Herschell; et c'est probablement ce qui a découragé les voyageurs.

Un jour, je me promenais à Gênes autour du bassin de marbre, bordé d'aigles *essorants*, à la limite des jardins du palais Doria. Un pauvre lazzarone génois, le scapulaire sur la poitrine et pieds nus, dormait sur le gazon, dans une alcôve de citronniers en fleurs. La figure de cet homme annonçait une sérénité intérieure, qu'un

mauvais rêve n'aurait même pu troubler ; ses lèvres
avaient des mouvements réguliers et lents de respira-
tion ; il dormait comme un enfant au berceau.

A quelques pas du bassin, un Anglais, entouré d'un
immense attirail de peintre touriste, venait d'esquisser
sur toile une vue du phare, de la darse et du port de
Gênes, avec une lointaine perspective du golfe de Ligurie. Le travail terminé, il regardait çà et là dans le jardin avec une inquiétude irritée, de l'air d'un maître impérieux qui a perdu son domestique et qui lui prépare
une sévère admonition.

Ce domestique était un Italien, né comme tout Italien,
avec l'instinct des arts : il regardait la peinture anglaise
de son maître comme une insulte faite à la majesté d'un
paysage génois ; et chaque jour, après que son maître
avait dressé son chevalet en plein air, il s'esquivait et
allait rendre visite aux fresques, aux statues, aux églises
du voisinage. La veille, il avait ainsi passé deux bonnes
heures dans l'église de Carignan devant le saint Sébas-
tien de Pierre Puget, le sculpteur que les Marseillais, ses
compatriotes, ne purent jamais comprendre ; et, en ce
moment, pendant que son maître le cherchait de tous
côtés, embarrassé de son bagage artistique, il se promenait dans la galerie des Doria, où il admirait les fresques de Lucca Giordano et les statues de Philippe Car-
lone.

Le peintre anglais avisa tout à coup le lazzarone endormi, et donna un sourire au hasard qui lui envoyait
un domestique, et lui sauvait ainsi la honte de traverser
le faubourg, les remparts et la place de l'Annonciade,
avec un atelier de peinture sous le bras : il pressa du

bout de sa botte vernie le pied nu du Génois, et avec une langue et un accent qui eurent toutes les peines du monde à se faire italiens, mais que l'exhibition d'une pièce de cent sous traduisit clairement, il ordonna au dormeur de se lever et de porter son bagage à l'hôtellerie de Michel.

Le lazzarone ne daigna se réveiller que d'un œil, et mesurant à demi la taille du peintre et le volume du bagage, il laissa tomber nonchalamment de ses lèvres ces deux mots : *trop loin;* et il se rendormit.

En regardant ce lazzarone, on était convaincu que tout manquait à cet homme, et lui n'avait besoin de rien. Il possédait la mer, les jardins, les collines, le soleil, les églises, les palais de Gênes. Quand il avait faim, il se laissait nourrir par le curé métropolitain de San-Lorenzo; quand il avait soif, il s'abreuvait à la fontaine Saint-Christophe; quand il voulait dormir, il s'étendait au soleil ou aux étoiles, sur l'édredon des jardins du palais Doria, entre les doux murmures de la cascade et de la mer.

Malgré des apparences si belles, ce lazzarone ne me parut pas répondre complétement à l'idée que je me suis faite de l'homme heureux. Des dérangements pareils à celui que venait de lui faire éprouver l'Anglais artiste, devaient nécessairement troubler sa félicité. Il fallait donc chercher ailleurs.

Quelques mois après, en descendant du sommet du Mont-Quirinal à la fontaine de Trévi, à Rome, je vis une porte de jardin entr'ouverte, et qui semblait autoriser l'indiscrète curiosité du passant. J'aime les jardins de Rome, soit qu'ils se recueillent, avec modestie, entre

quatre murs grisâtres, devant une petite maison bour-
geoise, soit qu'ils se déroulent fastueusement pour continuer un palais, au bord du Tibre, entre le pont Sixte
et le pont Saint-Ange.

Le petit jardin que j'avais sous les yeux respirait cette
mélancolie charmante qui descend avec les heures du
soir dans les nymphées italiennes, pleines de petits bruits
de feuilles et d'eaux ; à travers les éclaircies d'une treille
où les pampres se croisaient avec la verdure des orangers, j'aperçus un homme jeune encore et qui souriait
à deux beaux enfants assis sur ses genoux, pendant
qu'une blonde petite fille, couchée sur un lit d'herbes,
effeuillait une fleur de *girasole* en fredonnant le refrain
de la *canzonnetta :*

Alla chiesa di san Martino
Per l'amor di Jesu bambino.

La mère divinisait ce tableau, en le contemplant avec
des regards remplis de toutes les pures tendresses du
cœur. Par intervalles, des éclats de joie enfantine et un
concert italien de syllabes mélodieuses se mêlaient aux
chants des oiseaux, à l'harmonie des pins et des fontaines, et alors, cette tranquille fête domestique, applaudie par toutes les voix de la nature, avait ce caractère de ravissement et d'extase sereine qu'emprunte, à
coup sûr, le bonheur dans ses trop rares révélations.

Un instant je crus avoir trouvé à la fontaine de Trévi
l'homme que je cherchais.

Hélas ! ce n'était encore là qu'un mirage de bonheur.
Cet homme, comme je l'appris ensuite, avait éprouvé, à
trente ans, une attaque de paralysie. Au moment où je

l'aperçus, il essayait de se distraire et de se consoler!

Sans me laisser décourager par ces divers échecs, je continuais mes promenades dans Rome, espérant bien que cet être si intelligent qu'on nomme le hasard viendrait à mon secours, si mon homme existait.

La recherche d'un extrait de naissance m'obligea, un jour, de faire une visite aux archives de Saint-Pierre et du Vatican. Il me fallait donc accomplir un véritable voyage dans ce labyrinthe chrétien, dans ce monde de marbre, de porphyre et d'or, dans cette huitième colline que la religion a ajoutée à la ville de Romulus.

Quand je vis pour la première fois la basilique de Saint-Pierre et les innombrables musées du Vatican, je fus frappé d'une idée anti-constitutionnelle que je soumets au jugement des artistes, et qui fera sourire le bon sens des législateurs.

C'est une simple supposition.

En 1847, un ministre de l'Intérieur monte à la tribune de la Chambre des Députés et parle ainsi:

« Messieurs, je viens soumettre à la Chambre une proposition : il s'agit de construire un monument digne du rang que la France chrétienne et artiste occupe dans le monde civilisé. Il faudra deux siècles pour le bâtir; nous épuiserons des carrières de marbre, de bronze, de jaspe, de porphyre pour le décorer; nous le peuplerons d'un monde de statues, dont la plus petite aura trente pieds de haut. Tous les grands artistes de l'univers sont appelés à ce chantier immense, et tous y trouveront leur gloire et leur fortune. Chaque tableau sera une mosaïque colossale, chaque fresque une insurrection de géants. La coupole de cet édifice s'élèvera comme une montagne de quatre cent trente pieds. D'innombrables colonnes encadreront le parvis de cette église, comme les seuls horizons dignes d'elle; deux fleuves jailliront de ses fontaines, et on lira, sur le stylobate de l'obélisque du milieu, cette inscription nationale :

GALLIA REGNAT,

GALLIA IMPERAT,

GALLIA AB OMNI MALO

ORBEM DEFENDAT.

« Pour arriver à ce magnifique résultat, il nous faut deux milliards et deux siècles, c'est-à-dire deux oboles et deux minutes de l'éternité. »

J'entends d'ici le rire fou des centres, de la gauche et de la droite qui accueillirent une semblable proposition.

L'infortuné ministre de l'Intérieur, coupable aujourd'hui d'un pareil discours, serait, séance tenante, violemment séparé de son portefeuille rouge, et conduit en chaise de poste à Charenton, où sa folie serait classée sous quelque nom nouveau, composé de deux mots grecs.

Fort heureusement, pour les grands artistes qui ont vécu depuis le pontificat de Jules II jusqu'à celui de Paul Borghèse, il n'y avait plus de rostres constitutionnels à Rome, lorsque Bramante et Michel-Ange ont fait ce rêve merveilleux; les papes ont compris les artistes et ont eu le sublime courage de leur venir en aide; l'Église indigente a réalisé ce que la première puissance du monde ne réalisera pas aujourd'hui!

Revenons aux archives de Saint-Pierre, fort difficiles à trouver sous la colline sculptée par Michel-
Ange.

Malgré mon horreur pour les renseignements, je m'a-
dressai enfin à un *San-Pietrino*, chargé de la conserva-
tion du tombeau de Clément XIII; et le chemin qui
mène aux archives me fut indiqué avec cette gracieuse
politesse qu'on retrouve à toutes les antichambres, chez
les familiers du Vatican. Je traversai une galerie sombre,
éclairée seulement par des reflets de portiques de marbre,
et laissant à droite la merveilleuse rotonde de la sa-
cristie de Saint-Pierre, qui, partout ailleurs, serait le
plus beau et le plus riche des temples, j'entrai dans la
vaste cour du séminaire, dont le bâtiment s'adosse au
flanc de la basilique. A l'extrémité d'un corridor, je
trouvai à main gauche, et sur le seuil d'une porte de
jardin, la loge du concierge, et c'est là que je demandai
à parler à M. l'archiviste.

Le concierge, qui allait devenir pour moi une connaissance intime, était un vieillard radieux et calme,
dont Rembrandt n'aurait pas voulu faire le portrait,
mais dont Claude Lorrain aurait volontiers reproduit la
figure, comme s'il eût peint un soleil couchant. Sur ce
visage de chérubin octogénaire, on ne voyait pas une
seule ride qui servît de date à un souci. Sa voix était
d'une douceur argentine qu'aucune tempête intérieure
ne paraissait avoir altérée; rien n'annonçait pourtant
que cette absence d'émotions dût être attribuée à une
grande simplicité d'esprit; ses yeux, quoique doux, pé-
tillaient d'intelligence, et son geste, combiné avec son
regard, était éloquent avant la parole.

La loge de ce concierge n'avait aucun rapport avec la cage humide d'un confrère parisien. Saint-Pierre, en découpant des montagnes de marbre, en a prodigué les rognures autour de lui, et le concierge même du séminaire du Vatican a tapissé sa loge avec des tentures de Carare. La fenêtre s'ouvre sur le jardin, un délicieux jardin qui s'est planté lui-même, et où croissent l'oranger, le figuier, le grenadier, au goût de la nature, moitié au soleil de la campagne de Rome, moitié à l'ombre sublime que lui verse la montagne ronde qu'un souffle de Michel-Ange éleva dans les airs.

L'archiviste était absent : il assistait aux fonctions de la Semaine-Sainte, à Saint-Jean-de-Latran, à l'autre bout de Rome; mais le vieillard concierge m'avait si vivement intéressé lorsque j'eus échangé avec lui deux ou trois phrases, que j'acceptai une chaise offerte, pour continuer mon entretien avec lui.

— Vous êtes donc dans votre famille, lui dis-je en continuant, attachés au service du Vatican depuis l'année 1523?

— Oui, monsieur, me répondit-il avec un sourire calme qui accompagnait toutes ses paroles; nous sommes *San-Pietrini*, par filiation, depuis le pontificat de Clément VII; et comme mes prédécesseurs ont tous été presque centenaires, j'ai entendu, dans ma jeunesse, raconter à mon aïeul ce que son père lui avait raconté sur le siége de Rome, en 1527. Il ne faut que trois hommes pour lier l'histoire de trois siècles; grâce à mes traditions de famille, il me semble que j'ai vécu en 1527, et qu'il m'a été donné d'être le témoin oculaire du plus grand événement qui ait désolé la chrétienté.

— Après l'invasion d'Attila, pourtant? lui dis-je avec un ton modeste de circonspection.

— Non, me répondit-il vivement, Attila était un conquérant païen, et le connétable un ravageur sacrilége. Sous le premier, Rome ne pleura qu'un malheur; sous le second, elle pleura un crime.

— Puisque vous avez été, pour ainsi dire, témoin oculaire de ces épouvantables événements, toujours oubliés ou si mal racontés par les historiens, veuillez bien me donner quelques-uns de ces détails qu'on ne trouve pas dans les livres.

— Venez avec moi, s'il vous plaît, me dit le concierge.

Et il entra dans le jardin.

Du point culminant où nous nous trouvions alors, tout le côté trasteverin de la ville se déroulait devant nous, depuis le *Monte-Mario* jusqu'au pied du mont Janicule. Les hauts édifices du Vatican nous dérobaient le château Saint-Ange qui a joué un si grand rôle dans le siége de 1527; mais à défaut de cette immense rotonde, complément si majestueux de tout paysage romain, nos regards couraient de coupole en coupole, et tous ces dômes ressemblaient à une constellation de planètes réfléchissant le soleil; notre horizon aérien était borné, avec une solennité incomparable, par des arches d'aqueducs qui apportent un fleuve à la fontaine de Paul, sur le sommet de *San-Pietro-in-Montorio*, atelier sublime où Raphaël peignit et déposa la Transfiguration du Thabor.

— Le 6 mai 1527, jour de sang et de crimes, dit le concierge, le connétable, monté sur un cheval superbe

et revêtu d'une armure toute blanche, se montra de ce
côté-là, sous vos yeux, à la porte San-Spirito; avec lui
était Franisberg, qui commandait les Luthériens, tandis
que les Espagnols s'avançaient sur la Via Julia. Les deux
chefs, chargés de la défense de Rome, étaient, comme
vous le savez (je ne le savais pas), Renzo et Horace Ba-
glioni, deux hommes inhabiles, qui n'avaient pas remarqué une brèche pratiquée au mur d'enceinte, là,
devant vous, dans les jardins du cardinal Ermellino. Les
bandes espagnoles entrèrent par cette brèche, au moment où un brouillard épais couvrit la campagne et la
ville. Renzo, qui se trouvait à la porte Torrione, aperçut le premier les Espagnols, et s'écria : *Voilà les ennemis! sauve qui peut!* et il donna l'exemple en courant au
château Saint-Ange, où il se réfugia. C'est ainsi que
Rome fut envahie à huit heures du matin, aux cris de :
Vive l'Espagne! Tue! tue! Le soir, la ville n'offrait, dans
tous ses quartiers, que des tableaux de dévastation, de
pillages, de violences, d'incendie et de mort. On vit alors
ce que nos ancêtres n'ont pas vu avant Attila et Gensé-
ric. Rien ne fut respecté, ni les monuments anciens, ni
les monuments nouveaux. L'armée du connétable se par-
tagea sa monstrueuse besogne : les Espagnols s'attaquè-
rent aux débris encore debout de la civilisation païenne,
pendant que les lansquenets luthériens de Franisberg en-
traient dans les églises, pillant et dévastant tout. Ce qui
périt dans ces jours de désolation, Dieu seul le sait!
mais Rome gardera longtemps le souvenir de ce pillage
et de cet incendie!

Je remerciai le concierge de cette leçon d'histoire qu'il
me donnait en passant, et je lui demandai la permission

de lui rendre quelques visites pendant mon séjour à Rome, ce qui me fut généreusement accordé.

Le vieillard descendit avec lenteur de l'observatoire naturel où nous étions placés pour suivre les mouvements de l'armée impériale; il continuait de regarder avec des yeux humides les tableaux évanouis depuis trois siècles, et dont il se croyait réellement le contemporain, grâce à une filiation toujours vivante d'intérêts domestiques et de merveilleux souvenirs.

L'âge de cet octogénaire perdait de même, pour moi, sa valeur numérique; je l'écoutais parler, comme si j'avais eu pour interlocuteur un chêne séculaire dans quelque apologue de Ménénius Agrippa. Aussi je me proposai bien de visiter une seconde fois la loge de ce concierge, surtout avec l'espoir de terminer, sur cet horizon tranquille, mon voyage à la découverte d'un homme heureux; exploration négligée par les navigateurs du détroit de Behring et du pôle Nord.

II

En quittant le *concierge du Vatican*, après cette première visite, et me retrouvant sur la grande place, au milieu de laquelle, entouré de ses fontaines jaillissantes, se dresse l'obélisque de Fontana, un instant j'hésitai à m'éloigner; il me semblait que cette journée devait être achevée dans la grande basilique du monde chrétien. Les chants de l'office du soir n'avaient pas encore cessé;

je n'avais qu'à soulever la grande natte qui couvre les portes, et les notes graves et sévères de la mélopée antique seraient arrivées à mes oreilles.

Mais ma pensée avait besoin de repos et de distraction. Les paroles empreintes d'une si haute sagesse que m'avait dites l'heureux vieillard du Vatican, revenaient en foule dans mon esprit, et me faisaient rechercher la solitude et le silence, amis de la méditation. A Saint-Pierre, tout encombré de monuments, de chefs-d'œuvre sans nombre, j'aurais été dérangé sans cesse par cette multitude d'étrangers accourus de tous les points du monde, ayant depuis longtemps choisi cette semaine pour visiter Rome. Saint-Pierre devient alors un lieu de perpétuel rendez-vous. On l'envahit à toute heure; on le fouille dans tous les sens avec l'aide du cicerone, et chaque tombeau, chaque chapelle retentit sans cesse de la voix du *San-Pietrino* explicateur.

Dans cette foule, il ne pouvait y avoir de place pour moi. Je m'acheminai donc vers l'église plus solitaire de *San-Pietro-in-Vincoli*. Là, dans un tombeau sculpté par la main puissante de Michel-Ange, repose Jules II : c'était ce qui m'attirait à Saint-Pierre-aux-Liens. Le divin Buonarotti devait bien, après sa mort prématurée, un peu de marbre à ce Julien de la Rovère, éternel batailleur, qui, dans ces heures si occupées pour la plus grande gloire de la puissance pontificale, trouva toujours le temps d'appeler à lui les artistes, de les protéger, de les encourager, de les pousser à faire des œuvres immortelles qui illustrassent à jamais dans les âges cet heureux moment de la Renaissance.

Le tombeau de Jules II est dans la sculpture une de

ces œuvres magistrales comme il en sortait toujours du ciseau de Michel-Ange. Il suffit de les nommer pour qu'aussitôt tous ceux qui aiment les arts se les rappellent. Ils les ont vues, sinon avec les yeux, du moins dans les dessins qu'en ont rapportés toutes les générations d'artistes qui sont venus chercher des modèles dans la ville sainte. Ce n'était pas la première fois que je contemplais ces magnifiques pierres tumulaires; mais jamais elles ne m'avaient paru plus grandes, plus dignes d'admiration. Il y avait quelque jours à peine qu'à Florence j'avais visité le sarcophage dans lequel dort pour l'éternité Laurent de Médicis, que ses contemporains avaient surnommé le *Magnifique*. Dans ces jours heureux, les Médicis de Florence, les riches praticiens de Venise, les souverains-pontifes et tout ce qui avait quelque puissance en Italie, se disputaient l'honneur et la gloire d'être les protecteurs éclairés des arts et des artistes. Tout homme alors qui se sentait illuminé par un rayon de la flamme divine n'avait qu'à venir vers les uns ou vers les autres, il était toujours sûr de trouver un appui. Bien plus, toutes ces puissances rivalisaient de zèle, cherchant à enlever aux autres ses artistes, et de là pour ceux-ci, afin de contenter tant de généreux protecteurs, naissait la nécessité de se multiplier et de réaliser l'impossible. Le marbre, l'airain, la toile, les murs prêts à recevoir la fresque furent prodigués; mais les artistes avaient toujours du travail et du génie à mettre au niveau de cette bienveillance. Quand Michel-Ange faisait jaillir du bloc le *Moïse* qui est à San-Pietro-in-Vincoli, *Il Pensiero* qui est sur le tombeau de Florence, ou le *Bacchus* qui est à Venise, il payait largement et royalement cette faveur

de la puissance accordée à l'art. Les autres ne firent
pas plus que le Florentin Buonarotti défaut à leur tâche.
Tous, à cette époque heureuse, ils mirent à enfanter des
chefs-d'œuvre une furie d'émulation que ne verront
plus les siècles, parce que les Farnèse, les Médicis, les
Borghèse, les Julien de la Rovère ont emporté dans leur
tombe la pensée sublime qui les guidait!

Voilà ce que me disait Jules II sous sa pierre, et j'é-
coutais, saisi d'une sainte terreur, cette voix qui parle
du sépulcre. Vers le soir, le tombeau de San-Pietro-in-
Vincoli revêt des teintes à demi effacées, et cependant
lumineuses encore, grâce à la blancheur du marbre.
Elles donnent une espèce de vie fantastique à ces figures
grandioses, et, par moments, on est tenté de croire que
l'ombre de Jules II va dépouiller ces voiles mortuaires,
briser la pierre qui le couvre et s'élancer vers le Vatican,

La nuit me surprit pendant que j'errais autour de ces
marbres sacrés, et les ténèbres épaisses qui emplirent la
vaste nef m'annoncèrent qu'il était temps de me retirer.
La lampe du sanctuaire brillait comme une étoile solitaire dans cette nuit. Mais tout aux alentours était
ombre et silence.

En rentrant dans la ville, je retrouvai le bruit.

Le lendemain, samedi de la Semaine-Sainte, au moment où la cloche de Saint-Pierre, muette depuis deux
jours, se réveillait au chant du *Gloria in excelsis*, tandis
que l'artillerie du fort Saint-Ange saluait le gonfanon
pontifical arboré au Vatican, je traversais, obscur pèlerin, la place de la basilique, toute couverte par les populations des campagnes.

On voyait arriver, bannières au vent, par la rue de
Borgo-Nuovo, qu'on ne peut regarder sans que la pensée
se reporte sans cesse au tableau que l'*Incendie* a inspiré
à Raphaël, les jeunes filles d'Aricia, de la Storta, de Su-
biaco, de Bagna-Cavallo, et celles d'Albano et de Tibur,
portant des gerbes de lis comme les bergères de Virgile,
lilia quassans, et toutes revêtues de ces costumes éblouis-
sants qui semblent copier les mosaïques des jardins italiens, à la première lune d'avril. En suivant de l'œil
cette procession de jeunes villageoises sous la courbe
des colonnades, on croyait voir tournoyer un arc-en-
ciel dans le brouillard humide qu'élèvent aux nues les
deux fontaines du Vatican.

Ce magnifique spectacle ne me fit pas oublier mon
ami de la veille, le concierge du séminaire et le rendez-
vous que je m'étais donné chez lui. Je trouvai le vieillard
dans son jardin, où il était occupé, comme Horace, à
regarder la neige du mont Soracte, qui se fondait au
premier sourire du printemps; *gratâ vice veris, et fa-
voni*. Ma seconde visite prenait un caractère de curiosité importune qui pouvait blesser un vieillard cénobite,
habitué à l'isolement. Pour me mettre tout à fait à mon
aise, je lui exposai mon scrupule avec une franchise
dont il parut être touché.

— Oui, monsieur, me dit-il, je sais que dans le monde
on a toujours besoin de quelqu'un pour vivre : ceux qui
viennent du monde me l'ont affirmé, autrement je n'en
aurais rien su. Je n'ai qu'un ami, c'est Mateo; mais je
ne le vois que deux fois dans l'année, la seconde fête
de Pâques et de Noël. Cela nous suffit à tous deux. Il est
vrai que Mateo demeure bien loin d'ici.

— Dans quelque village de la campagne romaine? lui dis-je avec un ton interrogatif très-modéré.

— Oh! non, de l'autre côté de Saint-Pierre, chez le majordome du Vatican.

— C'est-à-dire, dans la même maison.

— Oui, mais quelle maison! me dit-il en souriant; avec les pierres de cette maison vous pourriez bâtir une ville.

— C'est vrai. Cependant, lui dis-je, vous devez avoir, dans Rome, des connaisances ou des affaires qui vous obligent à des excursions beaucoup plus longues.

J'avais dit ces paroles en donnant à ma voix toutes les douceurs des mélodies italiennes. Depuis la veille j'étais tellement habitué aux surprises, je marchais d'étonnements en étonnements, que je me défiais sans cesse de moi. Je cherchais du moins à m'assurer toujours la bienveillance de mon interlocuteur.

Le concierge me regarda fixement, et s'il m'eût laissé sans réponse, sous l'impression de ce regard étrange, toute ma vie aurait été employée à chercher le mot de l'énigme partie, comme un éclair, de ses yeux.

— Eh, monsieur! me dit-il après un moment de silence, — qu'irais-je faire à Rome ou ailleurs? Probablement j'irais y chercher une chose qui me manque ici. Rien ici ne m'a jamais manqué.

— Vous n'êtes donc jamais sorti?

— Jamais. Pourquoi chercher le mal, quand on est au milieu du bien? Courir le monde, c'est critiquer sa maison.

— Mais il me semble, — lui dis-je timidement, du ton d'un homme qui n'est pas bien sûr d'avoir raison,

— il me semble qu'on peut courir le monde pour s'instruire, et voir les choses qu'on n'a pas chez soi.

— Monsieur, me répondit-il avec une fierté douce,— il y a un orgueil chrétien qu'il m'est permis d'avoir, et qui me fait croire victorieusement que tout ce qui est hors de cette enceinte ne mérite pas la peine d'être vu. La curiosité est naturelle à l'homme, je le sais; mais elle ne s'exerce que de bas en haut ; elle ne descend pas.

Cette réponse me surprit et suspendit quelques instants notre entretien. Le concierge du Vatican se promena dans son jardin, arrangeant ses orangers, pendant que mon esprit se laissait aller à la sagesse des paroles sorties de ses lèvres.

Nous qui sommes habitués à entendre parler nos concierges, nous sommes prêts à révoquer en doute les traits d'intelligence élevée qui sortent de la bouche d'un homme d'infime condition. Quant à moi, je n'étais nullement surpris de toutes les choses qui me furent dites en ce jour par le concierge du Vatican, même lorsqu'il atteignait les hauteurs de l'éloquence. Au Vatican, sous le soleil de Rome, dans le voisinage des merveilles des beaux-arts, l'Italien, naturellement impressionnable, se donne à lui-même une éducation d'artiste, et s'exprime, en paroles de feu, avec le secours d'une langue mélodieuse, doux écho du latin. J'ai rapporté, dans le premier livre où j'ai rendu compte de mon voyage d'Italie, quelques phénomènes de ce genre, pris dans la classe la plus obscure du peuple romain moderne. L'imagination, la poésie, l'éloquence, ces filles du Tibre et du soleil, n'ont pas déserté la ville des poëtes et des orateurs. Le temple de Cybèle est détruit, mais la flamme de Vesta brûle toujours, purifiée par la foi, elle se rallume aujourd'hui, chaque année, au *Lumen Christi* du Samedi-Saint.

— Oui, poursuivit le concierge en revenant vers moi, mon univers est ici. Je ne connais pas d'autre horizon, pour mes yeux ou mes pieds, que la colonnade de Saint-Pierre. Ailleurs est le néant. Je vous l'ai dit, je suis plus vieux de deux siècles que mon âge. J'ai donc assisté à toutes les seules grandes choses qui ont été faites, et qui ont passé devant le seuil de ma maison. Ces souvenirs sont mes livres; ces histoires sont mes entretiens éternels.

Il s'arrêta à ces mots, se tut quelques instants, comme pour se recueillir; après quelques minutes de silence, il reprit d'une voix émue :

— Puisque vous êtes revenu me voir aujourd'hui, c'est qu'aucune affaire, comme vous dites, ne vous retenait dans Rome. Une idée bonne vous a conduit auprès de moi; vous cherchez une instruction ici, écoutez-moi donc avec attention, et suivez le fil de mes idées. J'ai le droit de vous parler ainsi, ajouta-t-il avec un sourire.

Et, après un nouveau silence, il s'exprima en ces termes :

« — Vous savez ce qui arriva dans notre pays lorsque le neveu de Cimabué, venu de Constantinople après la victoire de Mahomet II, peignit la seconde des madones avec la naïveté du pinceau byzantin? Le peuple des campagnes, vieillards, jeunes gens et jeunes filles, semèrent des fleurs et brûlèrent l'encens sur la route triomphale où passa le divin tableau. La naissance de la peinture fut saluée par un long cri d'enthousiasme dans les vallons et sur la crête des Apennins. Le même cri trouva le même écho, lorsque Palestrina entonna les versets du *benedictus* et que,

dans une langue mélodieuse encore inconnue, il pria le
ciel d'*éclairer les hommes assis à l'ombre de la mort*; lorsque Giotto, l'élève de Cimabué, en même temps qu'il
peignait les fresques divines de l'église Santa-Croce,
éleva la merveille de son Campanile entre le baptistère
de Ghiberti et le dôme de Brunelleschi et d'Arnolpho.
Ces beaux jours ne sont pas éteints; je pourrais vous
conduire jusqu'à ces temps derniers en vous énumérant
une série non interrompue de chefs-d'œuvre; toujours
un nom nouveau remplaçait le nom qui venait à s'éteindre; la palette et le ciseau tombant d'une main défail-
lante étaient ramassés par une main jeune et robuste ; et
aujourd'hui l'enthousiasme pour ces beaux-arts, qui
sont la glorification de Dieu et de la noblesse de l'homme,
est encore vivant au fond des mœurs; tout digne enfant
de Rome s'associe par la pensée à ces premiers triom-
phes ; il sent sa poitrine qui se soulève et son sang qui
bat plus vite au souvenir de cette grande rénovation, et
il comprend qu'il sort de cette race d'ardents néophytes
qui ont divinisé la peinture, la mélodie et l'architecture sur le sol italien.

» Chaque jour, en jetant les yeux autour de moi, un
angle lumineux de tableau, une note grave montant de
la chapelle Sixtine, une perspective de portique, un clo-
cher lointain, me reportent au berceau de nos merveilles;
et ces souvenirs, sans cesse évoqués dans mon esprit
par les images voisines, entretiennent une fête conti-
nuelle dans mon cœur. Je me mêle au cortége pieux qui
accompagne la madone de Cimabué à la chapelle des
Ruccellaï; qui applaudit Palestrina sur le parvis de
Sainte-Marie-Majeure, ou le statuaire Lucca della Rob-

bia, ciselant sur la pierre, à Santa-Maria-Novella, le premier modèle des vierges de Raphaël.

» Mon aïeul a entendu, ou pour mieux dire, j'ai entendu des entretiens sublimes, là, tout près d'ici, sous les arcades de ce Vatican, les interlocuteurs se nommaient Léon X, Jules II, Paul III, Bramante, Michel-Ange, Raphaël ; les grands-prêtres de Dieu et les grands-prêtres des arts, association sublime, comme il ne sera plus donné à l'homme d'en voir sur cette terre ! Les Pontifes disaient aux peintres :

« — Voilà des portiques, des voûtes, des coupoles, des galeries, des pans de murailles gigantesques ; voilà les carrières de Saravezza, si vous craignez que celles de Carrare s'épuisent ; le marbre est aussi blanc et d'un grain aussi pur ; voilà toute une mine de bronze, détachée par les Barbares de la rotonde du Panthéon ; prenez tout ce monde au chaos, animez-le de votre souffle, et créez. Appelez à vous tous ceux qui peuvent vous seconder dans votre œuvre : les artistes voluptueux de la Campanie-Heureuse ; les artistes sévères qui continuent, à Florence, l'œuvre de Ghirlandaïo et de Fiesole ; les artistes de la forme, qui se lèvent à l'horizon des lagunes de Venise ; les artistes méditatifs qui racontent la vie de Pie II, sur les fresques de Sienne ébauchées par le Sanzio, et que tout ce peuple travailleur, animé de la sainte furie des beaux-arts, accourt de tous les points de l'Italie à l'atelier du Vatican. »

» Ainsi parlaient les Pontifes, et les artistes écoutaient avec recueillement ces augustes paroles. Ils prirent cette Rome qu'on leur donnait ; ils la visitèrent dans toutes ses profondeurs ; ils y établirent partout d'immenses

ateliers; ils la transformèrent, et bientôt une Rome nouvelle surgit à la place de celle qu'avaient mutilée les
Barbares.

» Car à la voix de Bramante, de Michel-Ange, de
Raphaël, les peintres, les sculpteurs, les statuaires, les
ciseleurs, les architectes, les mosaïstes arrivaient à
Rome : c'était l'invasion de l'art après l'invasion de la
barbarie. Aussitôt notre basilique écrasa du pied le Cirque de Néron, au sommet du Vatican. Le bronze
d'Agrippa s'arrondissait sur l'autel de Saint-Pierre ; la
mosaïque couvrait le parvis ; l'or, les plafonds ; le
marbre, les murs; Raphaël peignait les Loges et l'incendie du Bourg ; Michel-Ange, un ciseau d'une main, un
pinceau de l'autre, animait la pierre et la fresque. La
villa d'Adrien, fouillée par les mains des pontifes, leur
rendait mille chefs-d'œuvre, l'héritage de Rome
païenne ; et le Vatican ouvrait ses galeries à ce peuple
de marbre enseveli par les fossoyeurs d'Attila.

» Cette sublime fièvre du travail a duré deux siècles,
là, sur ce sol, qui est la grande artère du monde chrétien. Jamais à aucune époque de l'histoire des nations,
deux siècles ne furent mieux employés : ces antiques témoins l'attestent auprès de nous ; la statue de Jupiter
dans la basilique, et l'obélisque égyptien sur le parvis,
l'Hercule Farnèse et le Démosthène qui sont l'ornement
de nos Musées »

Le vieillard s'arrêta, et son visage prit une expression
séraphique. Il écoutait le concert aérien des trois cents
cloches de Rome, qui accompagnaient l'*Angelus* et l'*Alleluia* du Samedi-Saint : c'était l'heure de la prière.

Il me salua par un geste amical, mais sans m'adresser une parole. Je ne regardai donc pas son geste, comme un adieu définitif, et je sortis du jardin avec l'espoir d'y rentrer bientôt. Surtout je brûlais de connaître ce Mateo, le voisin et l'ami du concierge, et d'assister à l'entretien des deux vieillards. Au lieu d'un seul homme heureux, j'allais, sans doute, en trouver un second. Il y avait de quoi me défrayer largement de mon voyage de six jours, à pied et à jeun, à travers les Apennins.

Je dois même l'avouer, à cette heure j'avais oublié toutes les souffrances et les fatigues de la route, et s'il m'avait fallu recommencer cette noble et pénible pérégrination, sans balancer un instant, j'aurais renoué la sandale à mes pieds et remis dans mes mains le bâton du voyageur.

A mon retour vers la ville, en traversant la basilique de Saint-Pierre, j'entendis le dernier verset des offices, accompagné par l'orgue, dans la chapelle du chœur. Le cierge pascal venait d'être posé sur un chandelier, à côté de la statue de sainte Véronique, et sous les pendentifs du dôme où Michel-Ange a incrusté les quatre évangélistes. Les fidèles puisaient l'eau de Pâques, devant la cuve baptismale qui fut le tombeau d'Othon. Une colonie innombrable d'Anglais et de Russes tourbillonnait, avec tout le luxe et le fracas mondain, devant l'autel où l'officiant, *fléchissant le genou*, venait de prier *pour les païens et les schismatiques*, *pro ethnicis et schismaticis*. De rares pèlerins, le bourdon à la main, coquilles au col, et les sandales blanchies par la poussière de Jérusalem, traversaient la foule hérétique pour s'agenouiller devant la statue de l'Apôtre qui tient les clefs du ciel ;

tandis qu'au dehors, sur la vaste place, des milliers de voitures armoriées stationnaient devant la double colonnade en attendant les pèlerins millionnaires de Londres et de Pétersbourg.

Les propriétaires de ces riches voitures se rencontrent partout à Rome durant la grande semaine. On les reconnaît à la suffisance de leurs manières qui ne respecte rien, et traite le temple auguste où se célèbrent les plus saints des mystères, comme un salon de West-End ou de Moscou. Pour eux, les cérémonies pascales de Saint-Pierre sont un spectacle comme un autre auquel ils accourent pour se donner quelques jours de distraction. L'irrévérence de ces étrangers me choquait partout, mais surtout dans Saint-Pierre où ils s'établissent comme dans une hôtellerie. Là se font des reconnaisances bruyantes entre amis également ennuyés et qui ne se sont pas vus depuis longtemps. La voix haute et claire, ils lancent aux échos des paroles étonnées de résonner sous ces voûtes augustes, et souvent le tumulte de leurs conversations nuit à la sainteté des offices. Heureusement Rome est la plus tolérante des villes. Rien ne saurait troubler l'auguste majesté de ses prêtres quand ils ont revêtu le vêtement sacré. Absorbés par la prière, ils n'entendent pas le bruit autour d'eux. Mais nous étions stupéfaits de cette absence de respect et, malgré moi, mes réflexions se portaient sur les jours écoulés, et je me disais :

Au temps de la foi, une armée de pèlerins entrait à Rome pour assister aux cérémonies de cette semaine. C'étaient des pauvres chrétiens qui, regardant cette terre comme une vallée de larmes et cette vie comme un pèle-

rinage, s'en allaient par les Abruzzes ou les Apennins ,
les uns du midi, les autres du septentrion, dormant sous
des tentes ou à la belle étoile, buvant l'eau des sources,
mangeant le pain de l'aumône, plus amoureux d'indul-
gences que de richesses; et ils envahissaient Rome,
dans les Ides de mars, passant devant les hôtelleries
sans s'y arrêter; n'ayant d'autre toit qu'une voûte d'é-
glise, d'autre lit que la pierre nue de quelque ruine
païenne, arrosée du sang d'un martyr.

Aujourd'hui, il faut être millionnaire et protestant pour
être pèlerin; il faut apporter sur le paquebot une calèche
blasonnée avec une famille de serviteurs vêtus comme
des maîtres; il faut entrer à Jérusalem, le jour des Rameaux, sur un quadrige, pour obtenir l'*hozanna* des Lucullus de la place d'Espagne et du *Corso*, qui donnent à
manger à ceux qui ont faim et à boire à ceux qui ont
soif, à raison de vingt guinées par jour, selon le précepte de l'Évangile anglican.

Dans ce tourbillon de lords, de philosophes millionnaires, de podagres touristes, de publicains athées qui
viennent se célébrer eux-mêmes dans la semaine-sainte
de Rome, il y a toujours, perdu comme un grain de blé
sur une aire vide, quelque pauvre poëte, riche seulement
d'imagination et chargé du bagage de Bias; quelque fou,
ayant foi dans l'absurde comme saint Augustin, et qui
s'en va frapper à la porte d'un artiste pour lui demander
l'hospitalité. Ce pèlerin est toujours un Gaulois baptisé,
un fils de Brennus ou de Victor; il passe à travers la
ville, le front haut devant les Pharisiens de l'Europe, la
tête inclinée devant les temples; il regarde du haut de
sa foi tout ce monde misérable qui vient demander à

Rome l'aumône d'une émotion, et qui a cousu une frange d'or à son manteau d'ennui.

III

A la veillée du soir, nous causions entre amis, et aux pensées d'art se mêlaient dans ces entretiens les pensées religieuses que Rome en ces grands jours inspire aux plus indifférents. En Italie, à Rome surtout, il est impossible de séparer l'art de la religion. Quiconque a dans sa main serré une palette ou un ciseau, a bien pu, à certaines heures de sa carrière, chercher ailleurs que dans les légendes bibliques les images rêvées par une fantaisie vagabonde; mais les plus grands, les plus immortels chefs-d'œuvre, si l'on pouvait dire ce mot, ont toujours été inspirés par les drames merveilleux du christianisme. Soit que dans les galeries Vaticanes on s'arrête à la *Transfiguration* de Raphaël, à la *Communion de saint Jérôme* du Dominiquin, soit que, dans le temple même, on pense aux statues colossales de saint Pierre, des anges, de sainte Véronique, de la Mort, ou qu'on erre autour des tombeaux de Clément XIV ou de Paul III, toujours, en présence de ces toiles ou de ces marbres divins, on n'aura garde de regretter ou l'*École d'Athènes* ou le *Démosthène* du Musée des antiques.

Le soir de ce samedi, après avoir quitté l'heureux vieillard du Vatican, je me promenais avec un peintre

2.

de mes amis sous les grands pins de *Monte-Pincio*, et il me disait :

« — Avec ses goûts mercantiles et ses tendances industrielles, notre époque est mauvaise à l'art et aux artistes. Qui nous redonnera les jours de foi naïve, ces jours où l'on ne discutait pas, où l'on ne dissertait pas, mais où l'on travaillait! Alors on n'était point habile avec la parole, mais avec la main. Alors on avait moins de goût peut-être, mais le goût chasse la grandeur; le goût craint tout ce qui est en dehors des proportions ordinaires. Il faut user de longues années et beaucoup d'hommes de génie pour qu'on s'accoutume à reculer les limites des conventions établies. Quel peintre de nos jours oserait rêver, seulement rêver, de renouveler les prodiges d'audace et de force que Michel-Ange avec une liberté sans égale a semés partout aux lambris de la chapelle Sixtine! Et puis, si quelqu'un le rêvait, où serait le gouvernement, où serait l'homme riche et puissant qui tendrait une main fraternelle à l'artiste? Où sont les papes? ou sont les Médicis, les Farnèse, les Aldobrandini, toute la noblesse de Venise, de Rome, de Gênes, de Florence!...»

Et mon ami se tut. Devant nous s'étendaient les magnifiques lignes des horizons de la campagne romaine. Notre œil, depuis la pyramide de Caïus Sextus jusqu'à la tour de Cécilia Metella, depuis la rotonde d'Antonin-le-Pieux jusqu'au mausolée d'Adrien, notre œil pouvait suivre tous ces dômes, tous ces clochers, tous ces monuments gigantesques dont les silhouettes sombres se découpaient sur l'azur lumineux du firmament.

— Voyez, me dit le peintre, comptez si vous le pouvez les pierres amoncelées dans cette immense enceinte.

Toutes portent avec elles une pensée pieuse et artistique. En est-il de même de toutes celles qui se remuent
aujourd'hui avec tant de bruit et de fracas dans les immenses chantiers des deux mondes ?

— Mon ami, la plupart de vos idées, lui répondis-je,
sont aussi les miennes. Je regrette vivement ces grands
siècles écoulés qui nous ont enfanté tant de merveilles
avec leur foi et leur immense amour du travail; je regrette ces légions d'artistes qui surgissaient de partout
pour ramasser le pinceau ou le ciseau des mains d'un
maître et continuer son œuvre. Cependant je ne vois
pas l'avenir aussi triste et aussi sombre que vous. Ce
beau passé que je regrette me fait espérer que les grands
siècles ne sont pas éteints sans retour.

Il secoua mélancoliquement la tête sans m'interrompre. Je continuai :

— Croyez-moi, malgré son matérialisme, notre époque a des côtés artistiques qui la feront grande dans le
jugement des temps à venir. Jamais peut-être la flamme
intellectuelle n'a brûlé tant de cerveaux. Chaque jour
produit une merveille. Voyez le livre, par exemple...

— Oh! ne mêlez par le livre à tout ceci. Je le sais,
jamais l'homme avec les seules ressources de son esprit
et de son imagination n'a tant osé et n'a tant accompli
que de nos jours. Le livre de ce temps est grand entre
tous et jamais littérateurs plus nombreux ne livrèrent
à la publicité tant de belles œuvres. Mais la peinture,
mais la statuaire sont en arrière. Et ce n'est pas la faute
des artistes, c'est la faute du temps qui est mauvais. Devant la toile ou le marbre, l'artiste est en même temps
ouvrier ; il fait son œuvre avec son habileté manuelle

d'abord; puis quand la flamme divine l'envahit, jette du
feu dans ses veines , cette habileté devient du génie et
alors il travaille pour l'immortalité. Eh bien ! à cet ouvrier quand il s'appelle Michel-Ange ou Raphaël, il faut
ouvrir les carrières de Saravezza et de Carrare et lui permettre d'en disposer en maître; il faut livrer des pans de
murs gigantesque en lui disant d'y étaler ou l'histoire
de Psyché, ou les hauts faits de quelque pape ou le
triomphe de Galathée. Aujourd'hui le marbre coûte très-
cher, personne ne le donne, et le pauvre artiste n'a souvent pas l'argent nécessaire pour payer le bloc qui sous
sa main deviendrait un chef-d'œuvre. Et quant au pinceau, qui donc aujourd'hui cultive la fresque sublime ?
qui commande des plafonds pour ses palais ?... Je vous
le dis, cette indifférence de l'argent pour l'art élevé est
la mort de la grande peinture murale; nous en serons
bientôt réduits aux toiles de chevalet, comme la statuaire, pour vivre, aux figurines de plâtre !

» Ne croyez pas, ajouta le peintre après une pause, que
je veuille médire de ces manifestations de l'art. Un chef-
d'œuvre n'a pas de dimension. Mais il devrait être permis à tous d'écrire leur grande page. Tous les peintres
ont fait des tableaux de chevalet, tous, même cette pieuse
génération d'artistes qui s'est succédé au *Campo-Santo*
de Pise jusqu'à ce que les quatre murs du cloître aient
été épuisés dans toute leur longueur, tous, même ce
fougueux Orgagna, dont on ne saurait oublier les terribles figures quand même on vient de voir celles de Buonarotti.

— Je les connais, lui répondis-je ; et vous avez raison : je ne connais qu'un peintre au monde qui égale

Orgagna pour inspirer la terreur, c'est l'Allemand Holbein.

— Eh bien ! mon ami, je connais des toiles d'Orgagna qui ne sont pas plus grandes que les tableaux flamands de vos Musées, et ce n'est pas celles que je prise le moins haut. Maintenant voulez-vous que je vous raconte une anecdote à ce sujet qui court dans nos ateliers ?

— Racontez, mon ami; je vous écouterai jusqu'à demain.

Nous nous promenâmes encore quelques instants en silence; puis mon jeune peintre reprit la parole en ces termes :

— Orgagna, comme tous les artistes de son temps, était pauvre. Il vivait de peu et travaillait beaucoup. La foi le soutenait. Cependant il avait une nombreuse famille et souvent la gêne la plus absolue était à la maison. Alors sa femme, douce et bonne créature, s'approchait de lui et lui présentait ses enfants qui avaient faim. Orgagna avec sa sérénité habituelle nouait de grosses sandales à ses pieds, prenait sa palette et ses pinceaux et s'acheminait vers la ville. Il habitait un petit village aux environs de Pise.

Un jour, il venait d'achever ses cartons du *Jugement dernier*, auxquels il travaillait depuis longtemps, lorsque sa femme, son dernier-né dans les bras, s'approcha silencieuse pour lui donner le baiser du matin. Orgagna comprit ce silence et ces larmes. Il serra les cartons en paquet, mit dans sa main le bâton ami du voyageur et partit.

L'Église aussi était pauvre, et souvent, quand elle commandait ces travaux gigantesques qui font aujour-

d'hui sa gloire, elle ne savait pas comment elle rétribue-
rait l'artiste.

Orgagna arrive à Pise, et bientôt il est devant le prêtre auquel il a promis le *Jugement dernier*. C'était un
auguste vieillard à la longue barbe blanche, amaigri
par les jeûnes et les macérations, mais dont l'œil ardent
montrait la haute intelligence.

— Mon père, dit le peintre, voici les cartons que vous
m'avez demandés.

— Asseyez-vous, mon fils, reposez-vous ; puis nous
verrons votre travail.

Quelques instants après les cartons étaient déroulés,
et le prêtre n'avait pas assez d'éloges à donner à l'artiste.
Toutes ces figures si diversement groupées devant le juge
suprême et éternel, le Christ vengeur sur sa nue, les
anges sonnant du clairon, les chœurs des élus, les groupes des damnés, les prophètes et les sibylles excitaient
l'enthousiasme pieux du saint homme, et il les voyait
déjà resplendir d'une auréole immortelle sur les murs
de son Campo-Santo. Le peintre écoutait ces éloges avec
bonheur et il était fier de les avoir mérités. Il ne pensait
plus alors à sa femme et à ses enfants qui n'avaient pas
de pain, et il reprit la route de son village le cœur
joyeux, mais sans argent.

Cependant il avait faim. Depuis la veille il n'avait pas
mangé. En passant devant une auberge, son estomac
cria si fort qu'il entra et demanda à manger.

L'hôtelier était un de ces aubergistes de grand chemin, habitués à reconnaître les gens sur leur mise. Il
devina le peintre du premier coup d'œil et en même temps
comprit qu'il n'avait pas d'argent, chose fort rare alors.

N'importe, il servit à l'artiste un festin de roi ; car une idée, une idée sublime, avait subitement germé dans sa tête.

Orgagna oublia tout devant les mets qu'on lui présentait, il oublia même sa femme et ses enfants qui avaient faim, et pendant qu'il mangeait comme un homme à jeun depuis la veille, toutes ses pensées étaient au Campo-Santo et au Jugement dernier.

Vint enfin le terrible quart d'heure qui existait alors comme aujourd'hui, quoique Rabelais ne lui eût point encore donné son gai nom de baptême. Orgagna devint triste après avoir dévoré ce succulent repas; il le devint plus encore quand il vit l'hôtelier s'approcher de lui avec une politesse obséquieuse.

— Votre seigneurie ne désire pas autre chose ? demanda l'hôtelier.

— Rien, répondit l'artiste.

Et ce rien fut accompagné d'un soupir étouffé qui ressemblait à un remords.

— C'est qu'il ne faut pas vous gêner ici, continua l'aubergiste. Considérez ma maison comme la vôtre; et si vous n'avez pas d'argent pour me payer, vous me rendrez un petit service en échange de celui que je vous ai rendu en apaisant votre faim et votre soif.

— Puis-je être assez heureux pour vous rendre un service, mon ami? Parlez, quel qu'il soit, je suis prêt.

— Seigneur, vous êtes peintre ?

— Vous le voyez, j'ai mes pinceaux et mes couleurs.

— Eh bien ! il y a longtemps que je désire avoir une

enseigne parlante, pour en orner la façade de ma maison. Une enseigne attire toujours les voyageurs.

— S'il ne faut pas autre chose pour vous rendre heureux, vous le serez bientôt.

— Dieu soit loué! seigneur peintre.

— Mais il me manque une toile; n'avez-vous pas une planche rabotée par là ?

— Voilà un tronc d'olivier; mais il faudrait l'équarrir.

— Vite, arrangez-le, et apportez-le moi.

Quelques instants après, Orgagna, près de la fenêtre, arrangeait les couleurs sur sa palette. En jetant les yeux dans la cour, il aperçut un âne qui broutait un chardon sur le bord du fossé. C'était une de ces belles et intelligentes bêtes, au poil d'un noir luisant, comme on n'en rencontre qu'en Italie.

— Voilà mon sujet! dit Orgagna, et la planche ayant été apportée, il se mit à l'œuvre avec une ardeur qui doubla les heures, et bientôt son travail fut achevé.

Alors l'artiste se souvint de sa femme et de ses enfants. L'hôtelier était auprès de lui, le remerciant chaudement. Nulle phrase ne pourrait exprimer son bonheur.

— Mon ami, lui dit le peintre, j'ai une femme et des enfants qui ont faim, comme j'avais moi-même quand je suis entré dans votre auberge. Ils vivent de mon travail et habitent dans le village qui touche le vôtre. Ne pourriez-vous pas leur envoyer quelque chose de tout ce qui abonde ici, et je doublerai votre enseigne ?

— Oh! seigneur peintre, commandez ici, et vous serez obéi.

Et il appela ses domestiques, qui emplirent des pa-

niers de provisions et allèrent consoler la pauvre femme
et les enfants qui étaient dans les larmes.

Pendant ce temps, Orgagna avait retourné la planche
d'olivier, et il faisait une seconde édition de l'enseigne :
A l'*Ane broutant*. L'aubergiste et lui devinrent amis, et
depuis lors rien ne manqua plus au ménage de l'artiste.

L'enseigne d'Orgagna a décoré pendant trois siècles
la façade de cette auberge de village. Elle y est encore,
dit-on ; mais on dit aussi qu'il y a quelques années un
de ces Anglais annuyés, comme on en rencontre partout
en Italie, passant par ce village, a vu la vieille peinture. On lui a raconté l'histoire que je viens de vous
raconter moi-même. Alors il a voulu posséder à tout
prix cette relique vénérable. La famille ne voulait pas
s'en dessaisir. Elle considérait son enseigne comme un
palladium qui devait préserver éternellement la maison
de tout malheur. Mais l'Anglais s'est obstiné. Il était
étonné de trouver chez les Italiens une telle résistance
aux volontés et aux moyens ordinaire des succès britanniques. Il a offert de couvrir deux fois d'or cette ensci-
gne. Tant de richesse ne luit pas impunément aux yeux
des pauvres gens, surtout quand elle se révèle tout à
coup. On a trouvé un biais, et les héritiers de l'aubergiste hospitalier se sont enrichis en gardant l'*Ane broutant*. On a scié en deux la planche, et pendant que
l'Anglais emportait une des deux peintures, l'autre restait toujours pour indiquer le chemin de l'auberge aux
voyageurs.

— Voilà mon histoire, ajouta le peintre ; maintenant
je ne recommencerai pas mes lamentations sur notre
temps. Ces anecdotes rassérènent toujours l'esprit aigri.

Il se fait tard. Séparons-nous, nous avons beaucoup à voir demain.

— Oui, demain il faut être sur pied à l'aube ; il faut que le carillon de l'*Angelus* matinal nous trouve debout et prêts pour ce grand jour.

Nos mains serrées amicalement furent notre dernier adieu. La ville éternelle dormait depuis longtemps.

IV

La physiologie d'un simple concierge paraît, au premier abord, une étude de peu d'importance ; mais, dans l'optique où notre scène se déroule, les moindres choses prennent de larges proportions. A Saint-Pierre, l'humble hysope a la tige du cèdre, et ce préteur romain qui, selon le vieux proverbe, dédaignait les petits détails, n'aurait pas inventé son *de minimis non curat prætor*, vingt siècles après, dans son prétoire du mont Vatican. C'est qu'il y a sur ce coin de terre des leçons de philosophie inconnues aux enseignements du Portique et du cap Sunium, et qui se déduisent des faits sans traverser le labyrinthe ténébreux du raisonnement humain.

Nous sommes au 29 mars, jour de Pâques de l'année 1834. Cent vingt mille étrangers envahissaient Rome. La ville n'avait jamais vu un pareil concours de Barbares depuis l'inauguration du théâtre de Marcellus, sous le mont Capitolin.

Mille idiomes se croisaient et choquaient leurs consonnes bruyantes dans les rues, dans les auberges, sur les places, dans les églises. Rome était subitement redevenue la capitale du monde. Toute terre, toute mer, tout fleuve avait envoyé son représentant à cet immense congrès, et dans cette invasion d'Anglais, de Russes, de Hongrois, d'Allemads, de Bulgares, d'hommes venus de toutes les contrées d'Asie ou d'Amérique, parlant tous les dialectes barbares, il n'y avait qu'une chose rare, le Romain. Les mélodieuses syllabes italiennes résonnaient fort peu aux oreilles du passant, tandis que les sons rauques et gutturaux, les aspirations bruyantes de la Tamise, du Danube, de la Newa, retentissent de toutes parts. N'eût été le soleil italien qui dardait ses chauds rayons sur nos têtes et les édifices chrétiens que nous avions sous les yeux, j'aurais cru volontiers à une députation de Babel.

Ce même jour, il n'y avait que silence, néant et deuil dans les hôtels et les palais des beaux quartiers de Londres et de Liverpool; nobles millionnaires et millionnaires bourgeois venaient de déserter leurs babylones de carton anglais. L'herbe commençait à poindre à Port-land-Place, devant la colonne du duc d'York, ou autour de l'hippodrome de Hyde-Park, sur le seuil des colonnades d'ordre pœstum. Tout ce monde, pour lequel le Pérou a monnayé l'or et l'ennui, était à Rome; il assistait à la Semaine-Sainte, et le soleil, qui est trop haut placé pour avoir de petites rancunes, éclairait généreusement l'orgueilleux étalage de voitures exotiques en bruyante circulation depuis la villa Borghése jusqu'à la place de Venise. Le *Corso* ressemblait au Strand; il ne manquait aux deux extrémités que Temple-Bar et Charing-Cross.

L'observateur stationné au café *Del Giglio*, à l'angle
de la place Antonine, pouvait examiner tous ces voyageurs au lent défilé de leurs calèches découvertes. C'é-
tait une succession de figures mélancoliques agitées
seulement par le roulis des essieux. Le premier rayon
du printemps, la fête du ciel et de la ville, la splendeur
des grandes perspectives romaines, la tour du Capitole
qui regarde le Corso, la vénérable colonne d'Antonin,
rien ne donnait un sourire de surprise, une contraction
de joie intérieure à ces visages de mathématiciens pé-
trifiés.

Par intervalles, un anneau de cette chaîne d'attelages
se détachait, vers la *Via delle Murate*, pour se perdre
dans les profondeurs de la cité des ruines. Ces déser-
teurs du Corso allaient rendre une visite de cérémonie
au Colysée, au temple d'Antonin, à l'arc de Titus, à la
colonne de Phocas, à quelque cirque enseveli sous les herbes. Chemin faisant, on ramassait un cicerone endormi devant l'arc de Septime Sévère, et on stipulait un prix, en parlant italien avec les doigts, pour payer convenablement
l'explication de trois ruines. Les visiteurs, en rigoureux
costume de bal, s'avançaient d'un pied délicat comme
des funambules, sur les arêtes de lichen qui recouvrent
une loge de panthère ou une chaise curule de sénateur;
et arrivés sur la terre ferme, ils prenaient avec un dan-
dysme superbe des poses de comte Dorsay, pour écouter le discours italien d'un cicerone qui parle hébreu
aux Anglais touristes. Les trois ruines payées, on remontait en calèche devant l'église de Sainte-Françoise, au
bout du Forum.

Ces visites sont de bon ton; aussi aucun sujet britannique n'y manque en parcourant l'Italie. Ils vont à une ruine, comme ils iraient à un raout ou à un club de *gentleman*. Visiter est un devoir pour eux, mais ils n'emporte pas avec lui l'obligation de sentir et de comprendre.

Ce même jour, après avoir rejoint mon amis, le jeune peintre de l'école française, nous prîmes ensemble le chemin des ruines. Il y avait longtemps que nous avions projeté cette excursion. Il est des choses qu'on aime à visiter en certains jours : ainsi les ruines. Il semble qu'alors tout le passé dont elles sont les derniers témoins se réveille tout à coup et se dresse devant vous comme une apparition fantastique.

Le cadavre de la Rome antique doit être visité par les chrétiens de notre âge le jour de Pâques. Il faut que le pied se heurte à ces derniers vestiges d'un monde écroulé, pendant que l'esprit rêve, il faut que l'oreille entende le son lointain de la cloche chrétienne, et que l'image du Dieu ressuscité plane sur cet immense néant.

Puis, le jour de Pâques, pendant que la foule se porte à Saint-Pierre, les ruines sont solitaires et la solitude est amie des grandes pensées.

Or, ce même jour, je rencontrai sur les ruines du cirque de Romulus ; à la lisière gauche de la voie Appia, deux de ces nobles étrangers qui viennent profanément assister à la Semaine-Sainte. Il n'y avait point de cicerone avec eux. Ces messieurs lisaient l'inscription latine placée au bout de la *Spina*, et qui annonçait emphase que le cirque de Romulus appartenait au banquier Torlonia, ce qui aurait fort contrarié Romulus s'il avait pu le prévoir.

L'un de ces étrangers me fit l'honneur de s'approcher de moi, et m'adressa cette brusque question, sans préambule aucun :

— Qu'est-ce que c'est, ça ?

— Ça, lui répondis-je, c'est le cirque de Torlonia.

— Écrivez: Cirque de Torlonia, dit-il à l'autre qui avait une mine de secrétaire; et, se retournant vers moi, il ajouta :

— Qu'est-ce que c'était, Torlonia, un ancêtre du banquier ?

— Un consul romain.

— Écrivez : consul romain... A quoi servait ce cirque ?

— A des courses de chevaux, comme celles de New-Market et d'Epsom.

— Ah!.. Et qu'est-ce que ces voûtes noires ?

— Elles servaient d'abri contre le soleil aux parieurs.

— Très-bien !... On pariait beaucoup ?

— Cinq *sesterces*, cent livres sterling.

— Le *sesterce* valait donc ?

— Vingt livres.

— Écrivez la valeur du sesterce... Monsieur, je suis très-content.

Et, sans autre remerciment, il ouvrit son *desk*, en tira un petit marteau, cassa un morceau de marbre de la *Spina*, enveloppa de papier la relique et la serra précieusement.

Je restai longtemps dans le cirque de Romulus, en me donnant des airs d'antiquaire érudit pour exciter de nouvelles interpellations britanniques. Le jeune peintre riait bruyamment de ma patience et m'assurait que c'était fini. Il connaissait les Anglais mieux que moi. Le *gentleman*, après avoir traversé le cirque dans toute sa longueur, dit quelques mots impératifs à son secrétaire, et presqu'aussitôt je vis s'approcher l'élégant attelage qui les emporta vers la ville.

J'ai passé bien des fois devant le cirque de Romulus, et je n'ai jamais vu que ces deux étrangers; c'étaient les plus érudits, entre leurs cent mille compagnons de voyage.

Cette rencontre rendait ma promenade aux ruines impossible. Tant de grotesque chasse promptement les idées sérieuses. D'ailleurs nous avions perdu un temps précieux et nous aussi nous étions appelés à Rome.

Mon ami me quitta sur la place de Saint-Pierre, pendant que j'entrai dans la basilique pour ma visite quotidienne.

En arrivant chez mon vieux concierge, je lui parlai de la fastueuse inscription de M. Torlonia ; il me répondit d'abord par ce sourire habituel dont il accablait, avec bienveillance, toutes les choses de ce bas-monde ; puis il ajouta :

— Je ne connais pas cette inscription, par deux raisons: je n'ai jamais vu le cirque de Romulus, et je me soucie fort peu des inscriptions profanes. Rome est, dit-on, remplie d'inscriptions magnifiques, composées par les souverains-pontifes ; mon ami Mateo les sait toutes par cœur, et c'est par lui que je les ai apprises dans nos entretiens de Pâques et de Noël.

Les papes ont mis un juste orgueil à signer de leurs noms tout monument élevé de leurs mains, quelle que fût l'importance de ce monument. Le même pontife qui

écrivait l'admirable *Christus regnat* sur l'obélisque de
Fontana, ne dédaignait pas d'abaisser sa truelle d'or sur
la plus obscure des fontaines de Rome, et d'y graver ces
deux mots charmants: *Sitientis providentia*. Paul Borghèse, qui a eu l'honneur éternel de mettre son nom
sur la façade de notre basilique de Saint-Pierre, a gravé
son chiffre sur une simple borne, de l'autre côté de la
ville, à la limite du camp prétorien. Les inscriptions
sont des voix harmonieuses qui parlent à l'oreille et à
l'âme du voyageur; je veux vous en citer une que je regarde comme la plus étonnante de toutes, plutôt encore
à cause de son esprit que de sa lettre... Avez-vous visité
le Colysée dans tous ses détails?

— Oui, du moins je le crois.

— A l'extérieur et à l'intérieur?

— Oui.

— Vous l'avez mal visité, puisque vous parlez ainsi.

— C'est fort possible. Depuis que je vous connais, je
ne suis plus sûr de rien, et je me garderais bien d'affirmer.

Le vieux concierge sourit avec sa bienveillance habituelle et continua sa phrase commencée:

— Quant à moi, je n'ai vu le Colysée que du haut du
dôme de Saint-Pierre, mais mon ami Mateo l'a examiné
de près pour moi, et c'est comme si je l'avais vu. Au
reste, cela ne fait rien à l'affaire. Vous savez (j'ignorais
encore cela) que sous le pontificat de Clément XI, le
Colysée menaçait ruine dans la partie de ces murs qu
regarde Saint-Jean de-Latran.....

— Ah! c'est précisément le côté que je n'ai pas visité,
lui dis-je en l'interrompant; il y a trop de broussailles...

— Et de lézards, comme dit Mateo, poursuivit-il en riant; vous aimez les ruines, mais vous craignez les lézards......

Les architectes *San-Pietrinis* envoyés sur les lieux, reconnurent le danger du monument et opinèrent pour un prompt remède; mais le remède coûtait fort cher, et le Vatican n'était plus fort riche, ce qui lui arrive souvent. Il s'agissait d'élever en talus, sur une base énorme, un mur de briques, comme un gigantesque bras de soutien. Le pontife pourtant ne balança pas; il ouvrit sa caisse et commanda les travaux. Cette décision excita quelques murmures dans Rome; on disait, parmi le peuple, que le Saint-Père ne devait pas employer l'épargne de l'Église à soutenir un monument païen, sous prétexte qu'il s'écroulait. Chaque matin, on trouvait des sonnets épigrammatiques sur les statues de Pasquin et de Marforio, ces deux gazettes de notre ville. Le Saint-Père comprit tout ce qu'il y avait de juste dans la plainte populaire, mais il avait, comme tous les Papes éclairés, ou pour mieux dire, comme tous les Papes, il avait la passion des beaux-arts, et il trouva un moyen de tout concilier par un subterfuge sublime. L'inscription du mur de soutènement disait donc au peuple: *Ce Colysée des païens, arrosé du sang des martyrs, tombait en ruines, et le Souverain-Pontife vient en aide à ses murs croulants afin que la mémoire des martyrs ne périsse point; ne martyrum occubat memoria.* Le peuple lut et applaudit... Allez voir, monsieur, cette inscription demain.

— Que cela est grand et beau! m'écriai-je; il n'y a qu'un artiste du Vatican qui puisse trouver cela! j'irai lire cette inscription aujourd'hui même.

3

— Oui, ajouta le concierge en me serrant la main, oui, monsieur, vous avez raison, cela est grand et beau, cela est sublime. Ces pensées ne viennent qu'à ceux dont l'esprit est sans cesse au-dessus du vulgaire. Demain, nous en reparlerons avec Mateo. Aujourd'hui, la fête de Pâques me prend tous mes loisirs; et je pense que vous êtes bien aise d'aller voir, comme moi, ce qui va se passer sur le parvis de Saint-Pierre.

Visitez l'inscription demain matin. Voyez-la de vos yeux. Puisque vous voyagez pour vous instruire, il faut voir tout ce qui mérite d'être vu, et, malgré ses merveilles, Rome, dans ses plus humbles coins, pourra vous montrer encore des choses qui mettront votre esprit dans le ravissement.

Je sortis de cette nouvelle entrevue avec l'heureux vieillard, encore plus ravi que des deux précédentes. Je traversai la basilique le front pensif, et bientôt je me trouvai sur la place de Saint-Pierre.

Toutes les nouvelles réflexions que cette visite au vieux concierge devaient m'inspirer, surtout après ma bizarre rencontre au cirque de Romulus, furent supprimées par le spectacle inouï que la place de Saint-Pierre offrait en ce moment.

Sur le grand escalier du Vatican, les hallebardiers arboraient l'étendard pontifical salué par l'artillerie du château Saint-Ange; cent mille têtes nues s'inclinaient devant la basilique, et du haut du balcon de Saint-Pierre, un vieillard, le front ceint d'une mitre de laine blanche, bénissait la ville et le monde, sous le même ciel qui éclaira la défaite de Maxence, au feu du *Labarum* de Constantin. Cette bénédiction est une des plus impo-

santes choses qu'il soit donné à l'homme de voir. Le
Souverain-Pontife se tourne successivement vers les
quatre points de l'horizon, et prie longuement pour les
nation du Septentrion et du Midi, de l'Orient et du Couchant. Les prières les plus touchantes de la liturgie romaine sont ensuite résumées par quatre gestes sublimes.
L'auguste vieillard a imposé les mains à l'univers.

Cette foule resta longtemps immobile sous les solennelles impressions de ce moment qui résume dix-huit
siècles ; puis elle se divisa lentement avec des ondula-
tions contrariées ; les uns montèrent les escaliers de la
basilique ou se dirigèrent vers la chapelle Sixtine ; les
autres se répandirent sous les deux colonnades et s'assirent sur les dalles pour voir la *luminara*. Une masse
compacte garda obstinément le terrain autour de l'obélisque et des fontaines, avec cette patience que montre
partout le peuple, quand il attend une fête ou qu'il veut
en jouir jusqu'à la fin. Les opulents étrangers de Londres
et de Moscou, adossés aux soubassements des colonnades,
n'avaient pas quitté leurs voitures qui, de loin dans cette
vaste place, ressemblaient à des jouets d'enfants accro-
chés à un étalage forain. Ils attendaient, eux aussi.
l'heure du spectacle, mais commodément assis dans
leurs calèches comme dans les fauteuils d'une loge de
théâtre. Ils s'étaient, en outre, approvisionnés de tout
ce qui pourrait calmer les ennuis de l'attente. Les trois
coffres de leurs voitures regorgeaient de comestibles et
de boissons de toute espèce, et ils prenaient leur repas
sur la place de Saint-Pierre comme dans un salon de res-
taurant.

Cette multitude d'hommes entassés autour des fontaines et de l'obélisque avait un caractère particulier de physionomie et d'animation. La place Louis XV, un soir de feu d'artifice, ne serait que la silhouette sombre de cet immense et radieux tableau. Il y avait, par milliers, des groupes de religieux, de pèlerins, de prêtres, de paysans, d'abbés, de séminaristes, de mariniers, de joueurs de cornemuse, de bergers de Tibur, de mendiants trastéverins, de soldats en congé, tous joyeux et pauvres, tous heureux de voir la *luminara*, cette incomparable merveille qui a été, disent-ils, inventée au ciel.

Le soir approchant, une curiosité soudaine fit onduler toutes les têtes et lever toutes les mains. Le peuple aérien des *San-Pietrini* apparut sur toutes les crêtes monumentales du Vatican et de la basilique, pour préparer l'illumination. On se montrait surtout ceux qui escaladaient la croix de la coupole, et qui ressemblaient à des points noirs s'agitant sur l'azur tendre du ciel.

Au reste, nul tumulte. La patience est une vertu romaine. Au jour avait succédé le crépuscule de printemps; mais l'obscurité n'était pas assez grande encore.

La nuit tomba enfin, et un cri d'enthousiasme, formé de cent mille syllabes italiennes, salua la subite explosion de la *luminara*. On eût dit que le rayon de la première étoile venait d'embraser, à la fois, les corniches des colonnades, la basilique et la coupole de Michel-Ange, transformée en soleil. Cette colossale chevelure de flamme hérissée au front du monument, éclaire comme un incendie la ville et la campagne jusqu'au lendemain. Le jour de Pâques n'a point de nuit.

Jamais plus magnifique illumination n'a brillé sur un

monument et sur une ville. Le colosse de marbre semble frémir en agitant toutes ses flammes, et, en voyant ce spectacle inouï, on comprend l'enthousiasme qu'il excite toujours chez le peuple romain. Quant aux étrangers qui en ont entendu parler dans les nobles salons du West-End et de Pétersbourg, je comprends moins leur obstination à vouloir assister à la *luminara* sur la place même de la grande basilique. Vue des collines voisines, cette illumination gigantesque doit être d'un effet prodigieux, et s'il y avait moins de foule sur la place, on éviterait un inconvénient que je vais signaler.

Car voici maintenant un écueil que je marque d'un point sur la carte du voyageur, à la date du soir de la *luminara*. Un jour, peut-être, quelque compatriote me saura gré de mon avertissement.

Vers neuf heures du soir, deux armées se mirent en marche, l'une pour rentrer à Rome après avoir joui du spectacle de la *luminara*, l'autre pour sortir de Rome, afin de voir la merveilleuse illumination sur la place de Saint-Pierre. Ces deux fleuves humains devaient se rencontrer sur un seul point fort étroit, le pont Saint-Ange, bâti par l'empereur Adrien devant le môle qui fut son tombeau.

L'expérience de la vie parisienne m'avait appris à connaître et à redouter le formidable mécanisme de la foule dans une nuit de fête. Aussi, arrivé au bout de la rue de *Borgo-Nuovo*, je fis une tentative pour gagner la rive droite du Tibre et le Pont-Sixte, au pied du Janicule. Le détour était immense, mais plein de sécurité. Malheureusement, il fallut obéir à la force invincible du flot populaire, qui n'était point une métaphore oratoire, ce

3.

soir-là. Les pieds ne servaient plus ; on ne marchait pas,
on roulait. A chaque instant, le lit de notre foule se ré-
trécissoit entre les murs du château Saint-Ange et le parapet du Tibre. La vague dont je faisais partie, lourdement soulevée par l'impétuosité du courant, retomba
sur le pont d'Adrien et n'avança plus, comme si une
écluse d'airain se fût dressée devant nous. C'était la ville
entière, arrivant de l'autre côté du pont, avec cette in-
souciance superbe qui distingue les foules de tous les
pays avant la révélation du danger. Bientôt des hurle-
ments de femmes, mêlés à des imprécations viriles, re-
tentirent sur le pont ; les plus agiles s'élançaient, d'épaules
en épaules, sur les rampes, et se précipitaient dans le
Tibre, grossi par les fontes de neiges du Soracte ; d'autres
se cramponnaient aux statues colossales des anges,
comme des naufragés, échappés de la mer, embrassant
la cime des écueils.

J'avoue que dans ce moment suprême j'oubliai ma
vénération pour l'empereur Adrien, et que je le vouai
aux dieux infernaux. Par quelle étrange lésinerie ce prodigieux Adrien a-t-il bâti un pont si étroit, devant son
môle si large ! A cette époque de barbarie, où les conseils municipaux ne gardaient pas les deniers des contri-
buables et les leurs, pourquoi n'a-t-on pas fait quatre
ponts au lieu d'un, ou un pont grand comme quatre, sur
le chemin que Rome entière devait parcourir pour mener
le deuil de son empereur Adrien ?

Ces réflexions historiques me furent d'un grand secours ; elles firent une diversion heureuse avec les tristes
pensées du moment.

N'ayant plus que la liberté de mes yeux, je me mis à

regarder le tombeau d'Adrien. Cette masse prodigieuse, rougie par l'illumination de Saint-Pierre, ressemblait, avec sa herse sombre, à un bastion de l'enfer. On distinguait, au sommet de ce sombre édifice, une sentinelle appuyée sur son fusil, et regardant, comme Lucrèce, du haut de sa sécurité douce, les souffrances des malheureux.

La Providence, cette mère de Rome, envoya tout à coup à la tête du pont un détachement de cavaliers pontificaux, qui manœuvrèrent avec leur intelligence de vieux soldats et prévinrent une catastrophe déjà regardée comme inévitable : ils barrèrent le passage du pont, du côté de la ville, et régularisèrent une lente circulation sur un seul point, du côté du château Saint-Ange. Au même instant, un murmure de joie courut sur le pont ; toutes les poitrines respirèrent, l'écluse venait de tomber : on n'avançait encore qu'avec des mouvements imperceptibles, mais on avançait. Le pont semblait se perpétuer avec une élasticité magique ; le Tibre semblait s'élargir comme une mer ; les douze statues d'anges qui bordent les rampes paraissaient plus nombreuses que deux légions de séraphins. Ce fut pour nous tous une éternité d'un moment.

Enfin, nous respirâmes avec délices la fumée oléagineuses, qui sort des boutiques des *fregitori* de la *via Torrione*, de l'autre côté du Tibre. Horatius Coclès fut bien plus heureux que nous sur le pont Sublicius ; il n'avait qu'une armée devant lui, et derrière, personne : pourtant son nom est immortel.

Tout voyageur échappé aux écluses du pont Saint-Ange, doit courir au Monte-Pincio pour revoir de loin cette *luminara* qu'il a vue de près; mais il se gardera bien de suivre l'interminable rue qui conduit du pont à la place d'Espagne par une ligne tirée au cordeau. Là aussi on rencontre de mortels embarras de foule. Il faut prendre le chemin le plus long, ce sera le plus court.

Moi, qui ai le bonheur de connaître la topographie de Rome ancienne et nouvelle, comme la cité Bergère à Paris, et qui serais aussi peu embarrassé de conduire Virgile du portique d'Octavie aux jardins de Salluste, que d'accompagner M. Rossi du café *di Greco* à l'hôtel de Frantz, je n'hésitai pas sur le chemin que j'avais à prendre pour éviter la recrudescence du fléau de la foule.

Je me jetai dans les solitudes de la *via Dei Coronari*, et, arrivé à la hauteur de l'église Saint-Augustin, je pris la *via Agonale*, je traversai la place Navone, et tombant sur le *Dorso*, je le remontai jusqu'à *via Condotta*, sous la Trinité-du-Mont.

Que le désert est doux quand on vient d'échapper à l'étau de la foule! Il n'y avait pas l'ombre d'un Romain ou d'un Anglais sur le Monte-Pincio. La nuit était exquise à respirer dans les parfums des jardins de Borghèse; les grands arbres de la villa Médicis secouaient leurs premières feuilles d'avril; la pleine lune montait sur le mont Soracte, et semblait pâlir de surprise en regardant le nocturne soleil de la *luminara* levé sur l'autre horizon romain.

A la villa Médicis je retrouvai mon compagnon ordinaire des nuits. Plus familiarisé que moi avec les mœurs de la Rome moderne, il n'avait pas quitté, pour jouir du spectacle merveilleux de la *luminara*, les jardins de

l'École Française et m'attendait, mollement étendu sur
un banc de gazon. Je lui demandai quelques instants de
repos; après quoi nous reprîmes le cours de nos nocturnes expéditions.

V

Nous nous promenions souvent ainsi dans les rues de
Rome jusqu'à une heure fort avancée de la nuit. Quand
le sommeil ne vous force point à regagner le gîte, nulle
ville n'est, comme la capitale de la chrétienté, favorable
à ces excursions nocturnes. Là, toute pierre est un souvenir du monde ancien ou du monde nouveau; souvent
les deux se confondent. Là, toute pierre ressemble à cette
grande voix qui parle dans le désert et prodigue inutile-
ment à la foule indifférente qui passe ses plus graves enseignements. Pour moi s'explique ainsi d'une façon
simple et naturelle cette prédilection qu'ont toujours eue
pour la ville éternelle ces illustres infortunes qui, à
l'heure où s'écroulent les trônes et les dynasties, prennent
la route de l'exil. Je comprenais Christine dépouillant
son front de la couronne de Gustave-Adolphe et se ré-
fugiant à Rome; je comprenais surtout cette auguste
femme qui, après avoir porté dans ses flancs le héros des
temps modernes, vint, après des catastrophes inouïes, à
l'ombre du Capitole et du Vatican, ensevelir sa vieillesse
flétrie et attendre dans la solitude et la résignation que
la mort la touchât de son aile impitoyable. Tant que j'ai
habité Rome, je n'ai jamais manqué un seul soir de venir

aux heures où toute la ville était endormie, contempler
la fenêtre de ce palais où brillait la lampe qui gardait le
sommeil de la mère de l'empereur. Plusieurs fois il m'a
été donné de franchir le seuil de cette antique maison
des Rinuccini ; une émotion nouvelle m'attendait chaque
jour quand je montais l'escalier de marbre, chaque nuit
quand j'allais au rendez-vous que je m'étais assigné. De
tous les enseignements de Rome, celui-ci n'était pas le
moins grand, et je ne sais pourquoi une vague pensée
d'espérance faisait avec violence battre mon cœur dans
ma poitrine devant cette humble veilleuse, dans ce palais muet comme une tombe ! Un jour, cette atmosphère
limpide qui au retour du printemps sème tant de vie
dans les horizons romains, nous avait fait prolonger fort
avant dans la nuit nos promenades ordinaire, et nous
nous trouvions dans la petite rue Saint-Théodore. Mon
ami me dit brusquement :

— Aimez-vous les toiles de Salvator Rosa ?

— J'admire, répondis-je, la fougue puissante de ce
maître, seul de son école en Italie, qui ne procède de
personne et ne laisse aucun disciple après lui. Ses
paysages sont dignes de la grande nature qu'il a vue de
près avant de la prendre pour modèle ; dans ses batailles, les charges de cavalerie saisissent et épouvantent.
On l'admire avec effroi ; mais je crois qu'on ne peut
l'aimer.

— Vous m'avez répondu en artiste, j'attendais une
parole de poëte ou de philosophe.

— Que voulez-vous que je vous dise alors ? Cet homme
m'étonne dans sa vie. Les unes reflètent l'autre. Partout
on sent la puissance du génie...

— Tenez, n'allons pas plus loin. Si je vous ai interrogé sur le maître napolitain, c'est que nous sommes
devant une maison où il s'est reposé souvent pendant
le plus long séjour qu'il a fait à Rome. Voyez d'ici cette
pauvre habitation, construite avec un pan de quelque
ruine antique sans nom; là s'est passé un drame terrible auquel Salvator Rosa se trouva mêlé assez étrange-
ment. Vous devez aimer les histoires, même quand elles
sont authentiques. Voulez-vous entendre celle-ci?

— Volontiers. Tout ce qui touche à l'art et aux artistes m'est cher. C'est la seule histoire qu'on devrait
écrire.

Nous trouvâmes à quelques pas de là une fontaine
ombragée de deux arbres, qui déjà se couvraient de
feuilles; tout autour régnait un banc de gazon sur lequel nous nous couchâmes, contemplant les étoiles, et
mon oreille attentive recueillit les paroles de mon ami.

Alors il me raconta cette histoire que je raconte à
mon tour.

Un jour, Salvator Rosa, toujours amoureux de courses
vagabondes, toujours en quête d'aventures, se dirigeait
vers Vélabre et le Campo Vaccino, marchant au hasard
et capricieusement, selon sa coutume, lorsque, arrivé à
la hauteur de la rue Saint-Théodore où nous nous trou-
vons, il s'arrêta brusquement. Des cris de femmes sortaient de la maison que je vous ai montrée, et l'oreille
du peintre distingua confusément ces mots :

— A l'aide! au secours! il m'égorge! je vais mourir!

Il y a dans le cri d'une femme en détresse un accent
qui fera toujours vibrer les cordes les plus intimes du
cœur.

A ce cri, l'âme la moins ferme se sent brave tout à
coup et prête à affronter tous les périls. Salvator Rosa
n'en était pas à son coup d'essai en ce genre, et sa main
était aussi prompte et aussi habile à saisir l'épée que le
pinceau. Il s'élança donc, pour ainsi parler, instinctivement vers la maison d'où partaient les cris. Sur le point
d'en franchir le seuil, il fut violemment bousculé par
un homme qui sortait précipitamment en ramassant les
plis d'un manteau dans lequel il s'enveloppa. Salvator
courut après cet homme, et le saisissant par le bras :

— Misérable, qu'as-tu fait? lui cria-t-il; quel crime
as-tu commis? parle ou dégaîne.

— Entre et tu le sauras, répondit l'étranger.

Et d'un bras vigoureux, il se débarrassa de l'étreinte
puissante du peintre; puis il descendit d'un pas grave
et ferme la rue Saint-Théodore sans se retourner pour
voir ce qui se passait derrière lui. Un instant Salvator
eut l'idée de le suivre; mais, regardant vers la maison,
il entendit encore comme un rugissement. Cela décida
son irrésolution.

— Par ma foi! voilà un rude gaillard et une aventure
qui ne commence pas mal !

Salvator était, comme l'étranger, drapé dans un
ample manteau qui lui enveloppait tout le corps. Il
affectionnait ce vêtement royal qui convenait admirablement à sa haute stature. Mais, s'il eût fait jour, il aurait pu remarquer qu'autant le sien était riche et somptueux, autant celui de l'étranger était pauvre et délabré.
Cependant l'œil du peintre n'avait pu se tromper, tant
la démarche de l'homme qui fuyait révélait un gentilhomme.

En retournant vers la maison dont la porte était restée
ouverte, l'artiste entendit ces mots :

— Les misérables! les lâches! ils l'ont laissé échapper,
comme si je ne les avais pas payés!

Il n'y avait pas à s'y tromper, c'était la même voix qui
appelait à l'aide quelques minutes auparavant. Salvator
Rosa entra d'un pas résolu, et, guidé par la lueur qui
s'échappait d'une pièce reculée, il s'avança dans la maison. Au bruit de ses pas, une femme était accourue sur
le seuil de cet appartement, et voyant un manteau dans
l'ombre :

— Dieu soit loué! s'écria-t-elle. Il revient, il ne m'é-
chappera pas!

Et elle allait s'élancer, le stylet à la main, sur l'artiste, lorsque celui-ci, avec son accent napolitain :

— Arrête, lui dit-il; ce n'est pas l'autre, c'est moi!

A cette voix, la femme recula, et Salvator Rosa se
trouva bientôt dans la lumière que donnait une de ces
lampes en cuivre, à trois becs, comme on les faisait
dans ce temps, et qui était accrochée au plafond par trois
chaînettes de fer. La femme que l'artiste avait devant
lui était admirablement belle, de cette beauté méridio-
nale où la régularité des traits est rehaussée par la brune
et mate pâleur du teint. Le coureur d'aventures disparut aussitôt dans Salvator Rosa. Malgré lui, sa main
alla chercher sur sa tête le feutre à long panache qui la
couvrait, et, quand il fut tête nue, s'inclinant avec respect devant la femme, il était prêt à murmurer un com-
pliment, quand celle-ci lui dit :

— Seigneur, qui êtes-vous? et à quel heureux hasard
dois-je l'honneur de votre présence?

— Madame, répondit Salvator, je suis peintre, et si j'avais cru rencontrer ce soir sur mon chemin un visage aussi beau que le vôtre, je ne serais sorti qu'avec mes crayons, afin de le peindre en passant.

— Eh bien! seigneur peintre, qu'à cela ne tienne; dites-moi votre nom, le lieu où se trouve votre atelier, et si mon visage convient à vos pinceaux, vous le peindrez.

— Mon nom peut-être ne vous est pas connu; je suis Salvator Rosa.

— Comment! c'est vous le Napolitain Salvator?

— Pour vous servir, belle dame; de mon pinceau ou de mon épée.

— Oui, vous maniez, je le sais, aussi bien l'un que l'autre. Ce n'est point un joujou que vous portez suspendu à cette ceinture. Mais pour réclamer que cette épée sorte du fourreau, il faut être autre chose que la première venue, qu'une pauvre fille de la rue Saint-Théodore.

— Détrompez-vous, madame; et, s'il vous faut ne vous rien cacher, je suis entré dans cette maison attiré par les cris de détresse d'une femme, prêt à donner ma vie pour celle qui réclamait mon aide.

— Ainsi, seigneur, vous savez ce qui vient de se passer ici, à l'instant?

— Je ne sais rien, madame, et j'attends, pour vous servir, que vous m'instruisiez.

— N'avez-vous pas vu sortir de cette maison un homme, laissant ouverte la porte par laquelle vous êtes entré, un homme à la démarche hautaine, et qui porte

le cœur le plus vil sous son blason de vieux gentilhomme romain? gentilhomme dégénéré!...

— Je l'ai vu, madame, et j'ai presque été sur le point
de l'arrêter.

— Que ne l'avez-vous fait, Salvator? Et toute ma reconnaissance eût été à vous.

En disant ces mots, les yeux de la pauvre femme
étaient si pleins de feu, que sa figure en était comme
inondée de rayons. La pâleur mate avait disparu pour
faire place à un vif incarnat; on voyait que le sang battait plus vite dans les artères et remontait violemment du
cœur à la tête. En même temps, la jeune femme accompagnait ses paroles de gestes véhéments qui trahissaient
l'impétuosité et la résolution de son caractère. Ignorant
et du nom et de la qualité de celle qui lui parlait et des
motifs qui guidaient sa conduite, Salvator Rosa ne savait trop que répondre pour ne pas s'engager trop avant
dans une affaire qu'il ne connaissait pas et n'être pas
obligé de montrer des actions au-dessous du langage.
Heureusement pour lui, la jeune femme, emportée par
la passion, ne remarqua pas son silence, et repre-
nant:

— Au reste, qu'importe qu'il m'ait échappé aujour-
d'hui? Qu'il s'endorme encore une fois dans sa fausse
sécurité, et le piége que je lui tendrai sera plus sûr et ne
craindra pas de rater au moment de l'exécution. Alors il
verra si les femmes sont aussi oublieuses que les hommes
quand il s'agit des devoirs sacrés de la famille, il verra
si l'on peut se jouer impunément de nous!

— Madame, dit Salvator, il y a quelques instants que
j'écoute sans oser vous répondre. Mon esprit cherche en

vain à comprendre vos paroles. Elles ont un sens caché qui me fuit.

— C'est vrai, seigneur peintre, vous n'êtes pas familier avec nos histoires intérieures. Vous ne serez guère mieux instruit quand vous saurez que l'homme auquel vous avez permis la fuite ce soir est le comte Pietro Frangipani, fils d'Orlando Frangipani, et que moi je suis l'Espagnole Pepita.

— J'avoue à ma honte, madame, que mon ignorance est encore complète.

— Eh bien! écoutez, Salvator. Vous aimez, je le sais, les histoires étranges. Puisque vous êtes accouru aux cris que j'ai poussés tantôt quand j'ai voulu arrêter cet homme, vous êtes digne de connaître nos secrets de famille. Je vous l'ai dit : Je suis Pepita l'Espagnole. Ce nom ne vous dit rien, n'est-ce pas ?

— Salvator Rosa fit un signe de tête négatif, et l'Espagnole continua :

— Vous ignorez que Pepita est la fille du marquis de Moncade. Mon père vint à Rome, appelé par un cardinal de ses amis, il y a une trentaine d'années environ. Ce qu'il y venait faire, je ne vous le dirai pas. Sans doute, comme la plupart des gentilshommes de son pays, il avait pour principale fortune sa cape et son épée, et il vint à Rome seul, comme les Castillans étaient venus en nombre à Naples d'où vous les avez chassés une fois, seigneur Salvator, je le sais. Toujours est-il que mon père se servait de son épée avec une habileté que jalousaient tous les seigneurs romains. Mais nul n'osait manifester devant lui cette jalousie. Il vivait paisible et honoré dans l'amitié de son cardinal, lorsque l'amour se mit de la partie. Mon père vit la belle Giuditta Orsini et perdit le repos, jusqu'à ce qu'il eût donné son nom à la jeune Italienne. Un an après ce mariage, mon père avait un fils ; c'est de la naissance de cet enfant que datent les malheurs de famille qui ont rempli mon âme de fiel et ont donné à ma vie pour passion dominante la haine.

Ces paroles dites, Pepita s'arrêta un instant, comme pour reprendre haleine. Assis devant elle, le grand artiste la contemplait avec un œil plein de tendresse et d'ardeur. Salvator Rosa ne pouvait se trouver impunément placé ainsi devant une femme jeune, belle et romanesque. Son cœur, facilement ouvert à toutes les passions, se laissait séduire par les influences attractives de la situation bizarre où il s'était mis. Quand Pepita reprit la parole, Salvator eût volontiers juré qu'il en était éperdument amoureux.

— Mon frère Gaston grandissait chaque jour. Deux années après lui, j'étais venue au monde ; mais si je mentionne ici ma naissance, c'est pour n'avoir pas à y revenir plus tard. Gaston promettait d'être l'image de mon père, avec une beauté de visage plus parfaite encore, si cela était possible. A quinze ans, c'était déjà un cavalier accompli. Or, ce que je ne vous ai pas dit, mais ce que vous savez sans doute, c'est que depuis plus d'un siècle la famille des Orsini et celle des Frangipani sont en guerre déclarée. Mais malgré la haine qui était toujours vivace au cœur des deux familles, vingt ans au moins s'étaient écoulés sans que leur histoire eût conquis une nouvelle page sanglante. Tout à coup mon frère Gaston disparut, et trois jours après, on trouva son cadavre, sanglant et mutilé au milieu de la place Antonine. Les

Frangipani nièrent avoir commis ce meurtre. Mais qui
donc pouvait avoir intérêt à tuer et à mutiler un enfant?...
Mon père n'avait jamais voulu se mêler de ces haines de
familles romaines, il tenait trop encore à sa nationalité
espagnole. Dans plusieurs circonstances même, il avait
fait assurer les Frangipani de sa parfaite neutralité.
Soins et précautions inutiles! Aussi, à la mort de mon
frère, son juste ressentiment ne connut plus de bornes.
Il jura qu'il tirerait une vengeance terrible de cet acte
odieux de perfidie, et il a fidèlement tenu son serment.
Il a poursuivi les Frangipani dans leurs personnes et
dans leurs biens. Il les a ruinés, il les a exterminés.
Pietro, le seul qui reste, était trop jeune pour que l'épée
de mon père l'atteignît. Mais depuis plus de quinze ans,
il erre proscrit et sans asile, souvent sans savoir où et
comment il apaisera la faim et la soif qui le tourmentent,
et il n'a pas encore atteint sa vingt-cinquième année!...
Ce que mon père n'a pu accomplir, c'est à moi de le
faire. Aujourd'hui j'avais attiré Pietro dans un piége;
j'avais payé des shires pour me débarrasser de lui. Ils
ont pris mon argent et l'ont laissé fuir. Mais la guerre
n'est que commencée. Dites, seigneur peintre, ma vengeance n'est-elle pas légitime?...

Salvator Rosa avait écouté cette longue histoire, l'esprit et le cœur en proie à des sentiments divers. Dès le
premier aspect, la beauté de la jeune femme avait fait
une impression profonde sur l'artiste. L'ardent regard
qui jaillissait de la noire prunelle de l'Espagnole avait
trouvé le chemin de ces fibres intérieures qui sont le
siége des sympathies et des antipathies. D'un autre côté,
ces haines violentes qui se transmettent de générations en

générations dans les familles méridionales avait un écho dans son âme ouverte à toutes les passions véhémentes. Son sang napolitain bouillonnait à l'idée de ce bel adolescent, traîtreusement mis à mort à la fleur de l'âge, et il approuvait la terrible vengeance qu'avait tirée de ce forfait un père irrité. Cependant, quand la réflexion venait, une idée de doute surgissait sans cesse, malgré lui, obstinée à revenir dans son esprit : peut-être, se disait-il, les Frangipani n'ont-ils pas commis le crime dont se plaint la fille du marquis de Moncade; et alors Pietro a raison de revenir; il serait temps de faire cesser une lutte qui n'a déjà que trop frappé de victimes. Car c'est une chose remarquable que l'esprit de justice apporté de tout temps dans ces guerres intestines, qui ne sont, après tout, que des sauvegardes personnelles, là où les lois ne savent point en apporter. — C'est sous l'empire de ces idées que Salvator répondit :

— A votre tour, écoutez-moi, Pepita, dit l'artiste, et, quelles que soient mes paroles, veuillez ne pas m'interrompre, comme j'ai fait moi-même tant que vous m'avez fait l'honneur de me parler.

— Je vous écoute, seigneur, et, quelle qu'elle soit, soyez assuré que votre parole sera écoutée avec déférence.

— Vous m'avez raconté, reprit l'artiste après une pause, une histoire qui est celle de beaucoup de familles italiennes de notre temps, où chacun est obligé de se faire justice; car autrement le sang versé n'obtiendrait jamais en réparation le sang qui lui est dû. Mais dans ce que vous m'avez dit, il y a un point qui me paraît encore quelque peu entaché d'obscurité, et c'est celui qu'il faudrait avant tout éclaircir.

— Lequel, seigneur peintre? dites, que je lève promptement votre doute.

— Je crois que ce n'est pas en votre pouvoir, madame. Habitué comme je le suis à une vie vagabonde, j'ai des moyens prompts et sûrs et qui ne sont qu'à moi, d'arriver à la connaissance vraie et exacte de ce que je désire savoir. A l'instant je vais me mettre en campagne pour être renseigné sur ce qui vous touche.

— Et ne puis-je savoir quel est le point de mon récit qui exige ces éclaircissements?

— S'il faut vous le dire, Pepita, je veux être assuré de la main qui a frappé le jeune Gaston de Moncade.

— Douteriez-vous, seigneur Salvator, que le coup ne soit parti des Frangipani?

— Aujourd'hui, je ne puis, madame, nier ni affirmer; je ne puis même dire que je doute, je suis incertain et ignorant, voilà tout. Mais ayez foi en ma parole et je ne l'ai jamais donnée en vain; avant qu'il soit trois jours je saurai tout ce que je désire savoir, tout ce que vous ignorez vous-même. Alors si vous le permettez, à cette même heure de la nuit, j'aurai l'honneur de vous revoir.

— Faites à votre convenance, artiste, et tant qu'il vous plaira de visiter Pepita, vous serez le bienvenu.

Malgré elle et nonobstant son caractère énergique nourri dans l'infortune, la jeune femme au sang espagnol et italien à la fois, subissait l'influence que Salvator Rosa exerça sur tout ce qui l'entourait. En entrant sous ce toit, le peintre napolitain était pour Pepita un étranger; quand il en sortit, il emportait avec lui la meilleure partie du cœur de la fille des Moncade et des Orsini.

Le grand artiste avait descendu toute la rue Saint-
Théodore et s'acheminait vers le quartier des ruines, rê-
vant aux moyens d'arriver à son but dans le délai qu'il
avait lui-même fixé à Pepita, lorsqu'il entendit des pas
nombreux et précipités qui couraient après lui. Il s'arrêta un instant après :

— Dieu me pardonne! je l'avais bien dit que c'était
par ici qu'il fallait venir pour le rencontrer!

En même temps deux mains amies allaient chercher
les mains de Salvator qu'elles serraient avec effusion.
Celui qui avait parlé était Pablo, comte de Poderina, un
de ces gentilshommes italiens qui prisaient plus haut
que leur noblesse l'amitié du grand artiste. Pablo eût
volontiers donné sa fortune et sa vie pour Salvator Rosa.
Il est vrai que celui-ci en eût fait autant pour Pablo.

— Nous te cherchons depuis plus de deux heures, dit
le comte de Poderina, pour une affaire fort grave et qui
ne demande aucun retard. Es-tu libre de venir avec
nous?

— Entièrement libre, ami; seulement avant de m'en-
traîner, daigne m'instruire.

— Voici l'affaire en deux mots : tu connais ou tu ne
connais pas, peu importe, un des nôtres, malheureux et
proscrit, comme tout ce qui depuis dix ans a porté son
nom, Pietro Frangipani.

A ce nom jeté à l'improviste, on comprend que l'attention de Salvator redoubla.

— Une vieille haine, continua Pablo, sépare sa famille et celle des Orsini. Or, ce soir, un guet-apens lui
a été tendu. Sous un prétexte fallacieux on l'a attiré dans
la ville qui lui est interdite. Les sbires l'ont saisi et il

4.

nous faut le délivrer cette nuit même si nous ne voulons pas que demain matin il soit livré au bargello. Tu es expert aux coups de main; nous avons compté sur toi pour nous conduire.

— En effet, dit Salvator, il n'y a pas de temps à perdre. Eh bien! hâtons-nous.

Tous ces gentilshommes avaient l'épée qui était le complément obligé de leurs costumes. Ils n'avaient donc pas besoin de perdre encore quelques heures précieuses en courant chercher des armes. Il ne s'agissait plus que de savoir de quel côté les sbires avaient conduit le comte Pietro, afin de les rejoindre et de le délivrer.

— Voyons, dit Salvator; Pablo, je prends votre affaire à cœur; elle m'intéresse comme une aventure; mais où faut-il aller?

— Les sbires ont été payés, j'en suis sûr, dit le comte de Poderina, car ils ont pris le chemin du Tibre.

— Sans doute pour boire dans quelque taverne le prix de leur capture et attendre le lever du jour.

Ces dernières paroles furent dites par un jeune homme à la blonde moustache, un ami de Pablo et du comte Frangipani.

— Allons donc vers le Tibre, mes amis, et fouillons tous ces repaires, ajouta le fougueux artiste, jusqu'à ce que nous ayons trouvé ce que nous cherchons. Alors il nous restera à assurer la vie et la liberté de Pietro.

La recherche ne fut pas longue. A peine nos intrépides chercheurs d'aventures étaient-ils sur les bords du fleuve, qu'ils furent attirés vers une taverne par les cris joyeux et les chansons d'une troupe de gens avinés qui se livraient avec délices au plaisir de crier, de casser des verres et des pots, de tapager enfin.

— Commençons, dit Salvator, nos perquisitions par le bouge où se fait ce vacarme d'enfer.

Et s'approchant des volets, il les heurta rudement avec le pommeau de son épée en criant à l'hôtelier d'ouvrir.

Un instant les cris et les chants cessèrent à l'intérieur, et une accorte servante, moitié paysanne, moitié citadine, vint par une lucarne demander ce qu'on pouvait avoir à désirer à une heure aussi indue. Les épées des gentilshommes brillaient dans l'ombre dans leurs gaînes d'acier, et ils étaient assez nombreux pour enfoncer une porte qu'on ne leur eût pas volontairement ouverte. Sans doute la servante qui, tout en les regardant de sa lucarne, causait à l'intérieur, communiqua ses réflexions peu rassurantes à l'hôtelier; car un instant après, celui-ci vint en personne ouvrir à cette nouvelle compagnie et tenant son bonnet à la main.

— Ah çà! maître Angelo, lui cria Salvator, qui avait aussitôt dévisagé une de ces anciennes connaissances qu'il avait partout, pour qui nous prends-tu donc de nous faire faire ainsi le pied de grue devant la porte de ta maison?

— Pardonnez-moi, monseigneur, mais à cette heure avancée de la nuit, je ne m'attendais pas à l'honneur de votre visite.

— Pourvu que nous soyons les bienvenus, l'heure importe peu. Voyons, que peux-tu nous servir?

— J'ai pour vos seigneuries, dans un coin retiré de mes caves, un vrai vin de cardinal, mûri il y a bien des

années déjà, par un soleil bienfaisant, sur les coteaux du
Vésuve. Plairait-il à vos excellences d'en goûter quelques
flacons?

— Et bien! qu'on se dépêche; apporte-nous ton
nectar.

Pendant qu'il parlait avec sa vieille connaissance l'hôtelier Angelo, Salvator Rosa, de ce coup d'œil d'aigle
qui lui était particulier, avait tout examiné dans la salle
basse où il se trouvait avec les gentilshommes amis du
comte Pietro Frangipani. Le vacarme avait repris de
plus belle à l'étage supérieur. Les jurons et les scènes
obscènes se mêlaient sans cesse ni trêve au choc des verres qui se brisaient, lâchés par des mains que l'ivresse
avait alourdies. Le peintre napolitain écoutait tout ce
bruit d'une oreille attentive, cherchant au milieu du fracas à démêler quelques paroles qui pussent le mettre sur
la trace qu'il recherchait.

L'hôtelier ne fut pas longtemps à reparaître, portant à
la main des bouteilles couvertes d'une antique poussière.

— Goûtez ce muscat napolitain, messeigneurs, et vous
me direz si mon auberge a volé son enseigne.

Nous avions oublié de dire que cette taverne des
bords du Tibre avait pour enseigne : *A la vigne du Seigneur*.

Salvator Rosa fit sauter sans façon le bouchon qui
fermait un de ces flacons vénérables, et dégustant le li-
quide :

— Je vois avec plaisir que tu ne nous as point trompé,
maître Angelo; ton vin est délicieux; et, comme tu le
disais, digne de figurer sur la table d'un cardinal. Mais
quel est donc ce bruit qui se fait sur nos têtes?

— Jésus-Dieu! ne m'en parlez pas, seigneur! ce sont des sbires qui sont venus à la nuit avec un homme en manteau déguenillé, mais à la démarche fière. On devinait le gentilhomme rien qu'à son regard. Il paraissait leur prisonnier, et ils n'osaient le maltraiter. Ils l'ont enfermé dans une chambre à côté de la leur, une chambre sans issue qu'ils ont trouvée après avoir fouillé ma maison de la cave au grenier; et après s'être assurés qu'il ne pouvait s'enfuir, ils se sont mis à boire et à chanter. Depuis plus de deux heures, ils n'ont pas cessé un instant.

— Et ce bruit trouble une maison honnête comme la tienne, n'est-ce pas, maître Angelo?

— Que voulez-vous que je vous dise, monseigneur? Demain, les voisins vont se plaindre, et peut-être serai-je obligé de déguerpir.

— Eh bien! moi, je ne veux pas, que tu déguerpisses. Il faut que les honnêtes gens vivent. Attends, je vais les faire cesser.

— Bonne Vierge! qu'allez-vous faire, seigneur Salvator? Prenez garde, ces gens sont ivres, ils ne respecteront rien.

— Cessez de craindre, maître Angelo. Vous, mes amis, ne bougez que si je vous appelle. Toi, éclaire l'escalier.

D'un pied leste, Salvator Rosa eut bientôt enjambé l'étroit escalier qui conduisait aux étages supérieurs. Une porte était entrebâillée; l'artiste la poussa du pied, et alors un spectacle hideux s'offrit à ses regards.

Un seul homme tenait encore sur ses jambes. Debout devant une table immonde, il regardait à la pâle lueur d'une lampe fumeuse, le vin contenu dans son verre, et puis l'avalait d'un trait sans sourciller, comme font les ivrognes arrivés au dernier degrés de l'ivresse. Sous la table, pêle-mêle avec des débris et nageant dans le vin répandu, trois autres hommes se raidissaient de temps en temps pour demander à boire avec des jurons et des blasphèmes. Alors celui qui était debout se penchait vers eux, puis se relevant recommençait une de ces chansons impies et obscènes qui paraissaient familières à ses lèvres. C'était affreux à voir !

Salvator marcha droit à cet homme dont il ne parvint à attirer l'attention qu'en le frappant familièrement sur l'épaule :

— Dites donc, l'ami, n'est-ce pas vous qui auriez pris par mégarde la clé de cette porte?

Et il désignait la porte qui le séparait de Pietro Frangipani. L'homme ivre ouvrit de grands yeux comme pour chercher à reconnaître celui qui lui parlait d'un ton impérieux. Puis il répondit à l'artiste :

— La clé de cette porte, c'est Memmo qui l'a dans la poche de son pourpoint. Vous la voulez, prenez-là.

Salvator se baissa vers les hommes ivres-morts, et dans la poche du second qu'il fouilla trouva la précieuse clé. Il la prit, et sans hésitation, sans remarquer qu'on le suivait, ouvrit la porte et allait entrer lorsqu'un bruit l'arrêta.

L'homme était debout derrière lui, cherchant à tirer sa dague du fourreau.

— Ah çà! l'ami, voulez-vous bien laisser votre dague tranquille et continuer à boire votre vin!

— Ce vin n'est pas bon, répondit le sbire, et m'empêcherait de veiller sur notre prisonnier.

— Votre prisonnier ne l'est plus ! puisque vous parlez ainsi, je le délivre.

En disant ces mots, Salvator Rosa asséna un vigoureux coup de poing sur la tête du sbire qui alla tomber au milieu de ses compagnons. Sa dague s'échappa de ses mains et roula sur le parquet trempé de vin. Le peintre napolitain entra dans la chambre du prisonnier qui, debout à trois pas du seuil, regardait stoïquement ce qui venait de se passer. En reconnaissant l'homme de la rue Saint-Théodore, la défiance était entrée dans son cœur.

— Comte Pietro, lui dit Salvator qui lut sa pensée dans l'œil de Frangipani, vous êtes libre ! Je suis Salvator Rosa ; le comte de Poderina et quelques-uns de vos amis vous attendent dans la salle basse. Si vous êtes prêt, partons vite.

Et passant le premier, l'artiste indiqua le chemin au comte Pietro. Un instant après, il était dans les bras de ses amis, qui se disputaient à qui l'emmènerait, lorsque Salvator, les interrompant, leur dit :

— Mes amis, vous me permettrez de vous enlever le comte de Frangipani pour cette nuit ; demain je vous le rendrai. Comte Pietro, notre double rencontre cette nuit ne vous fait-elle pas, comme à moi, désirer de former plus ample connaissance ?

— Je suis trop heureux, répondit le prisonnier délivré, qu'un aussi grand artiste daigne s'occuper d'un malheureux proscrit pour refuser une hospitalité aussi gracieusement offerte. Aussi, seigneur Salvator, je suis prêt à vous suivre.

Les choses ainsi réglées, on sortit de la taverne du Tibre; mais avant d'en franchir le seuil :

— Maître Angelo, avait dit Salvator Rosa, en se penchant à l'oreille de l'hôtellier, n'oubliez pas que tout ce qui vient de se passer doit rester entre vous et moi. Si, par hasard, le secret venait à être violé vous me connaissez?

— Ah! Jésus-Dieu! seigneur, pouvez-vous concevoir de moi une aussi mauvaise pensée!

Salvator Rosa conduisit le comte Pietro Frangipani à la maison qu'il habitait au pied du Janicule. C'était une véritable demeure princière, meublée avec ce luxe que le peintre napolitain voulait partout sur lui et autour de lui. De riches étoffes de brocart, rehaussées d'or et de broderies précieuses, cachaient la nudité des murailles. Les meubles étaient somptueux et artistement travaillés; les marbres de diverses couleurs encadraient de charmantes mosaïques qui couvraient le sol : le jardin était une retraite délicieuse pleine d'ombre et de parfums.

— Comte Pietro, dit l'artiste en invitant le proscrit à franchir le seuil de sa maison, si je vous ai prié d'accepter ce soir mon hospitalité de préférence à celle de vos amis, c'est que j'avais un service à réclamer de votre franchise. Mais il est tard, livrez-vous au sommeil et demain je vous demanderai un intime entretien.

— Quoi que ce soit, répondit Frangipani, demandez; je serai toujours heureux de vous être agréable.

— C'est une longue histoire, nous en causerons demain; maintenant songeons au repos.

Et l'artiste et le proscrit gagnèrent chacun de leur côté les chambres de lit. Il était temps; la nuit touchait à son

terme, les premières lueurs de l'aube blanchissaient déjà
le sommet des collines voisines.

Le lendemain, aux heures tranquilles du soir, Salvator Rosa et Pietro Frangipani se promenaient sous les
frais ombrages du jardin. Le peintre avait raconté à son
hôte ce qu'il avait appris la veille de la fille du marquis
de Moncade et sollicitait une confidence semblable du
comte Pietro.

— C'est une longue douleur que vous venez de réveiller, dit celui-ci ; c'est une histoire bien lamentable que
vous me demandez et qui a déjà coûté bien du sang et
bien des larmes. Et cependant Dieu m'est témoin que je
dis la vérité : mon père et mes frères étaient innocents
de la mort du jeune Gaston de Moncade ! Quelle main
l'avait frappé ? Longtemps nous l'ignorâmes. Toutes les
recherches pour découvrir la vérité demeurèrent infruc-
tueuses et vaines. Mais, un jour, dans mon exil, errant
d'asile en asile, j'ai été servi par la Providence, qui n'a-
bandonne jamais ceux qui persévèrent. Le hasard avait
conduit mes pas du côté du Ronciglione, et comme les
ombres de la nuit couvraient déjà la montagne et la
plaine, je me décidai à solliciter l'hospitalité d'une maison seigneuriale qui se trouvait sur ma route : c'était la
seule. L'orage grondait dans le lointain, et de livides
éclairs sillonnant les nuées sombres annonçaient que
bientôt la nature entière allait être bouleversée. La porte
s'ouvrit devant moi, qu'on prenait pour un pèlerin, et
bientôt je me trouvai dans une vaste salle ou plusieurs
hommes armés jusqu'aux dents se promenaient en mau-
dissant l'orage. J'étais tombé dans un repaire de bandits.
La pluie qui bientôt tomba à torrents, comme si toutes

les cataractes du ciel se fussent subitement ouvertes,
suspendait forcément l'expédition projetée pour cette
même soirée. Tous les bandits restèrent dans leur tanière.
Nul ne m'avait demandé mon nom, et je m'étais assis
dans l'angle le plus obscur et le plus reculé. Je voyais
et j'entendais tout ce qui se disait. Il fallait venir tout
près de moi pour m'apercevoir. Les bandits, contrariés
par l'orage, se racontaient, pour calmer les ennuis de
l'inaction, les incidents divers de leur existence anté-
rieure. Il y avait là des hommes qui avaient porté l'épée,
d'autres qui dans un moment de désespoir avaient embrassé la vie religieuse, et puis, revenus à leur nature
première, avait subitement jeté le froc aux orties. Tous
ces récits m'intéressaient fort peu, et j'aurais volontiers
goûté quelques instants de repos, si depuis longtemps
mes yeux n'avaient perdu l'habitude du sommeil. Quand
tous eurent fini, un homme, je devrais dire un enfant,
car il avait vingt ans à peine et portait de beaux cheveux blonds, dont les boucles soyeuses descendaient sur
ses épaules, ce qui le faisait ressembler à une femme au
milieu de ses bruns et rudes compagnons, se leva et
dit:

« Quant à moi, mes amis, mon histoire est plus simple
que la vôtre. J'étais page d'un cardinal et je faisais la
cour à sa nièce qui ne paraissait pas me voir avec un
œil d'indifférence. Ma fortune était faite si j'épousais la
petite fille; mais il fallait qu'elle m'aimât assez pour le
vouloir et forcer la mauvaise volonté de son oncle à se
taire. Malheureusement ou heureusement pour moi, je ne
sais, nos projets furent traversés par un jeune homme,
je pourrais dire un enfant, qui promettait de marcher

sur les traces de son père. Or, ce père, un Espagnol,
avait été jadis la coqueluche des plus belles femmes de
Rome. Comme le jeune homme, malgré mes avertissements réitérés, ne voulait pas renoncer à ses idées sur la
jeune Ursule, sous un prétexte quelconque je l'attirai un
soir dans les ruines sépulcrales de la voie Appienne, et
là, après avoir vainement encore essayé de vaincre son
sentiment, je me débarrassai de ce rival dangereux par
un coup de poignard. Je cachai le cadavre dans les ruines et revins au palais annoncer cette mort à celle que
j'adorais. Mais celle-ci eut alors horreur de moi et menaça de me dénoncer. Il ne me restait qu'un parti à prendre. J'allai chercher le corps de mon rival; je le jetai
sur la place de Rome et je vins me mettre dans vos
rangs. »

— Bravo, Colonna! s'écrièrent en chœur les bandits.
Tu as bien fait de te venger. Bravo !

Pour moi continua Frangipani, ce récit m'avait bou-
leversé. Je sentais par moments un froid mortel se glisser jusque dans la moelle de mes os; par moments aussi
tout mon sang refluait au cœur ; j'étais comme saisi de
vertige et une sueur brûlante inondait tout mon corps.
Enfin, rappelant mon courage d'homme, je m'approchai
du bandit qui avait parlé :

— Votre récit est charmant, lui dis-je, et digne de
votre caractère; mais vous ne nous avez pas dit le nom
du jeune homme.

— C'est vrai, répondit le bandit, j'ai oublié son nom.
Eh bien! il s'appelait Gaston de Moncade!

La foudre tombant sur ma tête par un temps serein
ne m'aurait pas plus profondément anéanti que ce nom

sortant des lèvres du bandit. Cependant cette prostration vint à mon aide et me permit la prudence. Je dissimulai les sentiments dont mon âme était agitée, réservant ma vengeance pour des temps plus propices. J'eus même le courage de dire :

— Vous avez doublement bien fait, Colonna, en vous débarrassant d'un homme qui prenait votre maîtresse et d'un Espagnol.

Le lendemain, avec l'aurore, je quittai le repaire des bandits et repris ma course vagabonde d'exilé. Je me promettais bien cependant de retrouver quelque jour Colonna et de venger sur lui tout le sang qu'il avait coûté à ma famille. Le hasard, un heureux hasard, vint encore à mon aide. Quelques semaines après, errant dans la forêt de Viterbe, je me trouvai face à face avec ce Lorenzo Colonna, la cause première de tous nos malheurs. Il était seul, comme moi; mais eût-il été en compagnie, je n'aurais pas hésité un instant. Du plus loin que je l'aperçus, je lui criai mon nom. Il comprit mon intention sans doute, car il se mit en défense et, la dague au poing, nous fondîmes l'un sur l'autre. Le combat ne fut pas long; quelques minutes après Lorenzo Colonna était mort!

Maintenant, vous le dirai-je, seigneur Salvator, depuis que j'ai ainsi vengé de mes mains sur son meurtrier la mort de Gaston de Moncade, par tous les moyens en mon pouvoir, j'ai cherché à faire pénétrer la vérité jusqu'à sa sœur Pepita, non que je recule devant une haine de famille, mais parce qu'il est indigne que deux nobles maisons se déchirent et s'exterminent sans motif et sans but. Et puis, il faut que j'en fasse l'aveu à vous qui pa-

raissez vous intéresser au sort d'un proscrit : si je suis
assez fort pour supporter le poids d'une haine quelconque, jamais mon cœur ne haïra la fille du marquis de
Moncade et de la belle Giuditta Orsini. Deux fois il m'a
été donné de la voir : la première, c'était à l'église ; elle
était perdue au milieu des nobles femmes qui priaient.
Sa beauté me la fit remarquer. Je demandai son nom,
et j'appris que c'était elle qui poursuivait sur nous la
haine de famille. Depuis lors, son image n'est plus sortie
de mon cœur. La seconde fois, c'était hier, elle m'avait
attiré dans un guet-apens où je n'ai pas hésité à tomber
pour essayer de la dissuader. Sans vous, je serais à cette
heure entre les mains du bargello. Je puis me défendre,
je n'offenserai jamais.

— Comte Pietro Frangipani, dit après quelques minutes de silence Salvator Rosa, ému, malgré lui, de ce
récit fait avec l'accent de la vérité, remettez vos intérêts
entre mes mains ; vous ne vous en trouverez pas mal.
Croyez bien que ce n'est pas le hasard qui nous a fait
nous rencontrer. Il y a là-haut une puissance supérieure
à la nôtre qui règle pour le mieux toutes les affaires de
ce bas-monde. Maintenant, si vous voulez suivre un
conseil d'ami, restez cette nuit à Rome ; allez remercier
vos amis et surtout cet excellent Pablo de Poderina qui
m'a mis sur vos traces, et demain, quittez pour quelque
temps les États du Saint-Père. Allez à Naples. Je possède
au Pausilippe une villa agréable que je mets entièrement
à votre disposition. Mes amis prétendent qu'on peut y
passer quelques jours d'une manière convenable. Dispo-
sez en maître de tout ce qui s'y trouve. Pendant ce
temps, moi, je resterai à Rome, et je travaillerai active-

ment à vous y faire rentrer comme il convient à l'héritier de l'un des plus beaux noms romains!

A ces nobles paroles, le comte Pietro saisit la main de Salvator Rosa, et, malgré l'artiste, la porta à ses lèvres.

— Seigneur Salvator, lui dit-il, la naissance ne vous a pas fait gentilhomme; mais votre cœur est plus noble que celui de toute la noblesse romaine. J'accepte vos offres et désormais entre vous et moi, c'est à la vie, à la mort.

Après un gai repas, les deux nouveaux amis se séparèrent; le comte Pietro alla remercier Pablo de Poderina qu'il trouva à table avec ses compagnons de la veille; Salvator Rosa s'achemina vers la rue Saint-Théodore.

Si quelqu'un de ses amis avait rencontré Salvator Rosa durant cette marche nocturne, il n'aurait pas reconnu le peintre napolitain. Sous le poids de réflexions qui courbaient sa tête et allanguissaient sa démarche, le grand artiste avait entièrement perdu cette liberté et cette fierté d'allure qui lui étaient familières. Il cherchait par quelles voies détournées, il pourrait amener à lui Pepita, et, avant d'aborder de nouveau cette femme au caractère intrépide et décidé, il voulait avoir entièrement trouvé le plan vainqueur qui devait la lui soumettre. Ce n'était pas chose facile.

Plus calme que la veille, la rue Saint-Théodore avait repris cet aspect triste et mélancolique qu'on ne retrouve que dans les rues de Rome. La nuit était sereine, et nul bruit ne troublait la monotonie de l'eau qui coule au pied de la colline.

Quoique marchant d'un pas fort ralenti, Salvator Rosa

se trouva bientôt devant la porte de la maison où il se rendait. Il heurta cette porte de la main et la porte céda. On eût dit que Pepita l'attendait; car elle parut aussitôt, une lampe à la main, sur le seuil de l'appartement où l'artiste l'avait trouvée la veille.

— Ah! c'est vous qui revenez, seigneur Salvator, Dieu soit loué! soyez le bienvenu. Votre visite est ce qui pouvait m'arriver de plus heureux, ce soir. On vient de m'apprendre que ce Pietro Frangipani de malheur avait été saisi par les sbires, hier au soir. Mais que les maladroits l'avaient ensuite laissé échapper.

— Je sais tout cela, madame, et même je sais que ce n'est pas tout à fait la faute des sbires si Pietro est libre.

— Ah! voilà ce qu'on ne m'a pas dit : mais comment se fait-il que les sbires laissent échapper un prisonnier?

— Il faut bien qu'ils cèdent quand ils ont affaire à une troupe plus habile et plus courageuse que la leur.

— En pareil cas, seigneur artiste, si j'étais sbire, je tuerais le prisonnier et me ferais tuer ensuite.

— Voilà ce que les sbires ne feront jamais, madame; leur métier n'est pas assez bon pour cela.

— Et savez-vous aussi ce qu'il est devenu, ce Pietro Frangipani? savez-vous s'il est resté dans Rome, malgré l'édit qui le chasse de la ville, ou s'il a repris la vie errante de l'exilé?

— Je sais, madame, que Pietro Frangipani, désespéré de ne pouvoir fléchir votre haine, était décidé à en finir et n'aurait rien fait pour éviter la sentence du bargello, lorsque des amis dévoués sont intervenus et l'ont sauvé malgré lui.

— Fléchir ma haine, dites-vous! Et quel rêve insensé

a-t-il donc fait? Qu'espère - il? Ma vengeance veut du sang.

— Et s'il était innocent, madame, si son père, si ses frères étaient innocents?... Si une main étrangère aux Frangipani avait frappé votre frère pour des causes spéciales, votre vengeance-exigerait-elle un sang innocent?

— De quelle main étrangère parlez-vous, seigneur Salvator? qui pouvait frapper mon frère Gaston?

— Lorenzo Colonna, par exemple, qui aimait la femme à laquelle Gaston de Moncade adressait son premier amour.

— Êtes-vous sûr de ce que vous avancez, seigneur artiste? Prenez garde de vous trop aventurer, car alors de nouveaux devoirs naîtraient pour moi, ce serait une œuvre nouvelle de vengeance à commencer.

— Je suis tellement sûr de mes paroles que je puis encore vous dire ceci sans violer le secret qui m'a été confié : Lorenzo Colonna s'était réfugié chez les bandits, et Pietro Frangipani en le tuant vous a vengés tous deux.

— Ah! bonne Vierge! quelles paroles étranges! Vous me bouleversez. Mais les preuves, où sont les preuves?

— Quand Pepita de Moncade les voudra, je ne demande que deux jours pour les lui rassembler.

— Eh bien! seigneur Salvator Rosa, revenez dans deux jours, apportez-moi les preuves, je les examinerai scrupuleusement, et, si elles sont exactes, je vous bénirai tous les jours de ma vie de m'avoir fait connaître la vérité.

Autant le peintre napolitain avait de soucis et d'angoisses en abordant la maison de Pepita, autant il avait

le cœur joyeux quand il en sortit. Il regagna sa maison
du Janicule, chantant à la belle étoille ces sonnets et ces
canzone qu'il improvisait pour les filles de Naples et de
Chiaïa.

Dans sa maison il retrouva Pietro Frangipani qui déjà
était prêt à partir, la sandale poudreuse aux pieds, à la
main le bâton du pèlerin et du proscrit. Salvator Rosa
enlaça sa tête dans ses bras nerveux :

— Partez, ami, lui dit-il ; allez à la maison du Pausilippe ; mais avec vous emportez l'espérance.

Les deux amis causèrent quelques instants encore ;
Salvator Rosa demanda des détails qui lui étaient né-
cessaires pour achever son œuvre de réparation, puis
Pietro partit, et trois jours après, il habitait la villa délicieuse du peintre.

Salvator Rosa fut l'homme de son temps qui eut les
plus nombreuses relations dans tous les rangs de la société. A Naples, sa patrie, il connaissait tout le monde,
et souvent quand il se promenait dans la rue de Tolède,
il lui arrivait d'être abordé en même temps par un prince
sicilien, un grand seigneur de Naples, un brave mari-
nier de Procida, un lazzarone de Chiaïa. Jamais il n'oubliait une figure qu'il avait vue une fois et il avait pour
tous un accueil franc et loyal qui gagnait tous les cœurs.
Longtemps il avait vécu avec les bandits des Abruzzes
qui l'avaient mis en relation avec toutes les bandes des
Apennins. Jamais il ne trahit les secrets qu'il avait surpris sur la montagne, et cela l'avait mis en grande vénération dans ces populations mêlées.

Souvent il lui arrivait dans ses courses dans les villes,
de retrouver ses connaissances des montagnes ; mais

5

alors un mot, un signe suffisait, et sa bouche était à tout jamais muette.

Nous avons dit que l'hôtelier du Tibre, Angelo, était une vieille connaissance de notre artiste. Salvator Rosa l'avait rencontré pour la première fois dans la forêt de Viterbe, et sans le laissez-passer parfaitement en règle dont le peintre napolitain était toujours porteur, maître Angelo aurait fait payer cher à l'artiste sa curiosité.

Salvator obligé, pour tenir la promesse qu'il avait faite à Pepita de Moncade, de rassembler promptement les preuves demandées, pensa qu'Angelo pouvait lui être utile. Il alla donc à la taverne du Tibre, et en entrant :

— Maître Angelo, dit-il à l'hôtelier, le sourire aux lèvres, nous sommes de trop vieux amis pour qu'entre nous nous ne nous rendions pas service à l'occasion. Vous n'avez pas ouvert la bouche sur la petite affaire de l'autre soir?

— Jésus-Dieu! y pensez-vous, monseigneur? les camarades ont encore souvent besoin de moi; dans mainte et mainte circonstance c'est à moi qu'ils s'adressent de confiance. Je ne pouvais donc ainsi ruiner la maison d'un seul coup.

— C'est bien, maître Angelo, je reconnais là votre prudence accoutumée. Aujourd'hui j'ai besoin de quelques renseignements.

— Parlez, monseigneur, usez de moi à votre guise. Tout ce que j'ai est à votre disposition. Vous avez le bras long.

— Et la main ouverte, maître Angelo. N'avez-vous pas connu jadis un jeune homme blond, Colonna?...

— Lorenzo?... Parfaitement. C'était un païen et un

mécréant de la pire espèce. Il a été tué dans la forêt de Viterbe d'un fier coup de dague. Il était venu parmi nous, après avoir tué le fils du marquis de Moncade.

— C'est bien cela, maître Angelo. Je vois que vous connaissez parfaitement votre homme et son histoire.

— Jésus-Dieu! si je le connais; il nous l'a racontée lui-même, un soir, sur la route de Ronciglione, un soir d'orage.

— Encore mieux... Et maintenant pourriez-vous me dire aussi bien par qui il a été tué?

— Ah! pour cela, seigneur artiste, je l'ignore, et parmi nous jamais personne ne s'est vanté de l'avoir frappé.

— Il n'avait donc pas d'ennemi dans la bande?... N'a-t-on soupçonné personne?

— On a soupçonné, mais personne de la bande. Lorenzo n'avait pas d'ennemi. Il parlait peu, buvait beaucoup et était très-dur les armes à la main. Maintenant faut-il vous dire les soupçons?... On disait dans la bande, que le meurtre du jeune homme avait réveillé une vieille haine entre les Orsini et les Frangipani. Le jeune homme, à ce qu'il paraît, appartenait aux Orsini par sa mère. Nous rencontrions souvent dans nos courses, le dernier Frangipani qui errait d'asile en asile depuis qu'il était proscrit. Tous nous avions pitié de ce malheureux, quand nous le rencontrions. Seul Colonna paraissait heureux de son infortune. Dès qu'il l'apercevait, il riait d'une manière étrange. Or, Frangipani était avec nous, je me le rappelle bien, le soir de Ronciglione. Nous avons donc supposé que la mort inexplicable de Lorenzo Colonna était une vengeance de Pietro Frangipani. Nos soupçons paraissaient d'autant plus justes, que depuis cet événement nous n'avons plus revu le proscrit.

— Je le crois bien : il aurait pu vous prendre la fantaisie de venger la mort de votre camarade ; et, à mes yeux, vous auriez eu tort grandement ; car certes jamais homme n'avait mieux mérité son sort.

— Ainsi, c'était bien le comte Pietro Frangipani qui avait tué Colonna?... Un fier coup de dague !

— En doutes-tu?... Mais il l'a tué loyalement et bravement. Colonna se défendait, et il savait se défendre.

— C'est vrai qu'il se défendait. Quand nous l'avons trouvé, le cadavre avait encore la dague au poing.

— Maintenant, maître Angelo, voici ce que je désire de toi, et je saurai reconnaître ce service. Ce que tu viens de me dire, il faut le redire devant une autre personne. Oh! ne crains rien ; elle est sûre.

— Avec vous, monseigneur, je ne crains rien ; vous sauriez me retirer des griffes de Satan, si vous le vouliez.

— Ainsi tu acceptes, ajouta Salvator en riant de la puissance que lui prêtait l'hôtelier. J'aurais encore besoin d'autre chose. Si quelques-uns de tes compagnons veulent gagner quelques bons ducats d'or en témoignant de la même chose, tu n'as qu'à les avertir. Plus ils seront, mieux cela vaudra. Le peux-tu?

— Demain, si vous le voulez, monseigneur, nous serons dix tout prêts pour votre service. Est-ce assez?

— Eh bien! demain, vers les dix heures du soir, trouvez-vous à l'entrée du Campo-Vaccino. Soyez exacts. Je vous y attendrai.

— Nous y serons, monseigneur, foi d'Angelo! et par

le Christ! nous témoignerons comme un seul homme.

Ainsi tout marchait au gré de Salvator Rosa. Le lendemain, à l'heure indiquée, il se promenait à l'entrée du Campo-Vaccino et paraissait s'impatienter de ne voir personne, lorsqu'une voix qui paraissait sortir de terre, fit entendre ces mots, prononcés lentement et avec une prudence calculée :

— Excellence, je crois que voilà l'heure qui sonne. Est-il temps de nous montrer, ou faut-il attendre encore?

En effet, au même instant, les coups de la dixième heure étaient répétés par tous les clochers de la ville endormie.

— Il est temps, répondit Salvator Rosa. Êtes-vous là tous? En ce cas, marchons, et de la prudence.

Comme s'ils n'eussent attendu que ces paroles, dix hommes se levèrent de différents points assez rapprochés de la vaste enceinte, et ayant secoué la poussière qui les couvrait, ils s'acheminèrent, l'artiste à leur tête, vers la rue Saint-Théodore. Chemin faisant, le peintre les reconnut pour les avoir vus, soit dans les Abruzzes, soit dans les Apennins. Les bandits avaient quitté le costume pittoresque des montagnes pour adopter un costume plus en harmonie avec leur situation présente. En cela maître Angelo s'était surpassé. Tous ces bandits avaient l'air de petits industriels de la ville, et ceux dont la figure était trop brûlée par le soleil étaient affublés comme les paysans de la campagne.

Qu'on juge de l'étonnement de Pepita en voyant sa maison envahie par tous ces hommes dont les figures peu rassurantes malgré leurs habits de popolani lui étaient parfaitement inconnues. Heureusement Salvator

Rosa était entré avec les bandits, et la présence du peintre rassura la jeune femme.

— Madame, dit l'artiste, vous m'avez demandé des
preuves de ce que j'avançais l'autre nuit, ces preuves,
je les apporte avec moi. Ces hommes ont été les camarades de Lorenzo Colonna sur la montagne. Ils ont entendu ses discours, ils ont vu sa mort. Ils peuvent vous
édifier pleinement. Interrogez-les tous ensemble ou un
à un, et vous verrez si la parole de Salvator Rosa est
sûre, et s'il parle légèrement.

Alors la jeune femme fit venir à elle tous ces hommes
un à un, et tous, chacun avec le caractère d'éloquence
qui lui était particulier, répétèrent la même chose et
confirmèrent le témoignage les uns des autres.

Quand tous eurent été entendus, Salvator Rosa les
congédia d'un geste et resta seul avec la jeune femme.
Combien elle était changée en quelques heures! Ce n'é-
tait plus l'intrépide Espagnole capable de tout immoler
aux terribles exigences du sang versé. Maintenant elle
pleurait à chaudes larmes et disait à Salvator:

— Que nous avons été injuste envers les Frangipani!
Que de torts nous avons à réparer! Mais y a-t-il une
réparation au monde pour tout le mal que nous leur
avons fait! Mon Dieu! qu'ils ont dû souffrir!

Et la jeune femme se laissait aller à sa douleur avec
une violence qui effrayait l'artiste et l'arrêtait chaque
fois qu'il voulait essayer de la consoler. Maître du secret
amour de Pietro Frangipani, libre de le déclarer ou de
retenir l'aveu sur ses lèvres, il s'arrêtait à ce dernier
parti et remettait au lendemain le complément de sa
victoire

Ce lendemain arriva et fut suivi de plusieurs autres, pendant lesquels Salvator Rosa n'osa rien hasarder en faveur de son ami. Car à la douleur violente avait succédé un abattement profond et une prostration si complète, que pendant plusieurs jours le peintre craignit que la santé de la jeune femme ne fût sérieusement atteinte. Chaque soir il venait, et avec une délicatesse touchante, lui prodiguait les soins et les consolations d'une amitié affectueuses. Enfin Pepita prit sur elle de parler la première. Un soir, elle dit à l'artiste :

— J'ai tant fait souffrir Pietro Frangipani que mon esprit a vainement cherché une réparation digne de ses souffrances. Il en est une cependant, je crois; et j'aurais voulu qu'il la réclamât pour la lui donner sur-le-champ. Mais puisqu'il garde le silence, c'est à moi de parler. J'ai refusé ma main aux plus grands seigneurs de Rome; tout entière à ma vengeance, j'avais renoncé à la joie des épouses et des mères. Ce qui ne m'était point permis jusqu'à présent, je le puis à cette heure. Si Pietro veut de moi pour sa femme, je serais heureuse et fière de porter son nom.

— M'autorisez-vous, madame, à faire connaître à Pietro Frangipani les paroles que vous venez de me dire?

— Mais certainement, seigneur Salvator, que je vous y autorise; il y a mieux, en le faisant, vous me ferez plaisir.

— Eh bien! ce sera une bienheureuse nouvelle pour mon ami Pietro; car s'il faut tout vous dire, et je le puis sans crainte à cette heure, il y a longtemps que vous régnez dans le cœur de Pietro, passion qu'il caressait en silence avec joie, et jamais les plus rudes coups que vous lui avez portés n'ont pu lui arracher une plainte ou une malédiction.

— Écrivez-lui donc sur-le-champ, et qu'il vienne aussitôt votre lettre reçue. J'ai hâte de réclamer mon pardon.

— En cela, madame, vous me permettrez de n'être pas de votre avis. Je tiens Pietro pour très-bien dans l'endroit où il se trouve à cette heure depuis sa dernière équipée à Rome, et je juge prudent qu'il ne quitte cet asile qu'avec toute sécurité.

— Où se trouve-t-il donc, que j'aille le chercher, me jeter à ses pieds et lui demander merci?

— Pour cela, quand il vous plaira de le venir voir, je m'estimerai trop heureux de vous recevoir à ma villa du Pausilippe.

— Il est donc à Naples, et chez vous, seigneur Salvator? Eh bien! partons sur-le-champ. Êtes-vous prêt?

— Partons, dit Salvator Rosa; rien ne me retient plus à Rome. J'ai remis hier au cardinal Aldobrandini le dernier des cinq tableaux qu'il m'avait demandés pour sa galerie. Je vous demande deux heures pour régler ma maison, et je suis à vous.

Aux premières heures du jour, l'artiste et la jeune femme étaient sur la route de Naples. Pietro, qui avait été averti par un message que Salvator lui avait fait tenir, quelques heures seulement avant l'arrivée des nobles voyageurs, alla à leur rencontre, et se jetant dans les bras du peintre, avec une voix chargée de larmes de plaisir :

— Ah ! mon ami, il n'y a que vous qui sachiez le prix du bonheur, puisque vous faites si bien des heureux.

Puis saluant la jeune femme avec une grâce parfaite, il allait lui offrir son bras, quand celle-ci lui dit :

— Comte Pietro, après ce qui s'est passé entre nous, je crois que nous pouvons bannir de nos relations l'étiquette des cours. Je vous ai offert ma main ; dans quelques jours je serai votre femme, je vous permets de m'embrasser.

Pietro ne se fit pas répéter cette invitation, et quoique ses lèvres eussent effleuré à peine le front de la belle Pepita de Moncade, on eût dit qu'elles avaient touché un fer rouge. La jeune femme, heureuse de cet amour inspiré à son ennemi, prêt à devenir son époux, crut enfin à l'efficacité de sa réparation.

Les préliminaires de cette union furent vite supprimés par Salvator Rosa pour lequel il n'existait jamais d'obstacle bien sérieux. En même temps il faisait agir à Rome les amis puissants qu'il avait partout; et la sentence d'exil portée contre Frangipani fut levée grâce à son influence souveraine. Neuf jours après l'arrivée de Salvator et de la jeune femme à la maison du Pausilippe, une troupe joyeuse venant de Rome fit son entrée bruyante dans les cours de la villa. C'étaient Pablo de Poderina et les autres amis de Pietro Frangipani qui venaient à lui dans la bonne fortune comme ils étaient venus dans la mauvaise, jeunes gens toujours prêts pour la guerre et prêts pour le plaisir. Ils assistèrent au mariage de Pietro et de la belle Pepita de Moncade. Les fêtes de cette union furent splendides.

Ordonnées par Salvator Rosa, elles dépassèrent en luxe

et en magnificence tout ce qu'avaient pu inventer les
grands seigneurs les plus fastueux.

Après ces fêtes, Pietro et Pepita rentrèrent dans Rome,
et la réconciliation des deux familles fut encore célébrée
au pied du Capitole par des fêtes qui laissèrent dans la
noblesse romaine un long souvenir.

Salvator Rosa resta toujours l'ami des deux époux, et
c'est à eux, dit-on, qu'à sa mort il légua les bijoux et les
objets précieux qu'il avait amassés avec grand soin pendant toute sa vie.

La nuit était fort avancée quand mon ami acheva son
histoire, et, pour ne pas être saisis par la fraîcheur du
matin, nous nous séparâmes, en nous assignant le rendez-vous du lendemain.

VI

Depuis l'imprimeur-romancier Rétif-de-Labretonne,
qui avait l'avantage de s'imprimer lui-même, jusqu'à
nos jours, on a publié des milliers de chapitres dont
les portiers sont les héros. Dans la loge de ces véritables
propriétaires des maisons de Paris il y a des clubs im-
provisés entre quatre cloisons étroites où l'on se livre à
des entretiens précieusement recueillis par les écrivains
observateurs, et qui annoncent le degré de civilisation
où nous sommes arrivés. Ce genre d'observation a même
enfanté une littérature qui a eu ses jours de mode et de
grands succès.

Entraîné par cet exemple contagieux, j'ai voulu aussi

recueillir des commérages de portier, chez les peuples barbares et qui attendent la lumière de notre nord.

Ce jour-là, je trouvai Mateo dans la loge de mon vieux concierge. Et d'abord cette loge ne ressemblait en rien à ce que nous appelons ainsi dans nos tristes maisons parisiennes. Au Vatican, le marbre a été si largement prodigué de toutes parts, qu'il y a eu des rognures pour les logements les plus infimes.

Mateo était un homme dont l'âge est douteux, fort gai, fort alerte, frais de visage, avec des regards lumineux de jeunesse et des cheveux d'argent bouclé. Il était en grand costume pascal; habit noir, culotte de soie, bas finement étirés sur une jambe d'Apollon du Belvédère, souliers sacerdotaux à boucles d'or.

Lorsque j'entrai, les deux amis prenaient gaiement, non pas une tasse, mais un verre de chocolat.

Le concierge me dit :

— Vous nous excuserez, Monsieur, nous sommes à causer ici de choses qui vous intéresseront fort peu. Quand Mateo vient me voir, il apporte toujours beaucoup d'historiettes avec lui.

Quel bonheur pour moi ! me dis-je, je vais entendre des commérages de portiers romains ! et je priai Mateo de vouloir bien ne pas remarquer ma présence, et de m'annuler complétement dans le trio.

— Il me semble, Monsieur, me dit Mateo, que je vous ai déjà vu. Ne m'avez-vous pas arrêté dans la longue galerie des *monumenta veterum christianorum?*

— C'est vrai, Monsieur, — lui dis-je après l'avoir bien examiné, vous m'avez ouvert la grille de la galerie, et comme vous marchiez très-vite devant moi, pour me conduire au musée de Pie VI, je vous ai prié de vous arrêter pour me laisser regarder les pierres tumulaires de la galerie.

— C'est que, dit Mateo avec un sourire malin, ils sont bien rares, très-rares, les voyageurs qui regardent ces inscriptions. Ils sont tous si pressés de courir aux salles de statues et de tableaux ! Je n'ai jamais vu que Monsieur le vicomte de Chateaubriand qui ait passé des heures entières devant ces précieuses reliques [1].

Cela ne m'étonna point. Personne n'a parlé de la *ville* comme M. de Chateaubriand, personne ne la connaît comme lui.

J'éprouvai un mouvement de fierté nationale, en voyant que le nom de Chateaubriand était dans la mémoire du peuple romain, qui, probablement, a déjà oublié tous les autres ambassadeurs français.

Comme je m'étais incliné sans répondre, Mateo reprit après quelques minutes de silence :

— Je suis bien aise, Monsieur, qu'un heureux hasard me fasse vous rencontrer encore une fois au Vatican. Le soin minutieux que vous apportiez dans vos observations de la galerie des premiers monuments chrétiens m'avait prévenu en votre faveur. Je serais heureux de pouvoir vous être de quelqu'utilité.

— Ce que je vous demande, c'est de ne vous déranger en rien à cause de moi. Causez avec votre ami, comme si je n'étais pas là, à moins que ma présence ne soit indiscrète.

1. Cette phrase m'a été dite textuellement; je n'ajoute et ne retranche pas un seul mot, et j'en appelle aux souvenirs du plus illustre des voyageurs.

— Nullement, nullement; nous causerons comme trois vieux amis.

Je m'inclinai de nouveau, et le vieux concierge et Mateo achevèrent en silence leur frugal déjeuner.

Après le chocolat nous entrâmes au jardin. Le concierge cueillit des oranges, en offrit à ses deux visiteurs, et nous nous assîmes sur un banc de gazon.

— Voyons, dit le concierge à Mateo, contez-nous quelque historiette amusante. Le carême est passé, la joie est permise. On a chanté *Alleluia!*

— Laissez-moi finir mon orange, dit Mateo avec un sourire spirituel qui était la préface de l'historiette.

J'étais fort curieux de connaître quel genre d'historiette joyeuse Mateo pouvait conter. Dans la loge d'un concierge parisien, je me serais attendu à quelque indiscrétion un peu leste, commise au détriment d'un locataire suspect dans ses mœurs. Mais ici, entre ces deux concierges, à quel commérage allais-je m'associer?

Voici ce que nous raconta Mateo.

— Vous savez, Monsieur (j'ignorais encore cela), nous dit Mateo, qu'en 1817, une fouille, payée par la duchesse de Devonshire, mit à découvert, au Forum, la colonne de Phocas. On trouva, dans cette fouille, quatre médailles d'Othon, petit-bronze. Cela mit en émoi tous les antiquaires numismates, et vous en savez la raison.

— Ah! je n'en sais pas la raison, moi, dis-je à Mateo, en l'interrompant.

— Eh bien! je vais vous l'apprendre, — me dit le portier d'un ton de supériorité magistrale, convenablement mitigé par un sourire amical.

Ah! mon Dieu! pensai-je, il va me dévoiler quelque

6

chose de calomnieux contre la duchesse de Devonshire.

Les portiers se ressemblent tous. Un instant je regrettai mon interruption.

— Monsieur, poursuivit Mateo, si vous étiez numismate, vous sauriez qu'il n'y a, dans aucune collection, des médailles d'Othon, grand-bronze. C'est la seule effigie d'empereur qui ne soit pas en casier sous ce module.

— C'est pourtant vrai, dit le vieux concierge.

Nous allons arriver à la duchesse de Devonshire, me dis-je dans un *à parte* mental.

— Or, continua Mateo, en exhumant de cette fouille quatre Othon, petit-bronze, il y avait plus de chances que jamais de découvrir l'Othon, grand-bronze, si désiré par les faiseurs de collections. Autour de la colonne de Phocas, la terre fut remuée profondément et passée au crible. On trouva les douze Césars, les empereurs du Bas-Empire, les Ptolémée; on trouva tout ce qui est vulgaire, tout ce qui sert de fausse monnaie aux *facchini*, excepté l'introuvable Othon.

— Et la duchesse de Devonshire ? demandai-je avec une timidité curieuse.

— La duchesse de Devonshire, répondit Mateo, n'a plus rien à voir dans cette affaire; seulement elle fut cause que tous les numismates de Rome perdirent la tête en cherchant leur Phénix.

Si l'historiette finit là, — me dis-je en poursuivant mon *à parte* intérieur, — il n'y a rien de fort plaisant; on aurait pu la raconter en carême.

— En ce temps-là, poursuivit Mateo, il y avait à l'hô-

tel de la place du Peuple un jeune Anglais nommé Thomas Gloose, qui ne savait que faire de sa jeunesse, de
son or et de son temps. Tout à coup, par un de ces ca-
prices fort communs aux hommes de son pays, il s'en-
flamma de belle passion pour les Othons, grand-bronze
et la fouille de la colonne de Phocas. Il n'y a qu'un remède au *spleen*, c'est l'acharnement dans la recherche
d'un résultat impossible. Thomas Gloose s'obstina dans
son idée, et Dieu sait le nombre des grains de poussière
qui ont coulé entre ses doigts depuis 1817 jusqu'en 1831,
époque à laquelle il partit pour Londres, où l'appelait
une affaire de succession.

Nous l'avons revu à Rome en 1833. Il acheta une maison rue Sainte-Marie-aux-Fleurs, et se fit construire un
superbe cabinet de médailles. Thomas Gloose comptait
beaucoup sur un procès d'héritage pour se donner une
excitation nouvelle, car il avait abusé de l'Othon, grand
bronze. Ce procès dura deux ans, selon l'usage des procès anglais, lorsqu'ils sont courts. Premier désappointe-
ment de Thomas Gloose. Il avait choisi le plus mauvais
avocat du comté de Middlesex; il ne visita aucun juge; il
entra dans la salle d'audience en ôtant son chapeau, ce
qui est une grossière impolitesse envers le tribunal. Tout
fut inutile; l'infortuné Thomas Gloose gagna son procès; et n'ayant d'autre chance de salut que de se remettre à la poursuite de l'Othon, à son retour, il ordonna
des fouilles sur tous les terrains soupçonnés de recéler
ce trésor.

L'an dernier, Thomas Gloose fit annoncer dans le
Diario, qu'il donnerait une récompense de cinquante
mille écus romains à celui qui lui apporterait un Othon,

grand-bronze. Cette annonce, comme vous le pensez bien, produisit une forte sensation.

Il y a sept ou huit jours, la veille du dimanche des Rameaux, Thomas Gloose faisait une promenade, en calèche découverte, du côté de la Storta : devant la ruine appelée, à tort, le tombeau de Néron, une roue de devant s'échappa de l'essieu et tomba dans le ruisseau. Le cocher descendit vivement de son siège, en s'écriant d'un ton désespéré : cette voiture est maudite ! *Questo legno maledetto !* Thomas Gloose parut assez satisfait de cet accident, et il daigna dire à son cocher de ne pas se désespérer pour si peu de chose.

— Si Votre Seigneurie le permet, dit le cocher, j'irai appeler le charron de l'auberge de la poste, ici, tout près, à la Storta, et je vais ordonner à ce mendiant qui passe de garder les chevaux.

— Fais, dit Gloose.

Il y avait sur le ruisseau où était tombée la roue, un joli petit pont agreste qui invitait à passer de l'autre côté du chemin, sur une campagne inculte, mais toute couverte des fleurs sauvages du printemps. Thomas Gloose traversa le pont, et profita de l'occasion pour examiner cette tour isolée que le voyageur découvre en descendant de Baccano, et qui passe pour le sépulcre de Néron. A quelques pas de cette ruine, un berger vénérable et fort délabré, couché sous un arbre, une cornemuse à la main, regardait paître un projet de troupeau, composé de trois chèvres. Comme accessoire de paysage romain, ce berger posait admirablement, et Thomas Gloose, qui avait brillé sur les bancs de l'université d'Oxford, ne put s'empêcher, malgré sa tristesse incurable, de sourire à ce tableau de bucolique. Le berger n'était pas fort sur la cornemuse, mais il en tira quelques sons qui réveillèrent les plus doux souvenirs de collége dans le cœur de Thomas Gloose, très-peu musicien d'ailleurs, comme tout homme attaqué du *spleen*.

— Est-ce là tout votre troupeau ? demanda l'Anglais au pâtre d'un air de bonté protectrice.

— Hélas ! répondit le berger, c'est tout ce que m'a laissé l'épizootie de l'été dernier ! J'avais autrefois un beau troupeau qui broutait le cytise fleuri, dans les pâturages du Tibre ; longtemps je l'ai défendu contre les ardeurs du solstice, et le destin me l'a ravi, sous la lune maligne de juin !

Des larmes mouillèrent les yeux du berger ; il voulut tirer quelques sons de sa cornemuse, mais le souffle lui manqua. C'était attendrissant.

— Berger, dit Thomas Gloose, voulez-vous me suivre à Rome ? j'aurai soin de vous et vos douleurs finiront.

— Non, non, généreux étranger, dit le pâtre ; la ville qu'on appelle Rome ne sourit pas au vieillard, habitué aux fraîches vallées. Cette campagne sera mon tombeau.

Thomas Gloose tira de sa bourse une poignée de pièces d'or et les présenta au berger.

Un mouvement de fierté superbe raidit le bras du vieillard, et ses yeux brillèrent d'indignation.

— Gardez votre or ! s'écria-t-il, le pâtre romain n'est pas un mendiant. Je n'ai besoin de rien ; ma pauvreté me suffit.

Ces derniers mots furent prononcés avec cette brusquerie qui veut en finir avec un interlocuteur ennuyeux.

Thomas Gloose ne savait quel ton prendre pour renouer l'entretien.

— Berger, lui dit-il, l'aumône humilie, mais le travail honore. Veux-tu accepter du travail?

— Et mes chèvres? puis-je abandonner mes chèvres, débris de mon troupeau? Faites-moi labourer la terre ou marier l'ormeau à la vigne, j'accepte, mes chèvres au moins ne me quitteront pas.

— Écoute, berger, dit Thomas Gloose, je veux te confier une fouille, là, autour de cette ruine, et je te donnerai un *francescone* par jour.

A ces mots, le pâtre poussa un cri de joie, et, se précipitant aux pieds de l'Anglais, il les baisa.

— Oh! soyez béni! s'écria-t-il; vous serez toujours un dieu pour moi, vous qui me faites ces doux loisirs!

En ce moment, le cocher passa le petit pont, et, jetant un regard dédaigneux sur le pâtre, il dit à Thomas Gloose.

— Si Votre Seigneurie veut remonter en voiture, le dommage est réparé.

— Écoute, dit Thomas Gloose à son cocher, regarde bien ce pâtre et cette ruine, afin de les reconnaître, tu viendras déposer ici, avant ce soir, deux brouettes et deux bêches pour une fouille, entends-tu?

Le cocher fit une grimace de mécontentement, et murmura quelques paroles sourdes, en lançant au pâtre un regard de mépris.

— La colombe poursuivra le vautour avant que j'oublie vos bienfaits, dit le pâtre en baisant les mains de Thomas Gloose.

La calèche courait vers *Ponte-Mole*; Gloose se retourna

pour donner un dernier regard au pâtre. Le vieillard
était occupé à caresser ses chèvres avec la tendresse d'un
père qui est rassuré sur l'avenir de ses enfants par un
coup de fortune inattendu.

Thomas Gloose avait promis de venir chaque jour inspecter l'état de la fouille et payer le travail. A la première visite, il trouva le berger fouillant la terre, au bas
d'une excavation assez profonde déjà. Ce travail avait
produit trois médailles byzantines, un Odoacre assez
bien conservé, deux urnes cinéraires, cinq fioles lacry-
matoires, et un nez gigantesque en bronze, que Thomas
Gloose attribua au colosse de Néron, dont le pied est au
musée capitolin. Cette dernière découverte fixa les incertitudes de l'Anglais sur la tradition qui veut que cette
tour soit le tombeau du cruel empereur. Rapport en fut
fait à la Société royale de Londres le même jour.

A la seconde visite, Thomas Gloose trouva le vieillard
fort découragé et tourmenté surtout par le scrupule de
gagner un *francescone* pour ne rien faire de bon. A peine
la fouille avait-elle mis en lumière quelques fragments
de vases fictiles, sans aucune valeur :

— Faut-il s'arrêter ou continuer? demanda le pâtre,
en essuyant la sueur de son front.

— Continuez, continuez, dit Thomas Gloose; et il
donna la pièce d'argent, que le pâtre reçut cette fois,
avec une répugnance marquée, au risque de désobliger
son bienfaiteur.

Deux nouvelles visites ne furent pas beaucoup plus
heureuses; cependant, à travers quelques débris informes, Gloose recueillit, avec une véritable joie, une médaille fort rare et précieuse : c'était un grand-bronze à

l'effigie de Didius Julianus, qui se fit nommer empereur, comme on sait, en donnant vingt-cinq mille sesterces à chaque prétorien. Les médailles de Didius Julianus sont rares, parce qu'on ne lui donna pas le temps d'en frapper beaucoup, sa nomination scandaleuse ayant fait surgir avec lui trois autres empereurs : Sévère en Illyrie, Niger en Orient, Albinus dans les Gaules. L'Empire avait alors quatre souverains.

Avant-hier, samedi, Thomas Gloose descendit dans la fouille, et fit la question ordinaire : *Che nuovo ?* Le pâtre secoua la tête et désigna du doigt une balayure grisâtre, fraîchement extraite d'un boyau souterrain.

Gloose ôta ses gants et fit le triage. Il trouva d'abord une médaille de Sévère, frappée à l'occasion de la victoire qu'il remporta à Issus, sur son compétiteur Niger ; quelques monnaies byzantines, et enfin, un grand-bronze presque tout voilé de rouille, mais qui laissait encore distinguer ces lettres triomphantes :

OTH. IMP. PONT.....

Thomas Gloose poussa un cri de joie, contre l'usage des Anglais, et se retint violemment pour s'empêcher d'embrasser le pâtre. L'Othon grand-bronze était trouvé.

— J'ai promis, je tiendrai, dit Thomas Gloose, en serrant la main du pâtre. Voici ma carte ; viens chez moi à Rome, aujourd'hui. Le prix de la découverte t'attend.

— Que signifie cela ? dit le berger, en ouvrant des yeux démesurément fendus par la stupéfaction.

— Cela signifie que tu es riche, à dater de ce moment.

Viens chercher ta récompense, rue Sainte-Marie-des-Fleurs.

Le fait suivit la parole avant la nuit. Le pâtre recula d'abord devant les cinquante mille écus romains, reliés en *bank-notes;* mais le fier Anglais le menaça, le *Diario* à la main, de le dénoncer au cardinal Sanaglia, comme ayant insulté la Grande-Bretagne, par le refus d'un salaire légitimement dû ; et le pâtre fut bien forcé de s'enrichir.

Hier, au coup de l'*Angelus*, Thomas Gloose est venu triomphalement montrer son Othon grand-bronze à notre majordome, qui est le prince de la science numismatique. J'assistai à cette entrevue. Le majordome a pris la médaille, et la faisant glisser entre le pouce et l'index, il dit en souriant :

— Monsieur, vous avez reçu l'aumône d'un faux-monnayeur de l'empereur Othon.

— Impossible! impossible! s'est écrié Thomas Gloose.

Et il a raconté toute l'histoire du pâtre et de la fouille de la tour de Néron.

— La comédie a été bien jouée, lui a dit le majordome, c'est toujours en semaine-sainte qu'on trouve des médailles rares pour les Anglais, parce que la police a tant d'occupations avec les cent mille étrangers qui nous arrivent, qu'elle néglige, aux environs, l'inspection des fouilles suspectes. Je connais votre vieux pâtre ; c'est un jeune homme, natif de Sienne, et qui a fait de brillantes études à Bologne. Votre cocher est son ami intime ; ils n'en sont pas tous deux à leur coup d'essai ; mais, cette fois, ils ont travaillé en grand... Regardez, Monsieur Gloose, ce vert-de-gris est une peinture toute fraîche,

6.

cette rouille est une pâte; vous allez voir disparaître
tout cela sous mon ongle... Tenez, il n'y a plus rien.
C'était un beau travail de faussaire. On a inventé une
préparation métallurgique qui force le bronze à vieillir
de quinze siècles en quinze minutes. Votre Othon grand-
bronze était un rouleau de baïoques les mois derniers...

— Comment donc! s'écria l'Anglais, ce vieux pâtre si
vertueux.

— Ce vieux pâtre si vertueux, poursuivit le majordome, est en ce moment à bord de quelque paquebot
de Civita-Vecchia, où la police romaine ne peut l'at-
teindre. C'est un malheur, consolez-vous.

L'Anglais a fait tout de suite des démarches pour découvrir le faussaire. Tout a été inutile. Le majordome
avait raison sur tous les points. Le cocher avait disparu
depuis la veille. Il était donc évidemment le complice
du faux Tityre de la tour de Néron.

Après cette anecdote, nous engageâmes un entretien
sur les médailles, et je fus fort étonné de l'érudition de
Mateo.

— Je suis, me dit-il, un enthousiaste modéré de la
science numismatique; je n'ai de véritable admiration
que pour une seule médaille frappée sous Aurélien, et
qui renferme l'histoire du monde.

— Je serais fort curieux de la voir, dis-je à Mateo,
pourriez-vous me la montrer?

— Je veux bien; puisque vous êtes arrêté dans la galerie des *monumenta*, vous méritez de voir la médaille
d'Aurélien; celle-là n'est pas de la fausse monnaie! Suivez-moi. Avant la fin du jour je vous la montrerai.

J'avais pris un goût infini à ces commérages de portiers romains, et j'étais prêt à suivre Mateo.

VII

— L'autre histoire que j'ai à vous dire, ajouta Mateo, est encore plus triste. Mais il est bon que les hommes la sachent et la méditent, afin d'être prémunis contre les tentatives du démon de l'orgueil.

Ces paroles du vieux Romain me faisaient réfléchir. Il me semblait que tout dans Rome confond l'orgueil de l'homme ; et pour chercher des leçons, on n'a dans cette ville qu'à ouvrir les yeux et tendre la main.

— Puisque vous vous arrêtez dans les galeries où sont les *monuments des premiers chrétiens*, vous avez dû visiter Rome dans ses ruines, imposantes encore malgré les dévastations des Barbares modernes. Vous avez vu ces cirques immenses qui ont à peine sauvé quelques noms de l'oubli, et ces temples sans nombre élevés à des dieux dont les savants eux-mêmes ont oublié la nomenclature. Eh bien ! l'orgueil de ceux qui élevaient tant de monuments n'était qu'une puérilité à côté de celui dont je vais vous parler.

Ayant dit, Mateo se recueillit un instant ; puis il reprit en ces termes :

LE COMTE DE BOLSENA

Il fut un moment, dans la vie de l'Europe, où l'homme ne douta de rien. On venait de découvrir une puissance dans un grain de salpêtre et de charbon. La science s'avançait dans le chemin du ciel, le télescope à la main : la boussole avait été trouvée, avec ses utiles et mystérieux secrets. Un jour, sur les places publiques de Gênes, de Venise, de Florence, une nouvelle tomba, auprès de laquelle toutes les nouvelles que la renommée a publiées depuis ne sont que des contes d'enfants : on annonça qu'un monde avait été découvert par un Italien ; un monde avec une nature toute colossale, avec des arbres, des hommes, des animaux inconnus. Il est difficile d'apprécier aujourd'hui l'ébranlement qui fut donné aux imaginations italiennes par ces révélations inattendues. Tous les esprits étaient en délire ; les jours fabuleux des Titans semblaient vouloir se faire historiques ; on allait escalader les cieux ; on cherchait Ossa et Pélion. Dieu se mettait à la portée des intelligences ; il n'y avait plus de secrets dans la machine de l'univers. Les alchimistes arrivaient avec leurs explications : on avait enfin le mot de cette énigme qui retentit dans les vents, dans les bois, dans les mers : on avait pris Dieu sur le fait.

Ce fut une époque d'orgueil, de folie, d'athéisme et de débauches. La foi même du clergé romain en fut ébranlée : c'était peu de Luther et de Calvin ; voilà que le télescope donnait raison à Galilée et à Copernic. Copernic

avait écrit : « Si nous avions des instruments, nous ver-
rions les phases de Vénus comme celles de la lune. »
L'illustre astronome, après avoir écrit cette vérité, n'a-
vait pas eu le courage de la soutenir : il publia son livre
et mourut le lendemain, pour s'éviter des embarras et
des persécutions. Les instruments ayant été découverts,
on aperçut les phases de Vénus, l'anneau de Saturne, les
satellites des planètes, plus ou moins nombreux, selon
leur éloignement du soleil. Tout cela semblait porter
atteinte à quelques passages des livres saints qui n'a-
vaient pas prévu Galilée et Copernic. L'Amérique arrivait ensuite pour tourmenter le premier chapitre de la
Genèse. Les uns s'alarmaient de la révolution inévitable
que ces choses allaient soulever dans les idées : le plus
grand nombre se laissa maîtriser par le démon de la superbe, se souciant fort peu que les portes de l'enfer pré-
valussent contre le Vatican, et trouvant, au contraire,
dans ce désordre intellectuel du moment, une excitation
de plus à mener joyeuse vie ; fermant l'oreille aux ter-
reurs du démon, puisque l'enfer était mis en pro-
blème par la découverte de l'Amérique, et qu'après tout,
s'il existait, on saurait bien découvrir un secret d'alchi-
miste pour éteindre ses flammes ou y vivre à l'aise éternellement.

Les hommes oisifs et opulents qui s'entretenaient des
merveilles qu'ils avaient vues, ou que leurs pères leur
avaient racontées, se persuadèrent aisément que le monde
était sur la voie d'une ère nouvelle, et que chaque jour
devait enfanter son prodige. Les plus exaltés ne doutèrent point que, de découvertes en découvertes, on arri-
verait nécessairement à quelque chose de mieux que

l'extinction des flammes de l'enfer, c'est-à-dire l'immortalité du corps. Ils se disaient qu'à coup sûr la nature avait un secret qui devait à jamais abolir la mort sur la terre, et que tous les efforts de la science et de l'imagination devaient tendre à lui arracher son secret, bien plus important que l'invention de l'Amérique, de l'anneau de Saturne et de la poudre à canon. On organisa donc des plans pour tuer la mort.

Un comte de Bolsena, qui jouissait d'immenses revenus et qui se désolait à l'idée de les perdre en mourant, se mit à la tête d'une société clandestine qui ne cherchait pas la pierre philosophale, mais l'immortalité. Cette secte se réunissait dans un château de la grande île du lac de Bolsena. Cette résidence est aujourd'hui détruite, ou du moins il n'en reste que les ruines. L'île des adeptes se révèle encore au voyageur des Apennins, lorsqu'il a laissé à sa droite le village *San-Lorenzo-Nuovo,* et qu'il découvre le magnifique lac de Bolsena, autrefois cratère d'un volcan.

Le comte de Bolsena, l'allié d'Americo-Vespucci, s'était promis, lui aussi, de faire une découverte plus utile à l'humanité que la conquête d'un monde nouveau. Il était dans la force de l'âge, et il était presque certain de ne pas être surpris en traître par la mort, avant d'avoir trouvé le secret de lui échapper. Les adeptes se réunissaient sur le lac, sous sa présidence, toutes les fois que l'un d'eux avait une communication à faire à la société. On écoutait gravement; on discutait sur le procédé d'immortalité trouvé par l'adepte; on ne se livrait aux expériences que sur l'avis unanime qu'il y avait chance de réussir. Alors on prenait un vieillard agonisant, on lui imposait le remède de la vie éternelle, et le vieillard mourait le lendemain.

La société ne se décourageait pas. Après la mort du vieillard, on constatait unanimement que l'expérience était mauvaise et le procédé vicieux. Cela étant admis, on recommençait à se plonger dans les calculs ; on étudiait les simples on en exprimait des sucs, on combinait les poisons et les plantes alimentaires, afin de neutraliser le principe de mort par la vigueur de l'élément de vie : on cueillait la ciguë avec la main gauche, la droite sur le dos, par un sombre clair de lune du mois de mars ; on prononçait tout bas le mot ineffable, le mot qui brûle le papier lorsqu'on l'écrit ou la lèvre qui le laisse échapper ; on chantait en chœur le verset du Psalmiste : *In te, Domine, speravi non confondar in æternum,* mais à rebours, en remontant du dernier mot au premier ; horrible sacrilége qui réjouit l'enfer et met le démon à la disposition de l'homme, dans les hautes combinaisons magiques. On épuisait la science de la nécromancie. Les adeptes dépérissaient à vue d'œil, brûlés par la flamme des veilles ; ils mouraient avec des regrets inconnus aux autres hommes, parce qu'ils pensaient qu'une heure d'existence de plus les eût initiés, peut-être, au grand arcane qui devait donner à leurs heureux confrères des corps immortels.

Pour combler le vide de ses rangs dégarnis, la société se recrutait de nouveaux membres ; mais elle n'admettait dans son sein que des hommes énergiquement organisés, et dont l'indomptable courage avait triomphé des formidables épreuves de la réception. La société ne voulait pas donner asile dans son sein à des lâches qui se

seraient fait de l'initiation un rempart assuré contre l
mort ; elle ne donnait le titre d'adeptes qu'à ceux qu'ell
avait jugés dignes de l'immortalité par le mépris qu'il
témoignaient de la vie. Aux solennelles épreuves, l
cœur faillissait souvent au plus brave : le récipiendair
était introduit, les yeux bandés, dans des souterrain
sur lesquels mugissaient les vagues du lac de Bolsena
il entendait des bruits, des voix, des murmures, de
gémissements, qui ne lui rappelaient rien de connu
l'eau du lac suintait à travers le mince plafond, l'inon
dait bientôt d'une pluie glacée, comme s'il eût été roul
par un torrent ; il entendait mugir sur sa tête la rou
d'un moulin, suspendue sur l'écume d'un gouffre, ave
des bruits de ferrailles et de battants rouillés d'une larg
écluse emportée par la violence des eaux. Si le récipien
daire criait *merci*, deux bras vigoureux le saisissaient
on lui faisait boire un narcotique, et à son réveil, il s
trouvait, seul, bien loin de Bolsena, sur une crête sau
vage des Apennins. La cérémonie de l'initiation n'éta
pas toujours la même. On disposait l'épreuve d'après l
caractère connu de l'adepte futur. Quelquefois on le pla
çait, par une nuit sombre, sur le piédestal naturel d
granit qui dominait la haute cascade de Righi. Recom
mandation expresse lui était charitablement faite de n
pas avancer d'un pouce, quelque choses qu'il entendî
Une forte écluse contenait dans son lit supérieur les eau
calmes de la cataracte. Au signal donné, l'écluse s'ou
vrait, et le profond silence de la nuit était soudainemen
brisé par le fracas épouvantable des ondes qui tombaien
à pic dans le gouffre. Un de ces malheureux éprouvés
obliant la recommandation, bondit de terreur sur l'étroi

piédestal et roula jusqu'au fond de l'abîme. On lui fit
des funérailles magnifiques, et il fut reçu adepte de l'immortalité après sa mort : le diplôme posthume fut déposé dans son tombeau.

Un jour, dans la salle des séances, entra un adepte
qui jouissait d'une grande considération. On le nommait
le Viterbois. La société comptait beaucoup sur lui pour
le succès de l'œuvre. Il n'avait encore rien inventé, mais
on affirmait qu'il n'était pas homme à donner quelque
chose au hasard, et que sa première expérience serait un
triomphe. Son apparition excita un grand intérêt cette
fois, parce qu'il était nu et qu'il portait à la saignée du
bras gauche un ruban rouge ponceau. Un adepte, qui
entrait ainsi dans le lieu ordinaire des séances solennelles, avait une importante communication à faire à la
société. Un grand silence se fit. L'adepte détacha son
ruban rouge, et le président lui accorda la parole.

Le secret de la vie était enfin trouvé : aux premières
phrases de l'orateur, la société applaudit d'enthousiasme : dès ce moment c'en était fait de la mort, elle n'existait plus; l'adepte de Viterbe avait mis le pied sur le
spectre hideux. Malheureusement l'inventeur de l'immortalité demandait douze ou quinze ans pour faire
jouir ses confrères du triomphe de sa découverte. Les
uns répondirent que lorsqu'il s'agissait d'éternité, il ne
fallait pas s'arrêter à si peu de chose; d'autres firent
observer qu'il était fâcheux que le bénéfice de la découverte fût perdu pour les adeptes qui mourraient avant
le jour de l'expérience. On répondit à ceux-là que la
société s'engageait à découvrir un mode de résurrec-
tion applicable aux confrères ensevelis dans ces quinze

ans. Le plus difficile étant obtenu, le reste était un
jeu.

La société résolut de s'armer de patience ; on décida
que les recommandations de l'adepte viterbois seraient
suivies exactement, et que, dès ce jour, tout confrère
était dispensé de songer à de nouvelles expériences,
puisque le procédé nouveau avait toutes les garanties
de réussite que le sceptimisme le plus méticuleux pouvait exiger.

D'abord, l'adepte viterbois avait demandé une petite
fille de trois ans et un garçon de quatre, tous deux aussi
beaux que peuvent l'être des enfants de cet âge. Les
adeptes étaient puissants et riches, et vivaient dans un
pays placé en dehors de toute domination. Ils trouvèrent
sans peine les enfants demandés. On les enleva clandes-
tinement dans la campagne de Bolsena. C'était la première condition du succès. La petite fille reçut le nom
de *Vita*, le garçon celui de *Raggio*, rayon. Ils furent
enfermés séparément dans deux jardins clos de hautes
murailles, mais remplis d'agréments, et dans lesquels
on avait eu soin de ménager tout ce qui peut contribuer
au développement du corps et de la santé. C'étaient deux
prisons délicieuses, avec des pelouses vertes, de beaux
massifs d'orangers, des bassins d'eaux vives ; le paradis
terrestre n'avait rien de mieux.

Les adeptes s'engagèrent par serment, toujours d'a-
près l'injonction du Viterbois, de veiller, chacun à leur
tour, sur Vita et Raggio. Ce service de surveillance fut
régulièrement organisé. Il s'agissait d'épier tous les mouvements des enfants, sans jamais se montrer à eux, et de
déposer leur nourriture sur un lieu apparent, la nuit,

pendant leur sommeil. Chaque soir, les surveillants de
garde devaient faire leur rapport au président de la société.

Vita et Raggio étaient plus jeunes encore que le Viterbois ne l'exigeait; ils avaient cet âge qui n'apporte à l'a-
venir aucune image du passé; leur vie n'était pas commencée lorsqu'ils entrèrent dans le jardin qui devait si
longtemps leur servir de prison. En avançant en âge,
leurs souvenirs devaient s'arrêter à ces pelouses sur lesquelles ils essayèrent leurs premiers pas. Ces deux êtres
n'avaient donc point appartenu au monde, ils n'avaient
vu que des arbres, des fleurs, des oiseaux, et jamais un
visage humain. Les gardiens qui épiaient tous les mouvements, faisaient une étude curieuse de l'espèce humaine. Vita et Raggio, séparés l'un de l'autre par une
muraille, s'essayaient à la vie par des habitudes, des
mouvements à peu près identiques; on aurait cru quelquefois qu'ils se copiaient comme s'ils avaient pu se voir.
Ils se réveillaient aux mêmes heures; ils jouaient sur la
pelouse, imitaient le chant des oiseaux, se plongeaient
dans le bassin, dont la fraîcheur matinale les faisait fris-
sonner et rire aux éclats. Puis ils mangeaient gaiement
les provisions du jour, sans avoir l'air de s'inquiéter de
l'invisible Providence qui apprêtait leurs festins; rare-
ment on les surprenait dans une attitude méditative.
Lorsqu'une teinte sombre tombait sur leurs calmes et
gais visages, ils ne tardaient pas de s'étendre sur le gazon
et de s'endormir. Le besoin de sommeil les rendait rê-
veurs et mélancoliques. Ils regardaient souvent le soleil
à midi d'un œil fixe; ils lui souriaient comme au seul
ami qui les visitait dans leur solitude, et lui chantaient

en reconnaissance l'hymne harmonieux que leur avaient
appris les alouettes et les rossignols.

L'adepte de Viterbe habitait un château dans le voisinage de Monterosi : il venait régulièrement, tous les
sept jours, à l'île de Bolsena, pour lire les rapports des
gardiens et observer lui-même, par la secrète lucarne,
les progrès des deux enfants. Le jour de cette visite, les
adeptes se réunissaient; on entourait le Viterbois, on le
pressait de questions. Lui, conservait un calme imper-
turbable, et répondait à ses confrères en termes d'ora-
cles. Quelques vieillards, intéressés à une prochaine solution de l'expérience, ayant demandé à l'inventeur s'il
n'était pas possible de l'avancer de quelques années, le
Viterbois répondit :

« Le cep de Monterosi a bourgeonné à la lune nouvelle; laissez jaunir le pampre et cueillir la grappe encore trois fois; le cep de Monterosi aime le bitume qui
vient du lac de Vico; le lac de Vico est l'œil vitré par où
regardent ceux qui habitent les lieux profonds. Il faut
porter l'eau du torrent de la Paglia aux vendanges de
Vico. Le torrent est sec; laissez tomber les pluies sur
les maremmes. Nos enfants sont beaux ; Vita, ma fille, est
dorée comme l'étoile Ibis quand elle se lève sur le cône
sombre de Radicoffani; Raggio, mon fils, est brun,
comme notre premier père. Laissez bourgeonner trois
fois le cep de Monterosi. »

Il n'y avait rien à répondre à ces paroles; on s'incli-
nait de respect, chacun les admirait dans son cœur, et
les vieillards se résignaient; il en mourut deux avant que
le cep de Monterosi eût bourgeonné trois fois. On écri-
vit sur leur tombeau : *Dormiunt et exspectant.*

Trois ans après, à la saison des vendanges, au coup
de minuit, un homme sonnait la cloche du pèlerin à la
porte du château du comte de Bolsena : c'était l'adepte
de Viterbe. Le comte l'attendait; il courut au-devant de
lui, et l'introduisit dans la grande salle. Les deux adeptes
s'assirent sur le balcon.

Le château de Bolsena est aujourd'hui en ruines;
mais on peut juger encore de son ancienne beauté et de
son admirable position. Il était flanqué de hautes tours
et ceint de murs comme une citadelle. Il s'élevait sur le
point culminant du bourg de Bolsena, dominait la magnifique campagne qu'un horizon circulaire de montagnes étreint de toutes parts; et du balcon du château
l'œil embrassait la vaste étendue du lac, les îles et les
bois d'oliviers qui le couronnent. Aujourd'hui, une tour
est seule debout, et du milieu des décombres amonce-
lés pendent des touffes de saxifrages et des rameaux de
figuiers.

Le comte de Bolsena, plein de respect, comme tous
les adeptes, pour la haute science du Viterbois, n'osait
l'interroger; il attendait en silence la première de ses
paroles, pour la recueillir pieusement.

— La vendange est faite sur les coteaux de Monterosi, dit le Viterbois; comment se portent mes enfants?

— Ils jouissent d'une santé merveilleuse, répondit le
comte.

— La lune se lève pâle et largement échancrée sur les
chênes de San-Lorenzo. L'île du Mystère semble flotter
sur le lac comme une tombe de marbre noir ! c'est l'heure
où mes enfants dorment. La nuit est bonne; nous au-

rons un beau soleil demain. Les adeptes sont-ils pré-
venus?

— Oui, frère. Mes domestiques ont couru à cheval
sous les rayons.

— C'est bien. Les enfants de la veuve se réjouiront,
le mystère va s'accomplir. Entendez-vous ces plaintes
qui courent sur les grèves du lac? c'est la Mort, qui se
plaint, parce qu'elle sait qu'elle va mourir.

Les deux adeptes gardèrent quelque temps un morne
silence pour écouter les plaintes de la Mort. Le vent du
lac pleurait dans les figuiers sauvages et les tamarins.

— Frère de Bolsena, dit l'homme de Viterbe, la barque sera-t-elle prête avant le jour?

— Avant l'aube.

— Oh! bien avant l'aube. Il faut veiller, et nous garder du sommeil. A cette heure, la Mort, qui se voit perdue, cueille tous les pavots du cimetière, et les secoue
sur nos yeux. J'ai entendu un éclat de rire et des cra-
quements de squelette; j'ai vu l'ombre d'une faux sur
cette muraille; frère de Bolsena, nous sommes obsédés
de piéges; c'est moi qui vous le dis : tenons nos yeux
fixes et ne succombons pas à la tentation du sommeil.

Les deux adeptes se secouèrent vivement pour ne pas
s'endormir.

— Frère de Bolsena, poursuivit le Viterbois, que fe-
rez-vous de la vie, quand vous en aurez une éternité
dans votre corps?

— Je prendrai pour maîtresse la blonde Virgilia, et
je la rendrai immortelle, comme moi.

— Après?

— Après... je voyagerai.

— Où?

— Partout.

— Après?

— Je me retirerai dans mon château de Bolsena; j'aurai des maîtresses; je boirai le vin de la vigne de Montefiascone; je conterai mes voyages à mes amis.

— Après?

— Je recommencerai.

— Et quand vous aurez recommencé?

— Eh bien! je verrai, je réfléchirai...

— C'est qu'une éternité est bien longue, frère de Bolsena. Me promettez-vous de ne jamais chercher un autre secret pour retrouver la mort?

— Oh! certainement, je vous le promets; je vous le jure par notre société.

— C'est bien.

— Et vous, frère de Viterbe, comment comptez-vous employer votre temps d'éternité?

Le frère mystérieux se leva; ses yeux noirs étincelèrent; son front se sillonna de rides verticales; il étendit la main gauche vers l'île du Mystère, et il dit d'une voix solennelle :

— Moïse conduisit les Hébreux à la terre promise; et il mourut avant d'y entrer. Moïse avait péché; c'était bien. Il faut toujours qu'un libérateur se sacrifie pour le salut de ses enfants... Après une pause, il ajouta : Celui qui se sert du glaive doit périr par le glaive; cela est écrit.

Le comte de Bolsena, impie, libertin et ignorant, ne comprit rien à ces citations, il se contenta de s'incliner.

A l'heure convenue, les deux illuminés montèrent sur leur barque, et le vent de terre les poussa vers l'île en fort peu de temps. De plusieurs points opposés du rivage, d'autres barques avaient amené les adeptes. Ils se réunirent tous dans la salle commune, où le plus grand silence régnait. La nuit était encore obscure. Le frère de Viterbe, après s'être assuré que le jeune Raggio dormait dans la cabane de son jardin, fit enlever sans bruit la cloison masquée, qui avait été pratiquée au bas du mur qui séparait les deux jardins. Cette opération terminée, ordre fut donné de garder le silence, et d'attendre le jour.

Vita entrait dans sa quinzième année; Raggio ne comptait que deux ans de plus. Mais la vie naturelle qu'ils menaient avait développé si heureusement leurs corps qu'ils paraissaient plus robustes qu'on ne l'est ordinairement à cet âge. C'étaient véritablement deux êtres d'exception.

Ils se réveillèrent aux chants des oiseaux, selon leur usage; chaque jardin n'était pas fort étendu, il s'aperçurent presque simultanément qu'une brèche avait été pratiquée au mur. Cela les fit rire aux éclats; puis, tout à coup, ils s'effrayèrent de cette nouveauté. Raggio, plus hardi, s'avança lentement, et avec précaution, vers l'ouverture, et regarda dans l'autre jardin. La jeune fille poussa un cri d'effroi devant cette apparition : Raggio resta immobile, les yeux fixés sur Vita.

Le mot curiosité n'a pas un assez énergique synonyme qui puisse peindre le sentiment qui bouleversa ces deux êtres, l'un à l'autre ainsi révélés. Ils prononçaient des mots qui ne correspondent à aucune langue humaine, mais qui, pour eux, étaient la traduction d'une idée. Ils restaient à leur place, n'osant avancer d'un pas, de peur de faire envoler comme un oiseau, et sans retour, cette figure dont la vue leur causait tant de joie, de terreur, d'étonnement, de plaisir. Le jeune homme essaya d'entrer en conversation, en fredonnant de ces airs qu'il avait appris à l'école des fauvettes ; la jeune fille lui répondit sur le même ton, et ils durent reconnaître en ce moment qu'ils appartenaient à la même espèce d'êtres malgré quelques différences bien évidentes de leurs individus. Ils se sourirent alors mutuellement ; et cette grâce souveraine, que le sourire répand sur les jeunes visages, agissait à leur insu, et les rapprocha. Raggio franchit, avec une grande délicatesse de mouvements, l'ouverture du mur mitoyen, et il posa le pied sur le domaine de Vita. A cet instant, son ouïe, son odorat, ses yeux, fonctionnaient ensemble avec une merveilleuse excitation : c'était comme la subtile bête fauve qui change de cage, et juge, par tous ses sens, de la sécurité de sa nouvelle prison. La jeune fille recula quelques pas timidement : Raggio lui tendit la main, la fascina de son sourire continuel, de ses doux regards ; il chantait aussi, et jamais le rossignol ne fit résonner d'une plus tendre mélodie les hauts peupliers de Bolsena. Un petit ruisseau les séparait ; Raggio allait le franchir d'un pas ; et la jeune fille, par un instinct indéfinissable, voyant Raggio si près d'elle, s'enveloppa de sa longue chevelure blonde comme d'un vêtement ; la rougeur colora, pour la première fois, ses joues d'un brun doré.

Les adeptes étaient demeurés dans la salle commune. Le Viterbois et le comte de Bolsena assistaient seuls,

7

par la lucarne de l'observatoire, à cette première scène, et ne perdaient pas un geste, un mouvement, une pose de Raggio et de Vita.

— La voyez-vous, mon Ève? dit le Viterbois; elle est innocente et elle se voile, la faute de sa mère lui a légué la pudeur.

— Mais où donc a-t-elle lu l'histoire d'Ève? dit Bolsena

— La nature lui a mis cette histoire dans le cœur; Vita l'a lue en dormant. Oh! les livres saints sont si vrais! Si Ève n'eût pas succombé, ses fils ne seraient pas morts. Il faut retrouver le sang de notre première mère, et nous vivrons.

Le comte s'inclina, comme après toutes les énigmes du Viterbois.

Raggio avait franchi le ruisseau; une de ses mains était dans la main de Vita, et de l'autre il écartait le voile de cheveux qui couvrait la figure et le sein de la jeune fille. Vita riait et n'opposait qu'une faible résistance. Ils avaient bien des choses à dire; mais ils ne tiraient de leurs poitrines que des sons inarticulés ou des roulades de rossignols. Vita, la première, eut une idée; et à la joie qui rayonna sur son visage, on s'apercevait qu'elle était ravie d'avoir trouvé quelque chose qui n'était pas un sentiment d'impossible communication. Elle entraîna Raggio, avec un mouvement de tête qui signifiait: *Viens*, et le conduisit au buffet de verdure où l'on déposait ses aliments pendant la nuit: elle lui fit signe d'en manger: Raggio ne fit point de façons et mangea. La jeune fille bondit de joie, battit des mains, chanta des gammes de fauvette, en voyant Raggio qui man-

geait comme elle. Ils s'assirent côte à côte, et prirent
joyeusement leur repas du matin. Jamais les deux sauvages n'avaient fait un meilleur déjeuner. Après s'être
désaltérés à la fontaine, ils se jetèrent à la nage dans le
bassin, et folâtrèrent comme des tritons.

.— L'heure du mystère va sonner, dit le Viterbois
d'une voix sourde ; le mystère va s'accomplir. Dites au
frère servant d'apporter le broc de vin de Monterosi, et
ma coupe de plomb.

L'ordre transmis fut exécuté à l'instant. Le comte de
Bolsena regarda son frère de Viterbe ; en ce moment l'a-
depte fanatique paraissait agité de crises nerveuses ; ses
lèvres étaient convulsives ; le râle sortait de sa poitrine,
il ressemblait à l'agonisant que le délire met en face
d'une épouvantable vision.

Raggio et Vita, sortis du bassin, couraient ensemble
sur la pelouse, comme deux enfants. Vita, légère comme
l'oiseau, ne s'arrêtait que pour cueillir une fleur, qu'elle
liait dans un nœud de sa chevelure, et se montrait, ainsi
parée, à Raggio, plus triomphante avec sa fleur, qu'une
coquette avec une touffe de rubis. Raggio avait cessé subitement de la poursuivre à travers le labyrinthe des
arbres du jardin ; la gaieté du jeune homme avait fait
place à de mélancoliques expressions de regard. Il contemplait Vita ; puis il se recueillait en lui-même, comme
pour se rappeler dans un passé qui n'existait pas, de
vagues et mystérieux souvenirs qui ne venaient sans
doute que de ses rêves. Il éprouvait un irrésistible en-
traînement qui le poussait vers la jeune fille, et pourtant un sentiment contraire le retenait malgré lui. Vita
s'approchait alors, et divisant sur son front ses cheveux

humides, laissant tomber sa tête sur une de ses épaules et roucoulant des gammes amoureuses, elle semblait lui dire : Eh bien ! est-ce que tu es fâché ? Raggio, la joue en feu, la poitrine haletante, les yeux mouillés de larmes, en proie à des sensations inconnues, prenait les mains de la jeune fille et semblait lui demander pardon de ne plus se montrer à elle tel qu'aux premiers instants de leur entrevue ; ils ne se comprenaient pas ; ils échangeaient des signes et des sons, qui n'ont de valeur qu'après de longues habitudes de la vie commune. Mais, en eux, se développait, avec une prodigieuse rapidité, une passion qui n'a pas besoin de langue pour se faire intelligente ; Reggio, surtout, avait oublié son jardin, ses fleurs chéries, ses oiseaux amis ; il considérait Vita avec une attention muette, et ses lèvres frissonnaient. Vita prit un air sérieux et se troubla ; des larmes coulèrent sur ses joues : c'était la première fois que Raggio voyait couler des larmes, et cette vue le fit pleurer aussi. Un instinct inexprimable poussa les lèvres de Raggio vers ce visage de femme, comme pour cueillir ces perles brillantes qui argentaient cette figure déjà tant aimée ; ses jambes faiblirent, parce que tout son sang refluait à sa tête ; il se laissa tomber langoureusement sur le lit de gazon ; Vita poussa un cri, et s'assit brusquement à côté de lui ; on aurait dit qu'alarmée de son état, elle lui offrait ses consolations. Des paroles inintelligibles, mais qui tiraient un sens clair de la circonstance, s'échangèrent entre ces amants de la nature. Vita n'avait plus de larmes sur ses joues, et Raggio ne pleurait plus.

— L'heure terrible sonne, dit le Viterbois ; frère de Bolsena, prenez ce papier, vous le lirez après ma mort.

Le comte s'inclina.

L'adepte de Viterbe ouvrit aussitôt une porte secrète, entra furtivement dans le jardin, et tirant de sa ceinture un long poignard, il en frappa trois fois Vita et Raggio.

Puis il se frappa courageusement lui-même et tomba mort sur le gazon.

Tous les adeptes accoururent sur le lieu de la catastrophe, en manifestant beaucoup de surprise, mais aucune pitié : le fanatisme ne connaît pas la pitié. Les regards étaient tournés vers le comte de Bolsena, qui avait reçu les dernières confidences du Viterbois.

— Frères, dit le comte, écoutez la lecture du billet que notre glorieux adepte martyr vient de me remettre avant de mourir. Ce papier est le diplôme de notre immortalité à tous. Écoutez :

« Mêlez quelques gouttes du sang de Vita et de Raggio au vin versé dans ma coupe de plomb, et buvez tous, en disant : *Immortalité !* »

L'horrible libation fut faite à la ronde. Ce fut un jour d'orgie et une nuit de délirants excès. On but à Satan, on insulta Dieu, on maudit les anges. Les vieillards se montrèrent plus insolents que les jeunes adeptes, tant était grande leur joie de ressaisir la vie à ses derniers jours. Jamais plus éclatante folie ne traversa le monde; car s'il est quelque chose qui puisse atténuer l'horreur de pareilles atrocités, c'est que la raison des adeptes était aliénée, et que l'île de Bolsena ne comptait que des fous et des fanatiques furieux. Ils s'étaient endormis triomphants, ivres d'orgueil et d'immortalité, ils se réveillèrent avec toutes les joies de la veille ; le monde

7.

leur appartenait. Avant de se séparer, les adeptes réso-
lurent de se réunir une dernière fois, afin d'adopter, en
commun, un plan de vie immortelle, dans une solennelle délibération. Le doyen de la société devait présider la réunion suprême ; les adeptes prirent place sur
leurs siéges ; on attendait le président ; il ne paraissait
pas ; il avait sans doute prolongé son sommeil ; on ouvrit les rideaux de son alcôve : il était mort.

VIII

— Avant de vous montrer cette magnifique médaille,
permettez-moi encore, nous dit Mateo, une petite digres-
sion, mais qui se rattache entièrement à ce que je veux
vous faire voir.

Nous nous inclinâmes, comme pour dire à Mateo que
nous étions toujours disposés à l'écouter.

Le vieillard se recueillit un instant. On eût dit qu'il
cherchait à bien assurer ses souvenirs avant d'entreprendre un nouveau récit, puis il reprit la parole en
ces termes :

A ma première visite au Panthéon romain, je fus
étonné de voir un monument si étroit, bâti pour une
destination si large. Rome, ville de tolérance univer-
selle, et déjà fort riche en dieux, en déesses, en demi-
dieux et en demi-déesses, voulait, dit-on, accorder encore l'hospitalité à tous les membres des autres familles
théogoniques, et dès que ses généraux rencontraient un

dieu nouveau chez une nation vaincue, ils le prenaient
et l'envoyaient à la Ville. Or, si nous admettons le raisonnement établi jusqu'à cette heure, l'étroit Panthéon
n'aurait pu suffire à cette collection innombrable de divinités païennes ; une hôtellerie grande comme Saint-
Pierre du Vatican n'aurait même pas suffi ; il y aurait
eu encombrement pour les dieux d'Égypte, pays qui a
exagéré l'idolâtrie, ce qu'un poëte railleur a fort bien
exprimé dans ce vers :

O sanctas gentes quarum nascuntur in hortis
Numina !....

Frappé de cette idée qui me présentait le Panthéon
sous un point de vue nouveau, je fis le démembrement
approximatif des dieux indigènes, *di patrii indigetes*,
comme dit Virgile, et les dieux exotiques, logés au Panthéon, d'après la tradition admise ; les dieux d'Égypte,
de Cappadoce, du Pont, de Syrie, de Perse, d'Assyrie,
des Mèdes, de la Pannonie, des Gades, des Pictes, des
Thraces, des Scythes, de l'Arménie, des Cimbres, des
Gètes, des Massagètes, des Parthes, des Germains, des
Gaulois, des Ibères, enfin de tous les peuples idolâtres
vaincus par les Romains, 753 ans après la fondation de
Rome et la première année de la 195e olympiade, c'est-
à-dire au moment présumé où l'architecte d'Agrippa bâtit le Panthéon. Ce calcul m'épouvanta. Rome hospita-
lière ayant l'habitude de faire toujours grandement les
choses, surtout lorsqu'il s'agissait des dieux, je ne comprenais pas que tant de statues divines aient pu trouver
une niche dans cette charmante rotonde du Panthéon ;
c'est comme si l'on me disait que tous les étrangers ve-

nus à Rome pour les fêtes de la Semaine-Sainte, ont été logés en masse dans une des petites maisons étroites de la *Via Dei Coronari.*

En examinant l'intérieur de ce temple, on y reconnaît la possibilité d'y loger tout au plus huit faux dieux, d'après le petit nombre de *sacelles* ou autels votifs, encadrés par deux superbes colonnes monolithes. Rien dans le reste de l'édifice n'annonce la place vacante d'un piédestal : or, la ville de Rome étant trop généreuse pour loger des dieux sur le pavé, ou les représenter en bustes économiques, ou les désigner par leurs noms de famille sur les marbres du mur, il m'a été démontré, jusqu'à preuve du contraire, que le Panthéon n'avait jamais été l'hôtellerie et le temple de tous les dieux. Du premier coup ceci va paraître un paradoxe archéologique ou une insulte aux racines grecques, mais tout n'est pas fini là; raisonnons jusqu'au bout; je veux aller beaucoup plus loin.

L'aube de Bethléem blanchissait, en ce moment, *le front de Rome,* comme dit le grand poëte, et la ville d'Auguste obéissait, sans le savoir, à une inspiration nouvelle qui ne venait plus de l'Olympe. Les voix sibyllines étaient partout éteintes; Rome la guerrière avait brisé sa lance; le temple de Janus, toujours ouvert, venait de se fermer pour un demi-siècle! Virgile s'écriait: *un ordre nouveau commence!* le mot *dieu* commençait à s'employer dans une acception inconnue; *deus* avait presque perdu son pluriel; les bergers de Tibur disaient, comme allaient bientôt le dire les bergers de Nazareth : *un dieu nous a fait ce repos : oh! celui-là est vraiment un dieu!* une morale divine descendait sur les lèvres

païennes et en tirait des sons inouïs ; les poëtes, enfants
de Scipion et de Marius, condamnaient les horreurs de
la guerre ; Horace s'écriait : *Où courez-vous, citoyens?*
Quò ruitis, cives? Virgile disait avec mélancolie, à propos des guerres civiles toutes récentes : *Voilà donc où la*
discorde a conduit les malheureux citoyens ! En quò
discordia cives perduxit miseros ! Les poëtes, fils de Ca-
ton d'Utique et du dernier Brutus, flétrissaient le suicide, genre de mort jusqu'alors honoré : *Oh ! comme*
ils voudraient (les suicidés) *maintenant remonter des en-*
fers sur la terre, et souffrir même la dure pauvreté et les
durs travaux !

> Quàm vellent æthere in alto
> Duram pauperiem, et duros perferre labores !

Une sérénité radieuse descendait du mont Soracte, et
courait sur des lignes infinies d'arcs de triomphe paci-
fiques, qui étaient les aqueducs des eaux saintes, présent de Dieu ; partout, sur les chantiers, la pierre prenait, sous le ciseau, des formes pures comme les stro-
phes des poëtes ; une langue merveilleuse se créait, avec
le portique d'Octavie, langue pleine de suavité, onc-
tueuse comme le miel de l'Hybla, et le peuple, écho de
ses poëtes, parlait au Forum cette harmonie angélique
qui annonçait déjà l'hymne de minuit, entonné sur la
pauvre étable de Bethléem ; Virgile enfin exprimait toutes
les larmes de son cœur, et, s'adressant à quelque vision
de sainte et mystérieuse maternité : *Petit enfant,* disait-
il, *commence à reconnaître ta mère par un sourire !*

> Incipe, parve puer, risu cognoscere matrem !

Partout l'élément olympien disparaissait, et une *grande voix, vox ingens,* venue du Vatican, passait le Tibre, et annonçait au Champ-de-Mars qu'une chose sainte s'élevait à l'horizon d'Orient.

Eh bien! il est inadmissible que Rome ait choisi un moment pareil pour élever un temple à tous les dieux. L'admirable temple du Panthéon, c'est Virgile traduit en pierres sublimes, et Virgile ne croyait qu'à un seul Dieu; son ami Horace traitait déjà l'Olympe comme une vieillerie fabuleuse, *fabulæ manes,* et Horace était bien moins pieusement rêveur que Virgile. L'architecte du Panthéon, poëte inconnu, mais immense, avait eu, sans doute, au Palatin, de divins entretiens avec le poëte des *Géorgiques;* l'oreille qui les a entendus a été bien heureuse, car jamais deux génies plus grands n'ont été accordés à la terre par le ciel, et ne sont venus plus directement du souffle de Dieu! Et ces deux hommes, ou ces deux anges, auraient associé leurs pensées et leur poésie célestes pour bâtir un temple à cette horde d'impossibles divinités, qu'on appelait tous les dieux! Non, cela n'est pas; cela n'a jamais été! Le mot *Panthéon* a été tronqué ou dénaturé dans son orthographe primitive; c'est le temple du *dieu tout* que bâtirent, quelques heures avant Jésus - Christ, le poëte et l'architecte chrétiens; c'est le temple du seul Dieu; son architecture annonce l'unité sublime de sa destination, et l'œil de la voûte, qui seul l'éclaire, n'est pas une idée de l'Olympe, c'est une pensée du ciel. Aussi Michel-Ange ne s'y est pas trompé: lorsque ce grand architecte rêvait la basilique vaticane, il prit le Panthéon, il en fit la coupole de son œuvre, et le rendit à Dieu, en le suspendant à quatre cents pieds au-dessus du cirque de Néron.

Pour les hommes éclairés de ce siècle d'Auguste, le plus beau siècle de tous les âges, leur dieu Pan, gardien des brebis, *custos ovium ;* Pan qui inventa le chalumeau,

> Pan primus calamos cera conjungere plures
> Instituit.....

Pan ne pouvait pas être la personnification de l'être invisible, âme du monde, créateur de l'univers. Virgile, Horace et Ovide, ces trois immenses et incomparables esprits, qui s'amusaient sur les fables et n'en croyaient pas un mot, ne regardaient point, à coup sûr, comme le *dieu tout,* ce Pan écervelé qui poursuivait la nymphe Syrinx à travers les roseaux ; ces grands hommes avaient foi dans une divinité plus sérieuse ; leur véritable Pan était celui dont parlent même les historiens profanes, et dont le nom retentit et fut entendu dans la plus formidable des nuits, celle qui suivit le Vendredi-Saint : *Le grand Pan est mort !* cri lamentable que Virgile semble encore avoir prédit, lorsqu'il nous parle, en frissonnant, de cette grande voix qui épouvanta le silence des forêts, *per lucos exaudita silentes ;* la même voix qui donnait la terreur *panique* aux plus intrépides Romains, car elle sortait d'une bouche et d'une poitrine inconnues aux oreilles humaines ; et cette voix, à coup sûr, n'était pas celle du dieu faune arcadien, qui jouait de la flûte, éloignait du troupeau les loups ravisseurs, et folâtrait avec les Naïades dans les bois de l'Érimanthe ou sur les rives du Sperchius.

Il est possible toutefois que le sage empereur Auguste, en sa qualité de souverain-pontife, ait permis de croire aux bourgeois de son temps, *profanum vulgus*, que le Panthéon était consacré à tous les dieux, même à ces *dieux abominables*, dont parle un de vos écrivains, *qu'on aurait punis sur la terre comme de vils scélérats;* il nous suffit de constater la pensée évidente qui a dû présider à l'inauguration de ce temple, le temple du *dieu tout;* cette pensée sublime étant d'ailleurs l'expression de tout ce qu'il y avait de grand au monde, quand se leva l'aube chrétienne de Bethléem, et quand Virgile, abandonnant les frivolités des *muses siciliennes*, s'écriait : *Chantons des choses plus sérieuses, voici venir un ordre nouveau !*

Un demi-siècle écoulé, lorsque toutes les voix divines des poëtes se furent éteintes, lorsque cette harmonie céleste qui flottait sur les lèvres romaines se fut corrompue sous l'atmosphère grossière, *aere crasso*, apportée par trois millions de Barbares, tous emprisonnés dans l'enceinte aurélienne; lorsque les premiers Pères de l'Église eurent emporté au fond des cryptes la dernière flamme de Vesta baptisée, le dernier écho de Tibur, la dernière feuille de laurier virgilien, cueillie sur la tombe de Pausilippe, Dieu permit que le paganisme reprît toute sa vigueur pristine pour donner plus de gloire à ces pauvres pêcheurs du lac de Génésareth, venus le bâton à la main, *alte cincti*, avec l'idée de renverser la louve par la croix sur la cime du mont Capitolin. Alors le Panthéon a dû peut-être devenir le temple hospitalier de tous les dieux du monde, mais toujours dans une acception purement symbolique, car son étroite enceinte ne s'était pas élargie : il n'y avait toujours que huit niches, et un neuvième dieu eût été forcé d'aller se loger en garni dans le voisinage ou au faubourg de *Tres Tabernæ*, dont parle Horace.

Rome, d'ailleurs, à cette époque, était encombrée de temples, et quand de nouveaux dieux, débarqués au môle d'Ostie, arrivaient à l'humide porte Capène, *humidamque Capenam*, il se trouvait certes de la place pour les loger tous bien à l'aise. On leur distribuait sans doute des billets de garnison, comme on fait aujourd'hui pour les soldats, quand les casernes sont encombrées : à défaut du Panthéon qui n'avait jamais été bâti pour eux, et qui ne pouvait les recevoir, on trouvait au Champ-de-Mars et sur les sept collines, des temples, des basiliques, et même des cirques, où les statues des dieux se mêlaient aux obélisques sur le marbre de l'*épine*, *spina* ; je citerai de mémoire seulement, et au vol de la parole, la basilique d'Antonin, voisine du Panthéon ; le temple d'Octavie, le cirque de Titus au sommet du Quirinal, les temples de Minerve, de Junon Lucine, la basilique de Licinius, le temple de Vénus-et-Rome, le temple de Mars, le temple de la Concorde, les temples de Jupiter Capitolin, de Jupiter Tonnant, de Jupiter Stator, et d'Antonin et Faustine, dans l'enceinte seule du Forum.

Puis, entre le Palatin et l'Aventin, le grand cirque, *circus maximus*, qui contenait 300,000 spectateurs, et dont la *spina* démesurée soutenait douze obélisques, et deux cents statues de dieux, y compris Isis et Osiris, engloutis en 79, à Pompéïa, et toujours très-vénérés à Rome, en leur qualité d'Égyptiens. Sur le mont Aventin, le portique de Fabarius et les temples de Diane, de Junon Reine et de la Liberté. Au bord du Tibre, non

loin du *Quadrifrons*, les temples de la Fortune Virile et
de Vesta, et sur la voie Appienne, les temples de Rémus
et de Romulus, le cirque de Romulus ; et, dans la campagne voisine qui s'étend de la pyramide de Sextius au
tombeau de Metella, une foule de petits temples tétrasty-
les, et de cirques de banlieues, dédiés à une foule de
dieux subalternes, afin que Rome ne trouvât pas un dieu
jaloux et vexé d'un oubli dans tous les Olympes possibles
et dans toutes les théogonies de l'univers connu et inconnu.

Après cette nomenclature incomplète encore, que devient la destination du Panthéon ? Puis, arrive un empereur qui prend au sérieux la souveraineté de son pontificat, et qui se met à voyager pour recueillir des dieux
au passage et les envoyer à Rome : c'est nommer l'empereur Adrien. Son voyage dure sept ans ; fouille la
Sicile et la Grèce ; il expédie sur des galères, à Ostie,
des cargaisons de dieux et de déesses, récoltés dans les
temples de Pæstum, de Ségeste, d'Agrigente, de Syracuse, et sous les gigantesques colonnades de la basilique
de Jupiter Olympien, nommée par quelques-uns *Temple
des Géants*.

Adrien aborde ensuite en Égypte ; là, sa première
pensée est de créer lui-même un nouveau dieu ; il déifie
donc Antinoüs, et l'envoie à Rome, sous plusieurs exem-
plaires, Antinoüs Grec, Antinoüs Égyptien, Antinoüs
Hercule : son Dieu fait, il remonte le Nil, visite Thèbes,
la ville d'Hermès, la presqu'île de Meroë, berceau des
gymnosophistes, Éléphantine, Philæ, ramassant des
obélisques renversés par Cambyse, des sphinx défigurés
par les soldats perses, et une collection infinie d'Isis,

d'Anubis, d'Apis, d'Osiris, d'Hermès, de Typhons, d'O-
simandias, tous mis en ballots, sous l'étiquette *Dieux*,
et expédiés à Tarente, à Brindes, à Ostie, à Anxur. Pendant sept ans, on voyait presque chaque jour arriver, par
la voie Appienne, une file de chariots volsques, apportant des colis de dieux moissonnés par Adrien. L'édile
chargés de recevoir ces dieux ne savait plus où les loger ;
mille Panthéons n'auraient pas suffi. Heureusement,
pour seconder les intentions du pourvoyeur impérial, on
eut l'idée de créer cette *villa Adriani*, que les Barbares
de Théodoric ont changée en sépulcre, et qui a été enri-
chie de tant de statues, qu'elle n'a pas été encore épuisée
dans ses trésors par douze siècles d'exhumations. La *villa
Adriani* est toujours un monde souterrain rempli de surprises, un Olympe enseveli. Le véritable Panthéon est là.

Une dernière preuve vient à mon appui ; elle se trouve,
j'en suis certain, dans l'*Histoire de la ville de Vienne*,
par Trebonius Rufinus, duumvir de cette ville et sénateur
romain. Cet écrivain, traduit dans notre langue par
M. Mermet, nous dit qu'après la mort de Jules César, un
*temple magnifique fut élevé à tous les dieux dans la
ville de Vienne, sur la rive droite de la Gère, au pied
du mont Sospolium. On peut*, ajoute Rufinus, *le comparer, à cause de sa destination, au Capitole de Rome,
car il renferme les statues de tous les dieux.*

C'était donc sur le Capitole et non dans un temple du
Champ-de-Mars que Rome avait réuni tous les dieux.
Rufinus le savait mieux que nous, le Panthéon a été
élevé, en apparence, à Jupiter Vengeur, dont la statue
ornait une des sacelles ; les autres étaient destinées aux
grands dieux olympiens. L'inscription du monument ne

contrarie pas ce système ; elle est ainsi conçue : *Agrippa,
fils de Lucius, consul pour la troisième fois, a bâti ce
temple.* Rien de plus. Il y a dans ce laconisme un *sous-
entendu.*

AGRIPPA L. F. CONS. TERTIUM FECIT.

A coup sûr le *deo ignoto* est là-dessous, mais ce n'est
pas le *deo ignoto* des sceptiques du Forum.

Après toutes les preuves matérielles qui me démontrent
que le Panthéon a été élevé à la gloire d'un seul Dieu,
et sous l'inspiration d'une idée virgilienne qui flottait
sur Rome quand Jésus-Christ était au berceau, *infans
vagiens in cunis,* j'ai encore en réserve une idée morale, supérieure, à mon gré, parce que l'esprit vivifiant
est toujours supérieur à la lettre morte. En 1627, lorsque les Allemands et les Espagnols réunis prirent Rome
d'assaut, ils se partagèrent la besogne de la destruction;
les Espagnols, qui étaient catholiques, ravagèrent les
monuments païens, et les Allemands, qui depuis dix
ans avaient embrassé la réforme luthérienne, ravagèrent
tous les monuments catholiques, ce fut un spectacle
édifiant. Tous les monuments du Champ-de-Mars s'écrou-
lèrent sous les coups de cette collaboration impie ; la
basilique d'Antonin-le-Pieux ne conserva que les onze
colonnes de son péristyle.

Le panthéon seul fut respecté comme par miracle, et
aujourd'hui encore, quand nous entrons dans ce temple
deux fois saint, nous croyons voir un édifice bâti la veille.
Rien, dans son intérieur splendide, n'annonce la vétusté ;
on dirait que le ciel, qui le regarde par le cercle ouvert
de la voûte, infuse une jeunesse éternelle à ce temple,

dont la destinée fut d'être chrétien avant la parole venue de Nazareth.

— Voilà ce que je tenais à vous dire, ajouta Mateo,
calmant le feu de son regard et de sa parole.

Il est bon d'épancher ainsi quelquefois les pensées
qu'on a longtemps amassées dans le cœur.

Maintenant, suivez-moi.

IX

Sur l'invitation de Mateo, nous quittâmes le frais et
charmant petit jardin du vieux concierge et nous mon-
tâmes à la coupole de la basilique. Lorsqu'on arrive à ce
sommet, on peut se croire debout sur la pointe d'un
aérostat qui a jeté l'ancre dans les airs.

— Voici la médaille dont je vous ai parlé, me dit Mateo ; la plus précieuse qui existe au monde, et celle-là
ne pourra jamais être enfermée sous verre dans le cabinet d'un amateur d'antiques chefs-d'œuvre ; regardez :
elle est sous nos pieds ; Aurélien lui donna un cordon
de vingt-deux lieues de circonférence, et l'a frappée à
l'effigie du soleil. Quand les rois perdent un trône, ils
montent sur cette coupole et en descendent consolés. Il
n'y a pas de philosophie plus éloquente que cette ville
muette qui s'arrondit devant nous.

Le concierge et Mateo prirent une pose de contemplation séraphique, comme s'ils avaient vu ce tableau
pour la première fois.

Je respectai leur silence, et muni de tous les souvenirs de l'histoire, je voyageais du haut des nues sur ce monde, qui est une vieille cité.

Les deux plus grands monuments qui soient au monde, servent, pour ainsi dire, de belvédère à deux villes d'un intérêt bien différent ; et je m'étonne que ce rapprochement si curieux n'ait jamais été fait. Lorsqu'on regarde Londres du haut de la basilique de Saint-Paul, on éprouve un vague sentiment de tristesse, fort difficile à expliquer ; car le tableau sur lequel on plane, au vol de l'aigle, semble la plus magnifique expression matérielle du génie humain civilisé. A gauche, on a sous ses pieds le méandre de la Tamise, où flottent les escadres des deux Indes ; les immenses docks, arsenaux des escadres de l'univers ; le flux et le reflux des paquebots qui ont épuisé à leur baptême tous les noms de la fable et de l'histoire ; les ponts du fleuve avec leurs arches cyclopéennes ; un faubourg immense, qui se lie avec Greenwich, par le trait-d'union du rail-way, et dont chaque maison est un labyrinthe où l'industrie agite des milliers de roues et de bras. A droite, on découvre les vastes colonnades des monuments du commerce, cette Palmyre de la banque et de l'agiotage ; vis-à-vis, les lignes démesurées de *Lugate-Hill*, de *Fleet-Street*, du *Strand*, qui se prolongent jusqu'à l'horizon de *Kensington-Garden*, en déployant sur leurs ailes d'immenses campagnes urbaines qui sont des jardins publics, et dont les arbres se confondent avec une forêt de clochers, d'obélisques et de tours. Malheureusement le ciel a refusé la grâce d'un sourire à cette cité : les deux brouillards du fleuve et de l'industrie l'enveloppent comme un voile de deuil, et versent la tristesse au cœur des hommes, à la pierre des monuments.

Du haut de la basilique de Saint-Pierre, sœur aînée de Saint-Paul de Londres, on ne voit que l'immense tombeau de toutes les grandes gloires éteintes; que l'écueil où toutes les hautes fortunes se sont brisées, au souffle de la colère de Dieu; et rien pourtant ne serre le cœur dans cette contemplation. Devant cet autre tableau, on savoure cette mélancolie charmante qui est la volupté de l'esprit.

Une fois lancé sur ce terrain de comparaison historique, mon esprit évoqua tous les fantômes du passé. Mateo avait raison : il n'y a pas de médaille au monde qui parle aussi éloquemment que l'effigie de Rome vue du haut de la coupole de Saint-Pierre. Rome a vu toutes les histoires et résumé tous les enseignements. Elle a pour les voyageurs de toute nation des pierres dont le souvenir a toujours des analogies frappantes avec d'autres souvenirs plus récents.

Ainsi, malgré moi, quand j'eus pensé à Londres et à Saint-Paul, voyant Rome sous mes pieds, ma pensée se reporta sur la France, et dans mes réflexions je me disais :

Il y a de systématiques écrivains qui s'obstinent à découvrir de perpétuelles analogies entre les histoires de France et d'Angleterre, parce qu'on y rencontre, en effet, quelques points de départ communs. Certes, personne n'admire plus que moi cette grande nation voisine qui a remué l'Océan, peuplé les îles désertes, fécondé le Bengale, découvert la cinquième partie du globe et réveillé l'Inde, endormie depuis Aureng-Zeb; mais cette large part faite à l'admiration, et si j'en crois mes observations personnelles recueillies dans des voyages nombreux chez nos voisins, je trouve entre les caractères, les mœurs, les goûts, les vocations des deux peuples, une différence si profonde, que leurs deux histoires politiques, après avoir voyagé ensemble, doivent arriver à un divorce très-prochain. Le détroit moral qui nous sépare de l'Angleterre est beaucoup plus large que la Manche, croyons-le bien. Les Français, avec les grâces de leur esprit, la vivacité de leur caractère, leurs instincts d'égalité civique, leur haine contre les ennuis du parlementarisme et les tyrannies trop nombreuses intronisées au nom de la liberté, leur passion pour les plaisirs, les spectacles et des arts, domaine où ils règnent en maîtres; les Français ne peuvent se comparer qu'aux Romains du siècle d'Auguste, et si notre histoire a copié notre voisine depuis le coup de hache de Charles Ier, il y a lieu de croire que nous avons copié suffisamment l'autre côté du détroit. Il faut chercher des analogies ailleurs, et beaucoup plus haut.

L'idée chrétienne qui avait posé la première pierre du Panthéon de Rome et cette croix lumineuse qui semblait, comme le *labarum*, éclairer déjà la cime du monument d'Auguste, changèrent tout à coup les mœurs politiques et les instincts païens de Rome, Ainsi, bientôt le Forum, qui avait tour à tour glorifié, dans ses statues, les héros des guerres civiles, érigea une statue à Auguste avec cette inscription :

Pour avoir rétabli, après de longues guerres civiles, la paix sur terre et sur mer.

On sent s'exhaler, dans ces mots si simples, le pre-

mier souffle d'un peuple qui respire ; c'est l'*Alleluia*
chrétien du paganisme ; c'est le *Deus nobis hæc otia fecit* gravé sur un stylobate, dans le Forum apaisé. Rome
s'épanouit et ne donne pas un regret à cette liberté toujours compromise par ses amants, pas un regret à ces
tribuns populaires qui commençaient la bataille par la
parole, à la tribune, et la terminaient toujours par le fer,
dans les carrefours. Le bon sens de l'antique Latium
rentrait au cœur des fils d'Évandre ; on s'était demandé
si Dieu nous avait donné notre courte vie pour nous faire
entendre des discours sur la liberté tous les matins et
nous faire mener des funérailles civiles tous les soirs ;
on s'était demandé si les femmes, les vieillards, les enfants avaient assez souffert du tumulte des villes, du fracas des armes, des ouragans populaires, des cris de mort,
en traversant les guerres sociales jusqu'à la bataille d'Actium ; et quand le peuple romain, après les expériences
de Marius, de Sylla, de Pompée, de Brutus et d'Antoine,
fut bien convaincu que les mêmes causes amèneraient
invariablement les mêmes effets ; que la liberté toujours
violée par ses adorateurs, était la tyrannie de tous contre tous ; que les hauts meneurs, sauf de rares exceptions, avaient des intérêts de convoitise et jamais des
opinions, alors ce peuple se précipita dans les bras d'Auguste et lui décerna l'apothéose au Forum, sur les débris
des statues de Pompée, de Marius et de Sylla. Cette logi-
que d'un grand peuple ne pouvait avoir tort.

D'où venait cet enthousiasme subit du peuple romain
pour Auguste? Certes, le jeune César n'avait pas conquis les Gaules en dix ans, comme le grand Jules ; l'auréole de cent victoires n'illuminait pas son front, et à

peine âgé de vingt ans, lorsqu'il partit pour l'armée,
on ne pouvait attribuer à son génie, ni le gain des deux
batailles de Philippes, ni le succès d'Actium. Le peuple
ne vit dans Auguste que l'héritier de César, la victime
des patriciens et l'idole du peuple et de l'armée. On ne
lui demanda rien de plus ; on savait que le généreux
sang de Jules coulait dans les veines d'Auguste, et que
l'héritage tombait en de dignes mains.

Auguste n'avait pas même dans son extérieur ces formes superbes et dominatrices qui en imposent au vulgaire, et lui font croire souvent que le génie se mani-
feste par un regard de foudre, une parole véhémente,
un geste animé, une démarche hautaine, une taille de
géant ; Suétone nous en donne un portrait fort remarquable au point de vue actuel. *Auguste, dit-il, est de
taille moyenne et fort bien fait ; il a les cheveux tirant sur
le blond, le nez aquilin, le teint brun. Il est dans la force
de l'âge, quarante-deux ans ; sa voix est douce, et soit
qu'il parle ou qu'il garde le silence, son visage est naturellement tranquille et serein.*

Auguste, en arrivant au pouvoir, donna tout de suite
une haute idée de la protection qu'il voulait accorder
aux beaux-arts, en faisant terminer la galerie du palais
impérial, ce Louvre romain, connu sous le nom de palais des Césars. Le ministre Agrippa, délivré des soucis
politiques, seconda merveilleusement les nobles idées
de l'empereur, et confia les grandes peintures murales
au célèbre artiste Ludius, qui excellait dans l'art de
détremper les couleurs et de les enduire de cire punique
liquéfiée au feu. Les murs que la fresque n'avait pas
illustrés se décorèrent de tableaux grecs et romains ; on

vint y admirer surtout la *Bataille de Messala*, le *Festin de Bénévent*, la *Prise de Carthage*, œuvres d'affranchis ; les tableaux grecs, apportés de Syracuse par Marcellus, ceux que Mummius avait conquis à Corinthe, le *Bacchus* qui ornait le temple de Cérès sur le Palatin ; la *Faiseuse de couronnes*, de Pausias, qui décorait la villa de Lucullus ; les *Argonautes*, de Cydias, que l'orateur Hortensius vendit à César ; un *Ajax disputant les armes d'Achille*, payé par Jules César 30 talents attiques ; un *Ajax* et une *Vénus*, deux chefs-d'œuvre qui comblèrent de gloire Parrhasius, leur peintre, et qui furent payés 300,000 deniers (200,000 fr.) par la munificence de l'empereur.

Pour nous faire une juste idée de l'enthousiasme que le peuple romain fit éclater devant toutes ces merveilles d'exhibition, opérées par la volonté absolue d'Auguste, il faut chercher des exemples dans des faits analogues plus rapprochés de nous.

Ainsi, lorsque Cimabué, après la prise de Constantinople, montra aux Italiens sa première madone, aujourd'hui exposée dans la chapelle des Rucellaï, à *Santa-Maria-Novella* de Florence, tout ce peuple artiste s'insurgea d'enthousiasme et accompagna la sainte image à travers les campagnes, en la couvrant de toutes les fleurs de l'Arno. Sous Auguste, le peuple romain avait au plus haut degré ce goût des arts qu'il doit à son soleil et à ses horizons ; ce fut pour lui l'ouverture d'une fête perpétuelle, lorsqu'il vit naître ce musée des chefs-d'œuvre grecs et romains, ce palais de prodiges créé par la main de l'empereur. Le concours de la multitude était immense au Forum, devant le Palatin. Cette fois,

on n'y venait plus pour lire le journal au *tabularium* et
apprendre si la guerre sociale se faisait menaçante; si
le rival de Marius, après la victoire d'Orchomène, marchait sur Rome avec une liste de proscription; si Catilina et Manlius se retranchaient dans les gorges de l'É-
trurie, *in fauces Etruriœ*; on venait assister aux victoires des arts et saluer d'un immense cri d'amour cet
empereur qui créait un monde et un siècle nouveaux et
changeait cette Rome d'argile en Rome de marbre,
après s'être affranchi du contrôle mesquin des questeurs,
des débats municipaux des édiles et des criailleries par-
lementaires des tribuns. Personne ne songeait à se
retirer sur le mont Aventin, et lorsque les commerçants
de Rome, réunis pour leurs affaires quotidiennes,
devant l'arc des Orfèvres, bourse de la ville, regardaient la cime du mont Sacré par-dessus la rotonde de
Vesta, ils disaient: « O malheureux pères, qui avez
engraissé de votre sang la terre de l'Aventin! vos fils,
plus favorisés que vous, ont compris que ce beau ciel
italien, cette lumière splendide, ce doux horizon du
Soracte, ne sont pas des conseillers de guerre civile,
et que Dieu ne les a faits que pour les tendresses de
l'amour, les joies de la famille, le chant des hymnes
divins et le triomphe pacifique des arts.

En même temps, Rome changeait de face; la région
Palatine avait donné l'exemple de la rénovation monu-
mentale; les autres régions se couvrirent de chantiers.
Le ciseau et la truelle s'agitèrent sur tous les points; la
ville républicaine disparut sous la ville impériale; à
peine, disait-on, il reste encore quelques vestiges incul-
tes, *manent vestigia ruris*, au pied du Quirinal, près

de la fontaine où coule l'*eau vierge*, dans ce quartier qui disparut plus tard. Les mœurs et la langue s'épurèrent aussi dans cette rénovation de Rome de marbre. Tout le limon et le gravier déposés au fond de la latinité vieille par les disputes des rhéteurs, les plaideurs de la curie et les oraisons des tribuns loquaces remontèrent à la surface, et disparurent aux feux dissolvants du soleil de Tibur.

Virgile écouta les murmures des ondes de l'Anio, les hymnes des nuits sereines, la mélodie des pins de la colline, le concert des cascatelles, les voix expirantes des sibylles de Tibur ; et de toutes ces harmonies divines, il créa une langue inconnue, digne des lèvres des anges, et qui n'a honoré qu'un seul instant la bouche des hommes. Tous les jours, Horace et Virgile passaient sur la voie Sacrée, *via Sacra, sicut meus est mos*, et le peuple se pressait autour de ces deux maîtres, et apprenait d'eux cette langue de la paix, cette langue descendue du ciel.

Les jeunes gens des hautes classes, ceux même qui avaient suivi leurs pères à Pharsale, créèrent une école péripatéticienne au portique d'Octavie ; et sous la magnifique colonnade bâtie par l'empereur, devant la bibliothèque octavienne, ils allaient tous les jours s'entretenir de la nature des choses, des mystères de l'âme et de l'unité de Dieu.

Le soir, l'empereur descendait du Palatin, et, traversant le pont du Capitole, il entrait au théâtre de Marcellus, avec Mécène et Agrippa ; là se trouvaient avant lui les habitués du portique d'Octavie, et dans les loges supérieures, *aliæ precinctiones*, une foule de spectateurs

suburbains, ou de la région transtéverine. On jouait un
chef-d'œuvre de Sophocle ou d'Euripide, *Œdipe*, *Prométhée*, ou *la Fatalité d'Oreste*, ces impérissables monuments de la pensée humaine, ces édifices de Titans poëtes, ces divines leçons données à l'orgueil ou à la faiblesse de l'homme, après la Bible qui semblait avoir
tout dit à l'humanité.

Quel siècle! quel monde! quelle histoire! Faites triom-
pher Brutus à la bataille de Philippes, et tout cela est à
jamais perdu! Brutus vainqueur se bat avec Cassius le
lendemain, chose inévitable. Les guerres civiles se per-
pétuent, le principe généreux mais stérile de ces deux
aristocrates républicains rentre à Rome avec les tribuns,
les sophistes et les rhéteurs. Il n'y a plus de siècle d'Auguste; Virgile, Horace, Ovide, meurent sans avoir
chanté; les sculpteurs, les peintres, les architectes, toutes les gloires de ce règne merveilleux restent ensevelies
sous les couches de l'horizon romain, et attendent pour
se lever un azur qui ne se montre pas. Rome a gagné
quelques théories sociales de plus, mais elle a perdu ce
siècle qui sera l'éternel honneur et la consolation de ce
pauvre univers. Deux noms résument tout notre système : il y a eu deux Agrippa célèbres ; le premier a prononcé un discours politique sur le mont Aventin, le second a bâti le Panthéon au Champ-de-Mars : le discours
est une fable sur *les membres et l'estomac* ; le Panthéon
est une histoire éternelle de marbre, qui raconte la
gloire de Dieu et des arts.

Les créations utiles marchaient de concert avec le progrès des lettres et des arts; un immense grenier d'abondance, rempli de récoltes de la Sicile, s'élevait à la porte

Colline; des aqueducs triomphaux apportèrent l'eau pure des montagnes au Tibre jaune; des thermes, ornés de bibliothèques et de mosaïques, s'ouvrirent gratuitement pour le peuple; les grandes routes rayonnèrent de la métropole sur toute l'Italie; la voie Flaminia traversa les Apennins, jusqu'aux limites de l'Étrurie, et la voie Appia se pava de quartiers de roches, et, partie du *Milliarum aureum* élevé sur le Capitole, elle traversait la campagne jusqu'à *Tres Tabernæ*, où elle bifurquait pour courir vers les ports de Brindes et d'Anzur. Mais le plus bel ornement de cette voie Appienne, que des historiens ont nommée *via Ferrea*, était la ligne de tombeaux qui vint la border, depuis la pyramide de Caïus Sextus jusqu'à la rotonde funèbre de Metella. Piranèse a reconstruit par le burin cette voie tumulaire, et un cri de surprise s'échappe de notre bouche en contemplant cette série d'édifices mortuaires qui annoncent qu'un peuple est arrivé à l'apogée de la civilisation quand il accorde aux morts de si somptueuses demeures, et qu'il les aligne, comme leçon religieuse, sur les joyeuses promenades des vivants. Les quadriges, les litières, les cavaliers, les beaux du portique d'Octavie, peuplaient et animaient ce grand sillon de la nécropole romaine, et toujours les choses graves venaient se mêler aux entretiens de tant d'hommes heureux. La vie côtoyait toujours la tombe, pour s'essayer chaque jour à la mort, et le stoïcisme annonçait l'Évangile qui se levait à l'horizon.

Voilà, ce me semble, me disais-je, une époque qui peut offrir à la nôtre de curieuses analogies qu'on chercherait en vain du côté de l'Angleterre; mais, si j'en

crois mes pressentiments, voici, pour compléter ce tableau de similitudes, une chose bien digne de remarque.
Bientôt l'aigle de Napoléon déploiera ses ailes sur le drapeau de France au Capitole romain. Notre vexillaire
alors, comme il y a quelques années à peine, se tiendra
debout devant le palais des conservateurs, la statue colossale du Tibre et les trophées de Marius. Comment
nommez-vous cet empereur à cheval, ce noble Romain
qui regarde l'aigle de France? C'est un Antonin.

Elle est là cette superbe statue équestre pour nous ras-
surer contre les éventualités d'un lointain avenir, car
elle nous prouve que le siècle des Césars n'a pas épuisé
les trésors de la Providence, et qu'après les Césars nais-
sent les Antonius.

X

Ces réflexions que me suggérait la vue de Rome à vol
d'oiseau, m'avaient distrait un instant de Mateo et du
vieux concierge, mon ami. En me retournant vers eux,
je les retrouvai plongés dans la même extase.

— Veuillez bien m'excuser, dis-je à Mateo, si je vous
dérange dans vos méditations; j'ai une demande à vous
faire, et qui m'est inspirée par le moment...

— Demandez, me dit Mateo.

— Avez-vous jamais entendu dire qu'un homme au
désespoir se soit précipité du haut de ce dôme de Saint-
Pierre?

— Jamais, monsieur, dit Mateo.

— Jamais, dit le concierge; je puis le garantir mieux que Mateo, moi, qui connais l'histoire de ce dôme, depuis que Michel-Ange l'a bâti. Est-ce que ce genre de suicide est pratiqué dans vos pays du Nord?

— Malheureusement, oui; souvent les hommes, poussés par l'abominable idée de se débarrasser de la vie, montent sur le dôme de Saint-Paul, par exemple, et ne trouvant aucune consolation à leurs souffrances, dans tout ce qu'ils voient au-dessous d'eux, ils se tuent en se précipitant.

— Ce serait impossible ici, me dit le concierge. Quel serait l'homme qui oserait se plaindre d'un malheur vulgaire, ici, devant cette noble ville toute couverte des cicatrices de ses bourreaux? Si la terre n'avait pas bu le sang et les larmes qui ont coulé dans Rome, il y aurait deux autres fleuves à côté du Tibre. Toutes les ruines que vous voyez, depuis le Colysée qui est à l'horizon, jusqu'au cirque de Domitien qui est sous nos pieds, attestent des violences et des malheurs inouïs. Païenne ou chrétienne, Rome a souffert un martyre qui a duré mille ans. Ce dôme est la seule chaire d'histoire qui ne mente point, car elle montre, du bout de sa croix, les innombrables squelettes de nos martyrs encore étendus au soleil.

— L'occasion est belle, dit Mateo au concierge, pour raconter à monsieur l'histoire du contessino Stephano Vitelli. Nous descendrons au coup de Vêpres.

— Cette histoire, demandai-je, a-t-elle quelque rapport avec notre conversation?

— Vous verrez, dit Mateo... C'est une histoire toute récente, dans laquelle le dôme de Saint-Pierre joue un

grand rôle... Regardez, monsieur, là, sur cette rampe de
fer, ces entailles faites avec la lame d'un poignard, et
qui vont en diminuant...

— J'en compte neuf, lui dis-je.

— Tout juste, dit Mateo ; c'est une neuvaine, et... mais
ne commençons pas par la fin.

Alors il me raconta une horrible histoire que je veux
raconter à mon tour, et qui tient le premier rang dans
mes souvenirs de la Sainte-Semaine à Rome. Cette histoire, d'ailleurs, comme dit Mateo, plus longue et moins
gaie que celle de Thomas Gloose, a de grands rapports
avec elle et doit lui servir de pendant.

STEPHANO VITELLI.

Aucun voyageur n'a cité l'étrange paysage qui s'est
posé lui-même entre la montagne de Viterbe et le village
de Ronciglione, devant le lac de Vico. Seulement, je
crois avoir découvert des réminiscences de ce singulier
pays, dans quelques tableaux du Poussin, et surtout
dans les *Chasseurs* de Salvator Rosa. Il y a trois noms
réunis sur un seul point, et chacun de ces noms est lié
à de tristes souvenirs. Ronciglione porte encore les traces
d'un incendie allumé dans nos dernières guerres ; la forêt de Viterbe monte dans les nues avec sa végétation
colossale de tous les arbres du Nord et du Midi, jalonnés
par intervalles de croix tumulaires, qui ont enregistré
la date d'un assassinat. Le lac de Vico garde, dans ses
eaux, de ténébreux secrets trahis quelquefois par de hi-
deuses dépouilles détachées de ses mornes profondeurs.

A la dernière sinuosité du versant oriental de la forêt de Viterbe, on découvre un vieux château à demi voilé par des massifs de chênes-liége enlacés aux panaches des lentisques, et qui rappelle, par son architecture féodale, le manoir des comtes de Bolsena, aujourd'hui en état de ruines au bord du lac de ce nom, sous la montagne de *San-Lorenzo-Rovinato*.

Ces retraites féodales, isolées dans les gorges étrusques, avaient autrefois une armée de défenseurs, comme de citadelles, et l'on comprenait plus aisément qu'elles fussent habitables. On jouait au jeu de la guerre entre grands seigneurs, et cette passion ne pouvant s'exercer qu'en rase campagne, les adversaires étaient bien forcés de quitter les villes et de vider leurs querelles entre deux châteaux. Mais aujourd'hui la *villegietura* n'étant plus belliqueuse, il ne devrait y avoir d'habitables que les maisons de plaisance favorisées de toutes les conditions nouvelles de sécurité.

Il y a toutefois, dans certains esprits, un goût si ardent pour les retraites et les sites sauvages, que beaucoup de pauvres gentilshommes se décident sans peine à réfugier leurs ennuis dans quelque vieux manoir paternel dont la garnison moderne ne se compose plus aujourd'hui que d'un domestique et d'un chien.

Vers ces dernières années, le comte Stephano Vitelli s'était établi avec sa famille dans ce château isolé qui borde les eaux mélancoliques du lac de Vico.

Le meilleur moyen de peindre des personnages, c'est de les faire parler.

A la veillée du soir, le comte Stephano avait réuni sa famille autour d'une table, et ses regards pleins de tendresse, allaient de sa femme à sa fille, et de sa fille à son fils. Une de ces lampes italiennes que l'antiquité a léguées aux nuits modernes, éclairait la salle des veilles et laissait encore assez bien voir les quatre fresques peintes par Lucca-fa-Presto, et qui représentent quatre métamorphoses un peu lestes de Jupiter. En Italie, la peinture purifie tout, même les écarts juvéniles des vieilles divinités.

— Urbino, mon cher fils, disait le comte à son enfant, — te voilà un homme, tu as vingt ans. Tu sais que je n'ai d'autre héritage à te laisser que ce vieux château qui ne nous rapporte rien et une petite maison, *via Ripetta*, qui ne nous rapporte pas grand'chose; ta vocation est-elle bien établie? es-tu décidé sur le choix d'un état?

— Je veux être peintre, mon père, répondait Urbino, en esquissant un croquis sur un petit album; la peinture est beaucoup plus qu'un art, c'est une profession.

— Mon ami, poursuivait le père, je crois au contraire qu'aujourd'hui la peinture est beaucoup moins qu'une profession, c'est un art. Autrefois, il y avait des palais, des villas, des églises, des couvents à peindre. Ce temps est passé. Le clergé est pauvre; les rois ont beaucoup de gardes à payer; les gens riches ont toujours peur des révolutions, gardent leur argent, et ne commandent plus de fresques. Aujourd'hui, si Raphaël se présentait au palais de la *Farnesina* pour offrir sa belle galerie de l'histoire fabuleuse de Psyché, le comte Farnèse le mettrait à la porte en le traitant de fou. Heureusement la *Farnesina* est peinte; mais si elle ne l'était pas, elle ne le serait jamais.

— Je le crois comme vous, mon père, parce que personne aujourd'hui ne se soucie plus de Psyché, et on a raison; mais si mon glorieux maître Overbeck proposait à un riche Romain de lui peindre toute l'histoire de Joseph en Égypte, il trouverait des pans de murs et des pièces d'or à boisseaux.

— Et pourquoi, mon fils, Overbeck ne propose-t-il pas cette histoire à quelque Romain?

— Parce que mon maître Overbeck ne travaille pas pour gagner de l'or.

— Je le crois bien, il est riche comme un banquier.

— Comme un banquier pauvre, oui, mon père.

A cette saillie la jeune Fiorina, la sœur d'Urbino, qui brodait à côté de sa mère, fit entendre un éclat de rire harmonieux et velouté comme une roulade de rossignol.

C'était une délicieuse jeune fille de dix-sept ans, avec une figure de vierge romaine, comme le type en a été popularisé dans mille tableaux. Ses cheveux noirs, bouclés avec une négligence enfantine, s'agitèrent longtemps sous cette éruption de gaieté folle, provoquée par la remarque de son frère Urbain.

— Comme elle rit de bon cœur! dit la mère en embrassant sa fille avec des regards humides de joie.

Puis se retournant vers son mari, elle ajouta:

— Comte Stephano, ce sera donc là votre conversation éternelle de tous les soirs?

— Ma chère amie, dit le comte, il faut bien se disputer sur quelque chose; et puisque nous sommes d'accord sur tout le reste, je m'acharne sur notre seul point de division. Les soirées sont fort longues, ici.

— Ah! sainte Marie! dit la comtesse Vitelli avec un

long soupir, est-ce qu'un enfant, à l'âge d'Urbino, peut décider le choix d'une vocation? L'avenir est à Dieu. Quand on part, sait-on jamais où l'on va? Quand je descends du perron de ce château pour aller me promener au bord du lac, je n'ai jamais pu suivre le même chemin, il y a toujours au milieu quelque arbre tombé, quelque crevasse de sol, quelque nouvel accident de terrain qui m'obligent, le lendemain, à m'écarter de ma route de la veille. Et la vie! la vie!... Vous, comte Stephano, dites-moi, où étiez-vous à dix-huit ans?

— Au collége de la Propagande, devant la place d'Espagne, ma chère amie.

— Et que comptiez-vous faire... vous riez?... Je vais répondre pour vous : vous comptiez suivre les missions au Coromandel. A trente ans, que faisiez-vous? Vous commandiez un escadron de cavaliers de *San-Giovani*, sous les ordres de Joachim Murat.

La belle Fiorina mit sa broderie devant son visage pour cacher un léger sourire que le respect filial n'avait pu réprimer.

— Avec ces beaux raisonnements, dit le comte Stephano, savez-vous ce que deviennent les jeunes gens?

— Je sais, dit la mère, qu'ils commencent par être heureux... C'est absolument comme si je me mettais en souci, moi, de l'avenir de ma belle Fiorina; si je lui demandais tous les soirs, voyons, ma chère enfant, quelles sont les qualités et les vertus que tu voudrais rencontrer dans le mari que tu prendras? à quelle profession donnerais-tu la préférence?...

— Ah! je vous arrête, ma chère amie, dit le comte, *je nie la similitude*, comme nous disions à la Propagande,

dont vous me parliez tout à l'heure. Une femme subit
son destin, un homme fait le sien.

— C'est Dieu qui fait tout, monsieur le comte.

Fiorina fixa son aiguille sur la broderie, et regarda
le plafond, l'oreille inclinée du côté du vestibule.

Le silence se rétablit, et les trois autres personnages
de cette scène regardaient la jeune fille, dont l'oreille
n'était jamais en défaut.

— Je crois, dit-elle d'une voix légèrement émue, que
j'ai entendu aboyer Pluto, et Pluto n'aboie jamais pour
rien.

— Bah! dit Urbain, il aboie au clair de lune comme
tous les chiens.

— Justement, il n'y a pas de clair de lune cette nuit,
monsieur, dit Fiorina en secouant la tête d'un air mo-
queur.

La nuit était sombre, et le lac noir comme de l'ébène
en fusion. Des plaintes sortaient de toutes les cimes des
arbres, agitées par l'haleine du lac, en l'absence du
vent.

— Pluto aboie toujours, dit Fiorina, et il a sa gueule
tournée du côté de la forêt de Viterbe; je devine cela
d'ici.

Le comte Stephano sonna son domestique Vincenzo,
qui dormait au vestibule.

Vincenzo arriva, et n'ouvrit les yeux que devant son
maître.

— La porte du château est-elle fermée? lui demanda
le comte.

— Comme tous les soirs, monseigneur, répondit Vin-

cenzo ; au tomber de la nuit, je ferme les trois serrures
et voilà la clé.

En ce moment, on entendit une décharge de coups de
fusils, dans la direction de la forêt.

— C'est un assassinat, dit le comte Stephano.

XI

L'exclamation du comte fut répétée à voix basse par
toute la famille, et une vive anxiété se peignit sur le visage de la jeune fille et de la comtesse Vitelli.

Le comte et son fils montèrent au sommet d'une des
tours du château pour observer ce qui se passait aux environs, si les ténèbres n'étaient pas trop intenses ; mais
ils ne découvrirent rien.

Après quelques instants de cette recherche vaine, le
jeune homme prit la parole :

— Mon père, dit Urbain, permettez-moi de faire une
bonne action qui me plaît. Je vais sortir du château par
la poterne secrète qui s'ouvre du côté de *Monte-Rosso* ; il
y a une longue voûte de broussailles, obscure comme
un souterrain, et qui débouche à la grande route. En
trois bonds je suis à Ronciglione, où il y a un poste de
dragons, et je m'en reviens avec main-forte.

Le comte serra la main de son fils en signe d'acquies-
cement, et ils descendirent dans une des salles basses du
château.

Le jeune homme fut bientôt prêt à partir ; mais avant

de livrer son fils aux dangers de cette expédition, le comte Vitelli voulut jeter un dernier coup d'œil sur la campagne par une meurtrière assez large, et, cette fois, il vit une ombre se mouvoir à tâtons sur le chemin fort escarpé qui descendait de la forêt.

L'ombre ne tarda pas à prendre un corps humain et à se montrer à découvert sur le glacis du château.

Puis on entendit frapper à la grande porte, et ces mots, quoique prononcés à voix basse, arrivèrent aux oreilles du comte :

— Au nom de Dieu ! ouvrez-moi !

— C'est un malheureux, dit le comte Vitelli ; il est seul et sans armes ; nous pouvons, sans aucun péril, lui donner l'hospitalité.

Les deux femmes, un peu remises de leur frayeur, approuvèrent le comte qui descendit avec son fils et ouvrit la porte à l'étranger.

C'était un jeune homme de vingt-cinq ans environ, d'une tournure fort distinguée, mais dont le costume s'échappait en lambeaux. La vive émotion à laquelle il paraissait en proie, ne lui permit de ne s'exprimer, en entrant, que par des signes et par des regards où brillait le feu de la reconnaissance : il est inutile d'ajouter qu'on lui prodigua les soins les plus affectueux, et que l'hospitalité s'exerça envers lui avec cette vive effusion, qui, dans ce moment terrible, n'était qu'un devoir naturel.

Malgré le délabrement de ses habits, ce jeune homme laissait deviner qu'il appartenait à une classe élevée de la société : sa figure, ciselée au type aristocratique des grandes familles italiennes, avait un caractère de douceur fort remarquable, quoique malignement contrariée

9

par des yeux d'un vert nébuleux, perdus sous des aspé-
rités saillantes du front. Ses cheveux noirs, dévastés sans
doute aux assauts d'une lutte violente, conservaient encore les traces d'une coupe gracieuse et achevaient de
donner à l'ensemble de sa physionomie une suprême
distinction. Le vif intérêt qui éclata autour de lui, ne
devait que s'accroître lorsqu'il raconta son aventure et
ses malheurs dans un langage plein de charme, d'harmonie et de simplicité.

— Mon histoire, dit-il, doit être dite à mes bienfai-
teurs, quoi qu'il puisse arriver. J'ignore si vous êtes mes
amis ou mes ennemis; je sais que l'hospitalité d'un toit
italien est une chose sainte, sous les Alpes comme sous
les Apennins. Je suis le comte Frederico Nola de Milan.

En disant ces mots, il se leva de l'air d'un homme qui
vient de décliner un nom européen et proscrit, et qui
attend un mouvement de surprise ou d'horreur pour se
retirer.

Les visages restèrent impassibles et les bouches muettes. Personne, dans la famille, n'avait entendu parler de
ce Frederico Nola qui devait partout exciter tant de
consternation en se nommant.

Bien plus, le comte Stephano Vitelli sourit avec bienveillance, et, prenant la main de l'étranger, il le força
doucement à se rasseoir.

— Excusez ce moment de misérable orgueil, dit-il
d'un ton angélique, j'ai cru que mon nom était arrivé
jusqu'à vous. Le malheureux se console en s'imaginant
que toute la terre s'occupe de lui.

— Cela ne doit pas vous ôter une seule de vos chères
illusions, monsieur le comte, dit Stephano Vitelli en

riant, car nous vivons, nous, en dehors du monde, et nous ne savons rien de ce qui se fait. Mon fils Urbino passe huit mois de l'année à Rome, mais il ne sort pas de l'atelier d'Overbeck, où on ne s'entretient que de Mazaccio, de Fra-Angelico et de Cosme de Médicis : on y est toujours en plein quinzième siècle, et celui qui oserait s'avancer jusqu'au seizième, serait chassé immédiatement.

L'étranger donna un sourire mélancolique à cette innocente épigramme, et s'assit.

— Au moins, dit-il, vous avez entendu parler des derniers troubles de la Lombardie ?

— Sans doute, dit Stephano ; cela est arrivé jusqu'à nous.

— Eh bien ! ajouta l'étranger d'une voix émue, je suis un malheureux proscrit des États lombards, et ma tête ne m'appartient pas.

Il s'arrêta comme pour examiner l'impression que sa phrase devait produire autour de lui, et il fit un second mouvement pour se lever.

Le comte le retint de nouveau, et faisant épanouir sur son austère figure un sourire :

— Je n'ai entendu qu'un seul mot de votre phrase, dit le comte Stephano, et ce mot me suffit.

— *Proscrit?* demanda l'étranger d'une voix timide.

— Non, *malheureux !* dit le comte, et il lui tendit ses mains hospitalières, qui furent serrées énergiquement.

— Quelques mots encore, comte Stephano, dit l'étranger, et vous saurez toute mon histoire... J'allais voir et consoler ma mère qui est à Sinigaglia, sur le bord de l'Adriatique, lorsque j'ai appris que des instructions de police ont été données, et que je dois être arrêté en arrivant. Je ne voyage que de nuit, toujours à pied, et par des chemins impraticables. Dans ma position on ne saurait s'entourer de précautions trop minutieuses. En traversant la forêt de Viterbe, je viens d'être assailli par trois hommes embusqués qui ont fait feu sur moi, et comme ce misérable costume ne dénonce pas un voyageur opulent à la rapacité des bandits, j'ai lieu de croire que je n'ai pas eu affaire à des bandits. Je serai tombé dans un guet-apens dressé par les sbires de la police de Viterbe. Heureusement je marche toujours avec l'expérience du proscrit, j'évite les chemins frayés; je longe la crête des ravins, des abîmes, des précipices, afin de pouvoir, d'un seul bond, mettre, au besoin, un large espace entre mes agresseurs et moi. Je dois mon salut à cette précaution. En voyant luire des armes, sous les feuilles, je me suis précipité dans un chemin creux; on a tiré au vol, pour ainsi dire, et on m'a manqué.

Deux lèvres vivement posées sur la main du comte Stephano servirent de péroraison à ce récit.

La comtesse Vitelli et la jeune Fiorina étaient émues aux larmes. Stephano entourait l'étranger d'une sollicitude affectueuse; Urbain, seul, obéissant à son insu aux conseils d'un instinct nerveux, paraissait accueillir avec une certaine méfiance les paroles du jeune Lombard. Il y a, dans les organisations d'artiste un sixième sens, qui est l'odorat de l'esprit, et qui perce le masque avec lequel le visage le plus subtil veut se déguiser. Cet instinct n'est pas toujours infaillible, mais il a son utilité, comme précaution.

Cependant Urbain ne comprenait pas ce qui se passait

Le comte Frederico avait-il deviné ce qui se passait dans le cœur du jeune homme? nul ne le sait. Toujours est-il que depuis un instant c'était pour lui seul qu'il parlait; sa grande admiration pour Michel-Ange n'avait d'autre but que gagner les bonnes grâces du disciple d'Overbeck.

Les heures de la veillée nocturne s'écoulaient rapidement au milieu de ces émotions et de ces entretiens. Il était temps de songer au repos.

Le comte Stephano indiqua son chemin à l'étranger qui prit congé de la famille, et suivit le maître dans un labyrinthe de galeries et de salles démeublées, assez semblables à des souterrains peints à fresque. Enfin le comte Stephano Vitelli installa le seigneur lombard dans la chambre du bastion Michel-Ange, et lui serrant une dernière fois la main, il lui souhaita la plus heureuse des nuits.

Quand l'étranger eut fermé la porte de cette chambre, et que les pas du comte Vitelli se furent perdus dans les corridors lointains, le jeune homme examina les murs avec le plus grand soin, comme pour s'assurer qu'aucune crevasse n'en avait désuni les pierres; puis il ouvrit une fenêtre, dont le parapet était en saillie sur un bois de pins, et regarda la campagne avec une curiosité qui ne ressemblait nullement à une contemplation d'artiste. Cela fait, il se jeta sur un lit dressé par une hospitalité aveuglément généreuse, et s'endormit avec le calme angélique de l'enfant au berceau.

XII

Ce sommeil dura longtemps, et certes si quelqu'un des maîtres de cet antique manoir, poussé par un soupçon invincible, se fût approché de la porte pour épier le repos du comte Nola, tous les soupçons auraient disparu devant le calme sommeil du proscrit. Le soleil se leva et Frederico dormait encore.

L'arrivée d'un étranger dans un vieux château solitaire y produit toujours une certaine perturbation, surtout si des circonstances mystérieuses se rattachent à cette arrivée imprévue.

Le lendemain, avant l'heure accoutumée, la comtesse Vitelli et sa fille étaient descendues au salon, après avoir donné, à leur insu et fort innocemment, quelque prétention à leur toilette de campagne. D'ailleurs, elles avaient été surprises, la veille, dans un grand négligé de famille, et, même pour le regard d'un passant qui traverse le perron d'un château, on est bien aise de se montrer avec ses avantages : c'est excusable, comme tout ce qui est naturel.

La femme est toujours femme, dans quelque position qu'elle se trouve. Son premier soin, sa première inquiétude, son premier désir sera toujours de plaire à ceux qui la voient. Ceci est de règle générale, et moins que personne les femmes d'Italie cherchent à faire exception.

A l'antique manoir des Vitelli, devant la façade qui regarde le lac, une main d'ancêtre prévoyant a semé au hasard une famille de pins et de cyprès admirablement assortis. Ces deux sortes d'arbres s'accommodent fort bien de ce climat, et nulle part ils ne se développent avec plus d'opulence. Je recommande aux peintres voyageurs un pin qui s'élargit à droite de Ronciglione, et qu'on trouve en entrant dans ce village : c'est le phénomène de l'espèce, et il donne une idée de la végétation colossale de ce pays.

Abritées du soleil levant par ces arbres, et assises devant un guéridon d'ardoise fêlée, la comtesse et sa fille travaillaient paresseusement à une de ces broderies que les femmes ne terminent jamais à la campagne. Une brèche ouverte par un pin tombait laissé voir le lac de Vico, avec ses rives tumulaires, que toute la joie du soleil ne pouvait égayer. Ce lac, comme celui de Bolsena, son voisin, a été autrefois un cratère de volcan. Un jour, le volcan, fatigué sans doute de jeter son épouvante au désert et de n'effrayer personne, abdiqua soudainement et changea de profession : il se fit lac; aussitôt les coteaux de l'ex-volcan se boisèrent d'oliviers sauvages, d'aloès, d'euphorbes, de genêts, de lentisques, et les oiseaux de marécages vinrent tourbillonner sur ce cratère, qui était devenu pour eux un limpide réservoir. Toutefois, comme un volcan ne traverse jamais un pays sans y laisser l'empreinte de sa domination, le lac de Vico, son aquatique successeur, a conservé autour de lui, comme un héritier soigneux, ce caractère désolé qu'on retrouve dans le voisinage du Vésuve et de l'Etna.

La comtesse Vitelli et sa fille causèrent d'abord de

choses tout à fait étrangères à la situation, mais Urbino étant arrivé et ayant pris place entre sa mère et sa sœur, la conversation tomba sur le proscrit.

— Je viens de lui envoyer Vincenzo, avec un costume complet de campagnard, dit Urbain : ce Frederico Nola est à peu près de ma taille, et j'ai pu très-facilement lui rendre ce service dont il avait grand besoin.

— C'est un jeune homme fort distingué, dit la comtesse, et il devait être bien honteux, hier, en paraissant devant nous, vêtu comme saint Labre.

— Lui, honteux ! — dit Urbain en haussant les épaules, — il était à son aise, en entrant dans ce château, comme Vitelli Iᵉʳ. Au reste, s'il est proscrit et vagabond, il ne doit pas avoir la prétention d'être vêtu comme un gentilhomme romain à la dernière messe de l'Église des Jésuites. Il a le costume de sa profession.

La comtesse Vitelli allait sans doute répondre à ces paroles de son fils qui témoignaient de la mauvaise impression produite sur lui la veille par le sourire de l'étranger, lorsqu'un bruit de pas venant de la maison suspendit l'entretien.

En même temps, on entendit le rire modéré du comte Vitelli, qui avait l'air de continuer, avec ce rire, une phrase commencée devant une autre personne, et qu'il allait achever en famille.

— Oui, il voulait partir, dit-il en descendant l'escalier du perron — partir en plein soleil, sous prétexte qu'il ne craint plus rien, maintenant qu'il porte les habits neufs d'un gentilhomme campagnard. Son intention était de laisser Ronciglione à gauche, de suivre les bords du lac, puis de traverser la grande route, avant

de descendre dans la plaine de Baccano, et de gagner
ensuite l'Adriatique, en trois jours de marche. Il m'a
montré son itinéraire; c'est précisément, m'a-t-il dit,
la route qu'a suivie Annibal, quand il sortit borgne des
marais de l'Étrurie, pour aller au lac de Trasimène. —
Mais, mon cher Frederico, lui ai-je répondu, Annibal
n'avait pas conspiré, comme vous, en Lombardie, et il
avait cinquante mille hommes avec lui : avec cette es-
corte, tout chemin mène à Rome...

— Enfin, — dit la comtesse avec une impatience
contenue, — l'avez-vous décidé à rester?

— Je l'ai décidé à hésiter; c'est beaucoup, avec ces
jeunes têtes folles. Ne croyez pas au moins que ce soit,
par intérêt pour lui, que je m'obstine à le garder ici,
c'est pour sa mère.

— Connaissez-vous sa mère? demanda timidement
Urbain.

— Non, mais c'est une mère, dit le comte.

— Bien répondu ! observa modestement Fiorina, et
la comtesse lui servit d'écho.

— Je vois avec plaisir, ajouta le comte, que nous
sommes tous du même avis; c'est fort heureux, quand
on est quatre.

Les deux femmes donnèrent un signe d'assentiment;
Urbain détacha des noix de cyprès et les fit rouler sur
le gazon. Il n'osait contredire son père; mais son visage
laissait voir clairement qu'il ne partageait pas l'opinion
du reste de la famille. Ne pouvant exprimer hautement
la sienne et dire ce qui se passait dans son cœur, il se
soumettait à la nécessité, mais avec une répugnance vi-
sible.

Un bruit de pas élégamment composés annonça la venue du proscrit.

Ce jeune homme avait corrigé, par la gracieuse souplesse de ses mouvements, les nombreux défauts de son costume d'emprunt. Il ôta son chapeau de paille à larges ailes en apercevant la comtesse, et s'approchant d'elle, il lui baisa respectueusement la main. Le salut qu'il adressa à la jeune fille fut d'une politesse imperceptible.

La beauté de la comtesse Vitelli avait le tort d'avoir cinquante ans. Malgré ce défaut, cette excellente femme parut sensible à ces marques d'attention, comme si elle eût oublié la moitié de son âge.

— Eh bien! mauvaise tête, — dit le comte avec une familiarité qui semblait vieille de dix ans, — qu'avons-nous décidé?

— Hélas! toujours la même chose, — dit le proscrit d'un ton qui cache une pensée, — sans doute l'accueil que j'ai reçu dans votre charmante famille m'a ébranlé un instant; mais il y a des devoirs sacrés avec lesquels on ne transige pas. Hier soir, j'étais accablé par la circonstance; j'ai dû céder... ce matin ma tête est libre, et je suis obligé de me souvenir...

— De votre mère? demanda le comte.

— Oh! celle-là, je m'en souviens toujours, — poursuivit le proscrit en élevant au ciel des yeux remplis de l'expression de la pitié filiale, — c'est un autre devoir, et plus sacré peut-être, qui m'arrache violemment à votre douce hospitalité.

Il se fit un moment de silence. Tous les regards étaient attachés aux lèvres du proscrit.

Sa pose était superbe et trop naturelle pour laisser croire qu'elle avait été étudiée. Il s'appuyait, avec une gracieuse négligence, sur la tige d'un pin, roulait, d'une main blanche et fine, quelques boucles de ses cheveux, et tenait ses yeux fixés à l'horizon du lac, comme s'il eût demandé à des êtres invisibles une salutaire inspiration.

— Comte Vitelli et vous, madame, — dit-il avec un soupir qui semblait l'indice d'un effort suprême, — je ne dois pas payer votre noble hospitalité par une lâche méfiance... il faut donc tout dire... Je ne suis pas seul proscrit, je suis deux, c'est-à-dire que mon sort est indivisiblement lié au sort d'un ami.

— Et où est cet ami? demanda vivement le comte.

— Cet ami m'attend.

— Où vous attend-il?

— Au rendez-vous que je lui ai assigné.

— Bien loin d'ici, comte Frederico?

— Non, comte Vitelli.

Pendant tout ce dialogue, le fils du comte Vitelli s'était violemment contenu. Les paroles du proscrit sonnaient aussi mal à ses oreilles que son sourire déplaisait à son œil d'artiste. Le langage prudent et évasif de Frederico lui paraissait peu de circonstance; aussi, à cette dernière parole, ne pouvant se contenir, Urbain fit un mouvement singulier, accompagné d'une aspiration violente.

— Comte Frederico, dit Vitelli, voilà mon fils qui brûle déjà d'aller porter vos ordres à votre ami.

Le proscrit lança un regard oblique à Urbain, un regard rapide comme l'éclair, mais illuminé d'une saga-

cité merveilleuse. Rien de ce qui s'était passé dans la
maison depuis son arrivée n'avait échappé à son œil infaillible. Il était sûr de la bienveillance du comte, de la
pitié de la mère et de la fille. Après ce regard, Urbain
était jugé à fond.

— Dieu me préserve d'exposer ainsi votre fils! dit le
proscrit en pressant la main d'Urbain, qui se la laissa
prendre et ne la donna pas. Songez que nous sommes
entourés d'espions, et qu'un acte d'humanité pourrait
être traduit en acte de complicité.

— Oh! nous ne risquons rien, dit le comte; mes opinions, celles de toute ma famille sont connues; nous ne
sommes pas suspects. Les Vitelli sont de pères en fils
attachés aveuglement au Saint-Siége. Quel que soit le
pape qui règne, nous sommes toujours prêts à exécuter
ses volontés. Aussi, à cette heure, j'ouvre les yeux sur
vos infortunes, je les ferme sur vos fautes. Je suis chrétien avant tout. Au lieu d'un malheureux à sauver, j'en
ai deux. Il ne faut pas compter avec les bonnes actions,
quoi qu'il arrive.

— Non, dit le procrit en serrant les mains du comte,
non, tout bien réfléchi, c'est impossible, en supposant
que vous, votre fils ou votre domestique, vous puissiez
vous charger d'une commission, il vous serait impossible de découvrir la retraite de mon ami, et si vous la
trouviez, la rencontre pourrait être dangereuse avant
l'explication, si mon ami est armé.

— Nous porterons une lettre de vous, comme ga-
rantie.

— Mon ami prendrait cette lettre pour un piége; il
n'écouterait rien et ferait feu sur le facteur.

— Mais c'est donc un démon incarné que votre ami ?
dit le comte qui voyait douloureusement échouer tous
ses efforts pour retenir le proscrit.

— C'est un homme d'un caractère fort doux et presque craintif. Mais l'infortune change les meilleurs natures. Le malheur nous rends défiants. Nous sommes
de tous côtés entourés d'embûches et de trahisons auxquelles nous n'échappons que par une prudence excessive. Il faut excuser les précautions de mon ami.

— Et ces précautions nous empêchent de lui rendre
service ainsi qu'à vous.

— Voici un moyen de tout arranger, dit la comtesse,
qui avait suivi cette scène avec un intérêt haletant ; —
M. le comte Frederico attendra ici la nuit, et quand
une forte obscurité favorisera une course aux rives du
lac, il ira trouver son ami et l'amènera au château.

— Ah ! — dit le comte en battant des mains, — il n'y
a que les femmes pour trouver les meilleurs expédients !
Comte Frederico, vous n'avez rien à répondre à cela.

Pour les acteurs et les témoins de cette scène, rien ne
trahit ce qui se passait dans l'âme du comte Frederico.
Il avait écouté les paroles de la comtesse et l'exclamation de son mari avec la déférence d'un homme bien
élevé ; voilà tout.

Un observateur habile aurait pu découvrir sur la figure de l'étranger une contraction imperceptible, qui
annonçait la joie secrète de l'homme arrivé à son but,
par mille détours adroits. L'impassibilité ne se stéréo-
type que sur de vieux visages diplomatiques, lorsque
les muscles ont perdu leurs ressorts ; mais le jeune homme
le plus subtil ne peut maîtriser les lignes de sa face :

l'épiderme est trop vif encore; il se révolte contre l'astuce de la volonté.

Le proscrit fit une pantomime de résignation, et dit:

— Allons, je me soumets à mon bonheur; cette retraite est douce, et j'y attendrai les événements en toute sécurité. Je veux ce que veulent mes nobles protecteurs.

— C'est cela! dit le comte, et cette nuit vous ferez comme a dit la comtesse et vous nous amènerez le comte... le... votre ami... Vous ne nous avez pas dit son nom...

— Mon ami, dit le proscrit, n'est pas noble de race, mais il est noble de cœur; c'est un artiste, un grand peintre, un caractère antique, une âme de feu, un de ces généreux hommes qui ne vivent qu'en dehors d'eux-mêmes, et qui s'oublient pour ne pas oublier les autres!...

L'étranger s'inclina modestement et serra la main du comte.

Cependant toute la famille Vitelli ne partageait pas le subit engouement du comte et de la comtesse pour l'étranger proscrit.

Quand ces arrangements de famille eurent été pris et convenus avec le comte Frederico. Urbain, qui conservait encore au fond du cœur ses doutes de la veille, monta lentement l'escalier du perron, et quand il eut disparu dans la première salle, il courut trouver au jardin Vincenzo qui causait avec lui-même, faute d'interlocuteur.

— Vincenzo, lui dit Urbain, toi qui a de l'expérience et du coup d'œil, toi qui as vu les hommes enfin, que

penses-tu de ce comte Frederico qui bouleverse notre
maison depuis hier au soir ?

— Ah!... oui... le comte Frederico, — dit le domestique, avec la lenteur d'un valet prudent qui tâche de
deviner l'opinion du maître qui interroge pour être de
la même opinion, — oui, ce proscrit... qui a tout mis
en émoi dans le château... il paraît très... malheureux.

— Beau miracle! on paraît ce qu'on veut paraître...
en se déguisant! Ce n'est pas là ce que je te demande.

— Votre Seigneurie a raison ; et il serait possible que
ce malheureux ne le fût pas. Cela s'est vu plus d'une
fois.

— Tu connais mon père, Vincenzo ; il a déjà son idée
fixe sur ce Frederico, et il n'en démordra pas. Aussi je
me garderai bien de lui faire la moindre observation. Moi
aussi j'ai mon idée fixe. Ce jeune homme arrive au château avec un projet. Quel est ce projet? voilà ce qu'il
m'est impossible de savoir... Cent fois j'ai rejeté bien
loin ma pensée qui me paraissait une lâche calomnie
contre un proscrit malheureux. Cent fois je me suis
senti entraîné vers lui par sa grâce et le charme de sa
parole, et toujours une force mystérieuse a cloué mes
pieds sur la place au moment où je m'avançais. Vincenzo,
toi qui as connu les hommes, toi qui as vu quelques
honnêtes gens et beaucoup de fripons, qu'as-tu remarqué sur le visage et dans les yeux de Frederico, en supposant que ce soit son vrai nom? Voyons, n'as-tu rien
remarqué?

— A parler franchement à Votre Seigneurie, je n'aime
pas les yeux de ce voyageur, il y a de la brume dans

son regard et du sérieux dans son sourire; deux mauvais signes, disait mon père à moi, et il était bon juge.

— Bon! je suis ravi de m'être rencontré avec toi!...
maintenant, si nous admettons que cet homme est venu
ici avec une mauvaise pensée, sur quelle conjecture pou-
vons-nous nous arrêter, dans un but de défense et de
précaution? Il est bon de nous préparer à tout événement et rien ne prépare comme un plan arrêté.

Le serviteur plaça horizontalement son bras gauche
sur la poitrine, et soutenant le coude du bras droit, il
caressa son menton avec sa main, pour s'aider à trouver
une idée capable de prévenir toute catastrophe.

La réflexion menaçait de devenir longue, et Urbain,
peu habitué aux lenteurs, donnait des signes d'impatience. Il regardait la cime des arbres du jardin, il
frappait la terre du pied. Enfin Vincenzo se décida à
parler.

— Que Votre Seigneurie m'excuse, dit le serviteur;
si le comte Vitelli avait la réputation d'homme riche,
j'oserais croire qu'on a jeté les yeux sur son coffre-fort,
du fond de quelque caverne suspecte, et qu'un successeur du bandit Gasperone s'est déguisé en proscrit pour
piller le château; mais avant de faire une expédition,
tout adroit bandit a sondé la bourse ou la caisse qui est
à la mire de sa carabine; et quand la potence est au bout
de la téntative, on ne veut pas tirer sa poudre aux moi-
neaux. Ainsi, je n'admettrai jamais que notre étranger
soit un bandit et un pillard. Voilà déjà une supposition
que nous pouvons exclure.

— Je suis assez de ton avis, Vincenzo, ce Frederico
me tient en défiance, mais il a de si belles manières, un

esprit si charmant, une tournure si gracieuse, qu'il m'est impossible de loger dans ce corps l'âme d'un bandit vulgaire qui pille la caisse ou le coffre-fort.

— Ah! ce n'est pas une raison, dit Vincenzo, nous avons eu en Italie des bandits charmants et façonnés aux belles manières.

— Oui, dans les comédies de Goldoni et dans l'opéra *dei Zingari in fiera*, mais dans la vie réelle, les bandits sont des bandits. On n'apprendra jamais les belles manières du gentilhomme dans les cavernes des Abruzzes ou des Apennins. Or, si notre jeune étranger n'est pas un voleur, que doit-il être dans tes suppositions?

— Alors j'amènerai Votre Seigneurie sur un point plus délicat. Je la prie de m'excuser si je vais trop loin.

— Amène-moi, Vincenzo, je te suivrai sur tous les terrains. Ne me ménage pas; j'ai besoin avant tout de voir clair.

— Votre Seigneurie conduit tous les dimanches mademoiselle Fiorina au village de Ronciglione, pour entendre la messe et puis revient avec elle au château.

— Oui, Vincenzo, et dans les grands jours de l'été, nous allons quelquefois, le dimanche, en pèlerinage, à cheval, à Notre-Dame-de-Viterbe. Tu sais qu'on vient visiter cette chapelle miraculeuse de vingt lieues à la ronde. Elle est en grande vénération, et ma sœur aime beaucoup ces pèlerinages.

— Eh bien!... que Votre Seigneurie m'excuse toujours... Ce que j'ai à lui dire est bien délicat... et peut-être ferai-je mieux de me taire et de veiller nuit et jour,

10.

seul, comme un bon et digne serviteur de votre maison
que je suis.

— Non, non, Vincenzo, ne te tais pas, il vaut mieux
que tu parles...

— Vous ne vous fâcherez pas de la hardiesse de mes
paroles.

— Non, Vincenzo, je ne me fâcherai pas, je te l'ai
promis. N'hésite pas ; dis-moi ce que tu penses avec la
franchise d'un serviteur dévoué.

— Eh bien! puisque Votre Seigneurie l'exige...

Mais le prudent Vincenzo, malgré toutes ces précautions oratoires, restait toujours à moitié chemin du développement de ses idées. L'impatient Urbain bouillonnait. Son œil tour à tour encourageait le serviteur ou se
courrouçait à ses réticences.

— Voyons, ne t'arrête plus ainsi; achève, que penses-
tu encore?...

— Il me semble que Votre Seigneurie pourrait deviner. Puisqu'elle conduit tous les dimanches mademoiselle Fiorina à la messe, ne se pourrait-il que quelque
jeune homme eût remarqué l'admirable beauté... et...

— Je t'arrête, Vincenzo... Cette supposition est inadmissible. D'abord, à Ronciglione, il n'y a pas un seul
jeune homme. C'est un village rempli de vieillards et de
pauvres laboureurs. Rien à craindre de ce côté. Ensuite, je connais toute la belle jeunesse de Viterbe ; j'y
compte même des amis... Frederico n'est pas un amoureux romanesque, déguisé en proscrit... Cherche encore, encore, Vincenzo. Il faut que nous trouvions, ne
te décourage pas.

— Mais je ne vous ai pas dit que ce jeune homme fût

ɔb de Ronciglione. Il a pu s'y trouver de passage un diman-
ɔlo che et voir mademoiselle Fiorina à l'église... ou bien
ɪɔ encore, il a pu la voir à Notre-Dame-de-Viterbe.

— Mais, Vicenzo, malgré tout ce que tu pourras me
ɪb dire, je ne crois pas que ce comte Frederico soit un
ɪɕ amoureux. Il n'en a nullement les allures. C'est avec une
ɪɛ autre intention qu'une pensée d'amour qu'il est entré
ɔɛ sous notre toit. Il faut trouver cette intention. Cherche
b donc, mon bon serviteur.

— Ah ! Votre Seigneurie est exigeante !... Si monsieur
ɪ Frederico n'est ni un amoureux, ni un bandit, je serai
ɑ fort embarrassé, maintenant, pour vous dire ce qu'il est.
ʟ Je ne vois guère que ces deux suppositions à admettre.
ɔ On ne devine pas aisément les intentions de ceux qui ne
ɪl les disent pas.

— Ensuite, tu ne sais pas tout, Vincenzo ; cette nuit
ɪ nous attendons une autre visite, un nouvel embarras.

— Vraiment !

— Un ami de ce Frederico.

— *Per Bacco !* cela devient sérieux ! Nous allons tenir
ɪ une auberge de proscrits ; quand la vieille Francesca va
ɪ le savoir, elle va mettre le feu à sa cuisine, pour se dis-
ɪ penser d'allumer les fourneaux ! Deux convives de
ɪ plus !

— Vincenzo, puisque nous ne pouvons rien savoir,
puisque nous ne pouvons rien deviner dans nos conjec-
tures, il faut nous attendre à tout ! Tu nous es dévoué,
tiens-toi prêt,

— A la bonne heure ! et j'y avais songé avant Votre
Seigneurie... Regardez, je ne marche plus qu'avec cet
ami.

— *Bravo !* Vincenzo.

— Ce stylet est logé dans ma manche droite depuis hier au soir. J'ai toujours l'air endormi ; mais je veille comme un coq... Au premier mouvement suspect, cette pointe... et la lame en est bonne, je vous jure.

— Tais-toi, Vincenzo, le voici !

C'était, en effet, le proscrit qui s'avançait avec une assurance parfaite.

Il avait repris sa sérénité joyeuse, et il entra au jardin en fredonnant le refrain : *Pianino, alla porta del giardino*, qu'il n'interrompit qu'à quelques pas du jeune homme et du serviteur.

— Je vous cherchais partout, seigneur Urbain, dit-il en tendant la main au jeune homme. J'ai un projet superbe que vous approuverez, sans doute, et nous allons en causer dans la grande galerie, si vous le voulez bien.

— Allons, dit Urbain.

— Vos seigneuries me permettront de les suivre, dit Vincenzo en mettant sa main droite en état de défense. La galerie est fort obscure, et, pour les éclairer, je vais ouvrir la grande fenêtre du balcon.

Urbain ni le comte Nola ne répondirent ; mais ils suivirent le serviteur qui avait pris les devants.

XIII

Vincenzo était le type du serviteur italien. Nature ardente sous une apparence calme, il savait dompter ses désirs et ses affections, au point de n'en pas paraître ressentir. Né pour la haine ou pour la sympathie, au choix de la circonstance, et toujours prêt à pousser l'un ou l'autre de ces deux sentiments à l'extrême, il n'avait jamais mis son cœur à nu. Depuis plusieurs années qu'il était attaché à la famille Vitelli, il la servait avec un zèle contenu, qui ne se prodiguait pas et attendait une occasion majeure pour éclater. Les Vitelli ne se doutaient même pas de ce dévouement domestique, et s'ils avaient pour Vincenzo des égards qui avaient touché le serviteur, c'est qu'il était dans leur nature de bien traiter tout ce qui les approchait.

En précédant les jeunes gens, Vincenzo se parlait ainsi à lui-même :

— Il se passe quelque chose d'extraordinaire dans cette maison. Le seigneur Urbain a la même pensée que moi. Donc, ma pensée est bonne. Il faut donc veiller nuit et jour. Et pour veiller, il faut être sans cesse sur les pas de mon jeune maître et du nouveau-venu. Voici l'heure de montrer au seigneur Vitelli qu'il n'a pas appelé à lui un serviteur ingrat.

Tout en faisant ce monologue, Vincenzo était arrivé à l'appartement qu'avait désiré voir le comte Frederico Nola, et, allant et venant, il épiait tous les mouvements du proscrit sous prétexte de donner du jour et de l'air à la grande galerie du château.

Au reste, si le jeune Vitelli ne paraissait pas se douter de ce zèle inaccoutumé de Vincenzo, il n'en était pas ainsi du comte lombard. Un seul coup d'œil lui avait suffi pour deviner ce qui se passait dans l'âme du serviteur et le sens de la conversation qu'il avait interrom-

pue dans le jardin. Aussi vit-il qu'il lui fallait porter un
coup décisif pour amener à lui le fils, comme il avait
déjà amené le reste de la famille. Il redoubla de grâce
et de charme, et jamais sa parole n'avait eu d'inflexions
plus mélodieuses, jamais ses manières autant de séduction.

La grande galerie du château Vitelli avait été peinte à
fresque par Solimène et *Lucca-fa-Presto*. C'était une de
ces peintures gigantesques familières à l'Italie. Sur quatre pans de mur, tableaux à proportions immenses, on
voyait autrefois le vieux Silène lutiné par les Nymphes,
pendant qu'il se livre à l'éducation de Bacchus ; Pan
donnant des leçons de flûte aux pâtres arcadiens, pendant que les Satyres, les Faunes, les Sylvains et toutes
les divinités des bois dansent sous les ombrages ; Aris-
tée reçu dans la grotte des Néréides, et le mariage de
Vénus et de Vulcain.

Malheureusement pour ces quatre fresques et pour le
manoir des Vitelli, les lansquenets de Franisberg firent
une halte dans cette galerie, en 1527 et, selon les usages
des soldats en campagne de tous les temps, ils charmè-
rent les ennuis de leur veille en mutilant les images de
ces mythologiques divinités. Au reste, ils étaient en
veine. Ils venaient de violer et de piller Rome de toutes
les façons, et leur œuvre sacrilége sur les bords du lac
de Vico ne fut qu'une légère équipée. Ordinairement on
met toutes les destructions sur le compte du temps ; les
historiens et les voyageurs toujours prêts à accabler ce
vieillard de leurs malédictions. La faux du temps, fabuleux attribut, sert d'excuse éternelle aux ravages et aux
ravageurs : Hélas ! ce pauvre temps n'est pas si coupa-

ble ; car il a toujours trouvé dans l'homme un terrible auxiliaire qui s'est fait volontiers son collaborateur. Combien de saintes et nobles pierres seraient encore debout sans cette abominable union !

Le proscrit, que nous appellerons désormais Frederico, prit familièrement le bras d'Urbain, ce qui agita d'une manière compromettante la manche de Vincenzo attentif, et de sa voix la plus séduisante :

— Seigneur Urbino, lui dit-il, il n'y a qu'un instant je causais arts et littérature avec votre père le comte Vitelli, et il m'a annoncé une bonne nouvelle, la plus heureuse qu'il pût m'annoncer dans mon infortune... Vous êtes peintre.

— Je suis élève en peinture ; je m'efforce d'étudier, voilà tout, dit Urbain.

— Eh mon Dieu ! qui pourrait être maître parmi nous ? répondit Frederico ; nous sommes tous élèves aujourd'hui comme autrefois. N'oublions jamais ce que faisaient nos pères. Il y a d'éminents peintres parmi eux, c'est incontestable : Eh bien ! les plus grands maîtres, les rois reconnus de la palette et du pinceau, signaient modestement leurs toiles à l'imparfait, *pingebat*. Il n'y a réellement qu'un véritable maître, c'est la nature ; et comme elle a le tort de ne pas ouvrir son atelier, nous sommes obligés de nous pourvoir ailleurs.

— Vous avez raison, comte Frederico, dit Urbain ; la nature ne nous a pas montré ses secrets de composition ; et alors il nous a bien fallu prendre autour de nous et dans nous ce qui était le plus capable de séduire notre imagination et notre intelligence.

— Au reste, seigneur Urbain, peu importe ce que nous

disons ici. Les théories ont toujours le tort d'embrouiller les questions les plus claires. Je connais votre talent, cela me suffit. Le comte Vitelli m'a montré votre fresque de *Ruth et Booz*, et j'en ai été ravi. Il y a une perfection de dessin et un dédain de coloris qui annoncent le véritable artiste. Vous avez voulu parler à l'intelligence et au cœur sans vous adresser aux sens, et vous avez réussi. Votre travail est le triomphe de l'esprit sur la force. Vous êtes élève de Cornélius ?

— Non, monsieur, d'Overbeck.

— C'est synonyme, seigneur Urbino. C'est le même peintre qui a pris deux noms et deux corps pour travailler davantage...

— Vous ne dites pas tout, comte Frederico. Cornélius et Overbeck, guidés par la même foi, ont cherché à nous ramener à ces époques naïves où l'art ne servait qu'à exciter la piété des fidèles, à rendre plus fervente la prière qu'ils adressent au ciel.

— Au reste, interrompit le proscrit, passons outre et venons au fait. Décidément, je reste dans votre maison; les instances de votre famille ont vaincu mes scrupules. J'attendrai dans le manoir des Vitelli les lettres de Milan. Il faut donc que j'occupe mes loisirs de proscrit à quelque œuvre utile et agréable en même temps. Le comte Vitelli m'a parlé de cette galerie, en paraissant regretter que les lansquenets de Franisberg l'eussent ainsi dégradée. J'ai écouté le comte Vitelli avec le respect qui lui est dû, et tout de suite mon plan d'exil a été arrêté.

— Et c'est ce plan que vous voulez me communiquer? Parlez, comte, je vous écoute.

— Vous savez ce que le peintre Marini a fait à Pise?

— J'avoue mon ignorance, comte Frederico. Le peintre Marini m'est inconnu.

— Il a restauré à la voûte du dôme les fresques de Memmo Gaddi ?

— Ah ! le peintre Marini a fait cela ! a-t-il au moins respecté la pensée de Gaddi ?

— Parfaitement respecté, seigneur Urbino. C'est du vieux passé au neuf avec un bonheur de pinceau inouï. Sachant cela, voici ce que j'ai à vous proposer : si vous le voulez, nous ferons ici ce que le peintre Marini a fait à Pise ; nous allons nous associer, et, en quelques jours, nous aurons restauré les fresques de cette galerie, moi, pour tuer le temps, vous, pour l'employer. Nos loisirs auront ainsi une occupation, et nous ferons une œuvre digne de gentilshommes et d'artistes.

— Monsieur, dit Urbain, il m'est impossible d'accepter une semblable proposition. Il y a longtemps que je vois ces fresques dans leur délabrement, puisque je suis né dans cette maison ; mais jamais mon pinceau n'a songé à les toucher.

— Ah ! je comprends, dit Frederico en riant faux, vous êtes élève de Cornélius et vous dites comme Horace : arrière la chose profane ! *profanum arceo !* Eh bien ! faisons mieux encore : ce travail me tente, et il faut que je l'accomplisse. Arrangeons-nous.

— Que voulez-vous dire ? et quel arrangement avez-vous à me proposer !

— Comme ce travail serait fort long pour une seule main, vous restaurerez les draperies, pendant que je me chargerai des corps. Il est vrai que les draperies sont fort accessoires dans les peintures mythologiques ; vous

travaillerez moins, voilà tout. Ce sera d'ailleurs un travail anonyme, et Cornélius, votre maître, ne le saura
pas.

— Mais je le saurai, moi.

— Oh ! c'est incontestable...

— Et bien suffisant, il me semble, pour motiver un
refus.

— Allons, seigneur Urbino, puisque vous prenez la
chose si sérieusement, pendant que je croyais vous demander une chose fort simple, je travaillerai seul...

— Faites comme il vous plaira, vous êtes entièrement
libre.

— Il faut bien que je paie mon loyer en monnaie de
peintre, continua Frederico sans paraître remarquer ce
qu'avait dit le jeune Vitelli ; j'ai promis au comte Vitelli, et je vais me mettre à l'œuvre avec toute l'ardeur
de mes vingt-cinq ans. Je veux avoir promptement
achevé. D'ailleurs, l'oisiveté est la mère de l'ennui ; tra-
vaillons, pour ne pas connaître son triste enfant.

Ces paroles dites, Frederico quitta le bras d'Urbain
qu'il n'avait pas lâché depuis le commencement de cette
conversation, et se mit à construire un échafaudage im-
provisé, avec un zèle qui était le comble du raffinement,
s'il était simulé. On aurait dit que toutes les pensées de
ce jeune homme se concentraient sur la restauration du
Mariage de Vulcain et de Vénus, et que son pain du jour
dépendait de ce travail de fresque. Bientôt tout fut prêt,
et Frederico sur son échafaudage put examiner à loisir
les dégâts des lansquenets de Franisberg.

Urbain s'était éloigné lentement, laissant le proscrit
milanais tout entier à ses préparatifs. A l'autre extré-

mité de la galerie, il causait tout bas avec Vincenzo.

— Tu as entendu tout ce que nous avons dit, Vincenzo ?

— Tout, répondit le serviteur.

— Eh bien ! parle-moi franchement, que penses-tu maintenant de ce jeune homme?

— Je ne pense plus rien du tout... voilà mon opinion.

— Allons donc, Vincenzo, je crois que tu plaisantes; ceci n'est pas une plaisanterie.

— Je suis de votre avis, mon jeune maître. Mais tenez... regardez-le du coin de l'œil sans paraître faire attention à lui... comme il bouleverse nos vieux meubles !... Comme il a bien l'air d'être à ce qu'il fait !... Décidément nous nous trompions ce matin dans nos suppositions, ce n'est ni un bandit, ni un amoureux, voilà qui pour moi est bien sûr, mais qu'est-il alors ?

— Vincenzo, dit Urbain d'un ton pénétré, réfléchis bien à tes paroles.

— Et je ne fais que ça... Plus je le regarde, plus je suis sûr de ne pas me tromper.

— Mon vieux serviteur, tu as vingt ans de plus que moi, et tu as beaucoup d'expérience acquise et de pénétration naturelle. Tu es fin, quand tu le veux, et tu sais découvrir un danger où il se trouve réellement. Tu ne saurais croire la peine que tu me fais avec les paroles que tu viens de me dire. Si ce Frederico était véritablement un malheureux proscrit, je ne me consolerais jamais de mon injuste et calomnieuse méfiance envers lui, qui ne m'a pas quitté un instant depuis qu'il est sous notre toit... Je ne m'en consolerais jamais, Vincenzo.

— Ah! mon Dieu! Votre Seigneurie va maintenant
trop loin. Elle n'a rien fait qui ne soit parfaitement permis; je crois même que ce qu'elle a fait était de la prudence la plus commune. Mais elle est exposée, comme
un autre, à hasarder un jugement téméraire. L'homme
n'est pas infaillible, il n'est pas parfait, et il est permis
et même juste de se tenir sur ses gardes dans le pays et
le temps où nous vivons.

— N'importe, Vincenzo, tout ce que tu pourrais me
dire ne corrigerait pas mes torts.

Ainsi serviteurs et maîtres étaient gagnés tour à tour
par l'habile proscrit.

Ce retour à de meilleurs sentiments détermina Urbain
à se rapprocher de Frederico qui de l'œil cherchait les
moindres lignes laissées intactes par les ravageurs à la
peinture primitive. Il renoua même l'entretien sur un
ton fort amical, et mit à la disposition du jeune proscrit
tout son attirail de peinture. Frederico attendait ce retour, aussi s'était-il préparé à l'événement. Il accepta
l'offre d'Urbain avec une joie vive, mais exempte d'exa-
gération. Il n'avait cependant encore gagné que la moitié de la partie, et il sentait que le moindre effort de sa
part suffirait pour compléter son triomphe. Aussi il alla
au-devant des désirs d'Urbain, et le mit sur la voie pour
venir entièrement à lui. Urbain ne demandait pas mieux;
seulement il hésitait à proposer ce qu'il avait refusé na-
guère, quand on le lui offrait. Frederico vit son embarras, et sut l'amener par des détours habiles sur le terrain que le jeune Vitelli voulait aborder.

— Seigneur Frederico, dit Urbain après quelques instants de nouvel entretien, j'ai fait une réflexion après

motre conversation de tout à l'heure. Le travail que vous venez d'entreprendre sera long, trop long peut-être, et je consens à vous aider.

— Ah ! voilà qui est raisonnable ! s'écria Frederico du haut de son échafaudage. Votre maître Cornélius est à trente-quatre milles du lac de Vico, et ne sort jamais de son atelier que pour aller dans les vieilles églises de Rome, à ce qu'on m'a dit du moins. Il ne risque donc pas de vous surprendre en flagrant délit de mythologie.

— Oh ! Cornélius et Overbeck, mon maître, ne sont pour rien dans ce que nous faisons. Laissons-les donc où ils sont, dit Urbain en prenant un pinceau et essayant des couleurs sur sa palette. D'ailleurs, c'est chose convenue, nous ne peignons pas, nous restaurons.

— C'est juste ! dit Frederico en riant et tendant la main à Urbain pour l'aider à monter jusqu'à lui. Nous restaurons.

Et les deux jeunes gens, comme si le temps de ces conversations frivoles eût été un temps perdu, travaillèrent de concert sur leurs échafaudages avec une égale ardeur jusqu'à l'heure du repas du soir. Les heures s'écoulèrent rapidement dans ce travail obstiné. Plusieurs fois, dans ce long intervalle, le comte et la comtesse Vitelli vinrent inspecter les travaux des deux artistes dans la galerie. Ils cherchèrent même par quelques légers propos à détourner une attention trop soutenue. Mais Frederico, emporté par la furie de l'art, et tout entier à la reconstruction d'une Vénus qui n'avait plus qu'une tête informe et des membres en lambeaux, ne daigna pas jeter un regard à ses nobles visiteurs. L'art lui faisait oublier la politesse.

Il ne quitta la palette qu'à l'heure du repas, et arriva même le dernier à la table de famille. Il reçut les félicitations du comte Vitelli qui lui dit :

— Seigneur Frederico, si vous travaillez ainsi quelques jours encore, je ne tarderai pas d'être votre débiteur. Quel élan ! vous n'entendez même pas ce qui se passe près de vous.

— Je serai votre débiteur éternellement, comte Vitelli, répondit Frederico ; il y a des services qu'on n'acquitte pas comme des lettres de change. Je sais que pour beaucoup de gens, la reconnaissance est le plus lourd de tous les fardeaux ; c'est pourquoi ils se font ingrats ; mais je porterai la mienne légèrement jusqu'à la mort.

Il s'inclina gracieusement après ces paroles, et but un verre de Monte-Fiascone en saluant comme un digne gentilhomme la famille Vitelli.

— Mais, comte Vitelli, ne m'avez-vous pas dit qu'il s'était passé quelque chose près de moi ?

— Vous n'avez pas mal entendu, comte Frederico. Vous étiez tellement absorbé par le travail aujourd'hui, que plusieurs fois j'ai ouvert la porte de votre atelier, et me suis promené autour de votre échafaudage. La comtesse a fait comme moi. Mais jamais nous n'avons pu parvenir à vous faire détourner la tête. La fresque était tout pour vous.

— C'est ainsi, comte Vitelli, et vous m'excuserez, je l'espère, en faveur du motif. Le travail me prend toujours ainsi, la peinture surtout. Avec elle j'oublie le monde.

— Aussi, comte Frederico, êtes-vous de première

force. En vous voyant, j'ai cru voir l'illustre Piètre de Cortone qui peignit la grande fresque du palais Barberini en dix jours. Il est vrai que le temps pressait; mais le travail n'en fut pas moins beau.

— Puissé-je faire comme lui alors et restaurer votre galerie dignement!

Le comte Vitelli, qui s'enthousiasmait de plus en plus pour le proscrit, était vaguement tourmenté par une sorte de reproche intérieurement adressé à Frederico. Tout le séduisait dans ce jeune homme; mais l'heureux père de la céleste Fiorina était obligé de se confesser à lui même que l'étranger n'avait qu'un seul défaut, fort grave, il est vrai, aux yeux d'un père : c'était sa profonde indifférence envers la jeune fille. On eût dit que pour lui, à la table de famille, Fiorina n'existait pas.

XIV

Le comte Vitelli était donc dans la position d'un auteur qui voit dédaigner son œuvre la plus belle par le plus cher de ses amis. Les pères qui ont le bonheur d'avoir de charmantes jeunes filles, aiment à les entendre louer; ils détournent toujours, au profit de leur amour-propre bien naturel, un peu de cet encens que la galanterie fait fumer devant elles. Vitelli était loin de faire exception à cette règle générale; jamais père ne fut plus fier de la beauté de sa fille, et avouons-le, puisque c'est la vérité, jamais peut-être il n'y avait eu de fierté plus juste et plus légitime. Mais qu'importait au proscrit?

Le comte Frederico ne donnait à Vitelli aucune des
satisfactions que celui-ci eût savourées avec tant de
bonheur : jamais une parole, jamais une allusion déli-
cate. Seulement, et alors c'était bien perdu pour le
comte Vitelli, lorsque par un accident de conversation, tous les yeux se détachaient du visage de Frederico, un regard lumineux et rapide comme l'éclair,
tombait sur le front adorable de Fiorina, et personne
ne pouvait saisir au vol cette irradiation qui portait
avec elle la muette éloquence du cœur.

Cependant le repas touchait à sa fin, et la gaieté semblait disparue. Les conversations avaient tari, et l'on
eût dit que chacun des convives n'écoutait que ses pro-
pres pensées.

— Quelle nouvelle nous apportes-tu de Ronciglione
aujourd'hui ? demanda tout à coup le comte Vitelli à
Vincenzo qui faisait le service de la table. Vous saurez,
comte Frederico, que c'est par Vincenzo que nous
sommes tenus au courant de tout ce qui se passe. Vincenzo est ici notre seule gazette; c'est notre diario. —
Eh bien! ajouta-t-il après une pause, fais ton office,
voyons; quoi de nouveau ?

— Pas grand'chose aujourd'hui, répondit le serviteur,
j'en suis fâché pour Vos Seigneuries... Ah! pourtant,
quand je dis pas grand'chose... J'oubliais une nouvelle... peut-être bien qui pourrait vous intéresser.
Vous connaissez ce ravin si profond qui est juste au
milieu du village de Ronciglione ?... Quel paysage horrible! rien que de le voir en passant, on est effrayé. Si
j'avais l'honneur de pouvoir donner un conseil au seigneur Frederico, qui est si bon peintre...

— Vincenzo, dit le comte Vitelli que tous ces retards du serviteur impatientaient, tu t'égares toujours dans tes épisodes oiseux; arrive à ta nouvelle.

— J'allais y arriver... Il y avait au fond de ce ravin une foule extraordinaire.

— Et que faisait là cette foule? ordinairement il n'y a personne.

— C'est précisément ce que je me suis demandé. Je n'y avais jamais vu avant aujourd'hui que quelques pauvres femmes qui lavent du vieux linge, quand le torrent n'est pas sec. Eh bien! voyant tout ce monde, je me suis approché, et j'ai compris ce qui l'avait attiré dans ce lieu inusité. Un paysan arrivé de Rome ce matin, et encore tout couvert de poussière, racontait la capture du bandit Gasperone et de toute sa bande. C'était la nouvelle du jour et on pouvait dire la grande nouvelle.

A la fin de ce récit, Vincenzo et Urbino jetèrent chacun de leur côté un regard croisé au visage de Frederico, qui se débattait minutieusement avec les innombrables arêtes d'un poisson du lac de Vico.

— Ah! Gasperone est arrêté? dit le comte Vitelli. Voilà les Marais Pontins pacifiés. Il était temps!

— Cela ne les desséchera pas, dit Frederico.

— Vous avez raison, cela ne les desséchera pas; mais en attendant qu'on fasse cette œuvre utile, voilà les voyageurs rassurés. Gasperone était la terreur des voyageurs.

—Parce qu'ils ne savaient pas se défendre. La poltronnerie des voyageurs fait souvent tout le danger des routes. Le bandit est un homme qui a sa vie à défendre

31

tout comme un autre, et quand il rencontre un homme courageux qui ne sait pas capituler avec le péril, le bandit est toujours prêt à reculer.

— Et dit-on si la bande était nombreuse? demanda Vitelli en s'adressant encore une fois à son serviteur.

— Vingt-trois hommes, répondit Vincenzo.

— Vingt-trois hommes qui faisaient trembler l'Italie, dit Frederico... En l'année 217 avant Jésus-Christ, nous avions quatre-vingt mille Gasperone carthaginois, là, vis-à-vis, à Trasimène, et nous ne tremblions pas!

Cette sortie historique et inattendue, prononcée d'un ton solennel, suspendit quelques instants la conversation sur Gasperone, ce texte inépuisable des conversations romaines pendant quinze ans.

Frederico semblait absorbé dans le souvenir qu'il venait d'évoquer devant des Romains, ses convives.

Le comte Vitelli lui-même se taisait; il paraissait réfléchir aux paroles prononcées par le proscrit. Elles semblaient avoir ouvert une perspective nouvelle à ses idées. Dans sa retraite, le comte Vitelli avait cultivé une manie de sa jeunesse, manie fort innocente d'ailleurs. Comme un grand nombre de seigneurs romains, il tenait à passer pour savant. Il savait en effet l'antiquité; il connaissait la numismatique, la céramique et toutes les sciences qui se cultivent avec succès et sans efforts dans les villes peuplées de ruines; mais en outre l'esprit du siècle l'avait touché; sans jamais en parler, il se croyait un profond économiste et portait dans sa tête des plans qui pouvaient rendre à l'Italie son antique richesse et sa vieille splendeur. Le dessè-

chement des Marais Pontins était un de ces plans; et
sans le vouloir, sans s'en douter, le comte Frederico
venait de toucher une fibre sensible au cœur de Vitelli.
Le grand obstacle qui jusqu'alors l'avait arrêté était ces
bandes sans cesse renaissantes dont les Marais Pontins
et l'Italie entière étaient toujours infectés. L'obstacle
levé, qui pourrait arrêter Vitelli? Il était temps qu'il
recueillît le prix de son dévouement absolu au Saint-
Siége! Venant de lui, les plans ne pourraient paraître
suspects. Nul doute que les cardinaux gouverneurs ne
lui fissent un favorable accueil.

Pendant que le comte Vitelli se berçait ainsi dans ses
chimères, son fils ne se laissait pas non plus dominer
par le grand souvenir historique qu'avait évoqué le
proscrit.

— Avez-vous été arrêté, de Rome à Naples, comte
Frederico? — demanda négligemment Urbain, qui,
malgré lui, revenait par intermittences à ses premières
idées.

— Moi! seigneur Urbino? — dit Frederico avec un
sourire inventé, — non... et probablement je ne le
serai jamais, du moins par des bandits.

— Pourquoi? demanda Urbain en souriant.

— Parce que le métier de bandit est perdu entre
Rome et Naples. C'est une affaire faite; Gasperone aura
été le dernier.

— Ah! vous croyez cela? observa Urbain.

— Si je le crois? dit Frederico en riant; que voulez-
vous que fassent maintenant ces pauvres bandits à
notre époque? En 1815, les voyageurs anglais débar-
quèrent en masse à Naples et à Civita-Vecchia, et

comme ils s'étaient ennuyés pendant toutes les guerres de l'Empire, ils voulurent tous se donner le bonheur d'une arrestation du côté de Terracine. Chaque jour les journaux et les revues d'Angleterre mentionnaient quelques aventures nocturnes de ce genre, et citaient des noms de lords et de ladies arrêtés par des bandits pittoresques, avec des chapeaux emplumés. On aurait donc rougi de rentrer à Londres sans avoir vu face de bandit. Les brigands, qui sont rusés, se contentaient de piller les guinées, mais n'assassinaient point. C'était un encouragement délicat. Cet ordre de choses a duré treize ou quatorze ans; puis la mode a changé. Les Anglais se sont mis à voyager pendant le jour, et des escadres de paquebots à vapeur, courant de Rome à Civita-Vecchia, ont achevé de ruiner les bandits. Le brigandage a fait faillite; et c'est un malheur pour nous peintres, car il faut convenir que, comme ornements de paysages, les bandits posaient très-bien.

— C'est charmant! comte Frederico, dit Vitelli; et votre paradoxe a pris des airs de vérité.

— C'est l'habitude des paradoxes, dit Frederico...

— Quand ils sont formulés et développés par vous, comte, ajouta Vitelli... mais vous avez tout à l'heure prononcé un mot qui demanderait explications.

— Lequel seigneur comte? Heureux serai-je, si mon explication vous satisfait!

— Vous nous avez parlé des Marais Pontins qui ne sont pas desséchés, malgré bien des tentatives. Croyez-vous que la chose soit possible et mérite des études et des dépenses?

— Ah! comte Vitelli, je vous avouerai que vous avez

pris trop au sérieux une parole un peu légère; vous me
saisissez au dépourvu sur une question qui demande que
tous les termes soient mesurés et précis. Si vous le dé-
sirez, je me préparerai à vous répondre, et quand je serai prêt, je vous avertirai, et nous causerons de ce grave
sujet.

— Comte Frederico, ce sera avec le plus grand plaisir;
je retiens votre parole.

— Retenez, seigneur comte, dit le proscrit, elle sera,
je vous le promets, fidèlement tenue. Maintenant, —
ajouta-t-il en se levant, — allons travailler à la restauration de ma fresque jusqu'à la nuit tout à fait tombée.

— Quel travailleur! s'écria le comte Vitelli; comment
vous ne prenez pas un quart d'heure de récréation après
dîner, comte Frederico? A peine le repas fini, vous songez au travail?

— Comte Vitelli, dit le proscrit, il faut que je profite
de tout mon temps; si ma grâce m'arrive un de ces jours
dans une lettre de Milan, j'abandonne sur-le-champ
l'atelier, et je cours embrasser ma famille...

— C'est bien naturel, observa la comtesse Vitelli d'une
voix émue, et le comte Nola a raison de nous quitter
ainsi.

Frederico salua ses convives, et courut reprendre son
pinceau devant la fresque du Mariage de Vénus et de
Vulcain. Il travailla avec une ardeur nouvelle, et, quoique non observé cette fois, il avança tellement la besogne, que tous les yeux pouvaient aisément juger que son
absence ne dissimulait pas un fallacieux prétexte. Le
pinceau courait sous ses doigts agiles, prodiguant la
couleur sur les pans de mur stupidement dévastés par

11.

les lansquenets de 1527. La gracieuse image de Vénus reparaissait déjà dans sa beauté première; Solimène n'eût pas désavoué son collaborateur qui allait attaquer le Vulcain.

Dans la salle du repas, les conversations avaient cessé après le départ de Frederico.

— C'est singulier, dit le comte Vitelli, je ne le connais que d'hier, ce jeune homme, et je sens que je le verrais partir avec peine. On s'attache à lui involontairement.

Les deux dames ne répondirent pas; elles quittèrent la salle pour voir le coucher du soleil sur le lac de Vico.

Urbain n'avait pris aucune part aux dernières paroles échangées entre son père et le proscrit. Il restait plongé dans ses réflexions, et, il faut le dire, la dernière expérience tentée à ce repas même, achevait de dérouter toutes ses antipathies. Quand il se trouva seul avec Vincenzo, il lui fit signe d'approcher jusqu'à lui, et lui glissa timidement à l'oreille ces mots :

— Ce jeune homme est une énigme vivante en voyage; je le comprends moins que jamais, et toi?

— Et moi aussi, répondit le serviteur en hochant la tête.

— N'emporte, Vincenzo, si notre intelligence est en défaut, que notre prudence du moins veille toujours. N'oublie pas que ce soir il va nous tomber ici peut-être une seconde énigme.

— Je ne l'ai pas oublié, seigneur Urbain; et à vous parler franchement, je ne suis pas fâché maintenant que le seigneur Frederico ait accepté d'amener son ami dans notre maison.

— Que dis-tu là, Vincenzo? C'est toi maintenant qui deviens incompréhensible.

— Ce que je dis est pourtant fort clair, n'en déplaise à Votre Seigneurie. Si je suis satisfait de cette seconde énigme qui nous arrive, c'est que la seconde nous aidera probablement à deviner la première.

— Ah! voilà que tu deviens clair! mais je ne partage pas ta confiance. Donc, veillons toujours.

Pendant qu'Urbain et Vincenzo s'entretenaient de la sorte dans la salle à manger, le comte Vitelli avait rejoint la comtesse et sa fille Fiorina. Il mit bientôt l'entretien sur la nouvelle apportée par Vincenzo.

— C'est une singulière vie que celle de ce bandit Antonio Gasperone, disait le comte Vitelli. On m'a raconté de lui, à Rome, mille traits qui montrent que ce n'est pas un brigand ordinaire et indigne de pitié.

La comtesse Vitelli garda le silence après ce préambule de son mari; mais ce silence était loin de signifier qu'elle était prête à donner une oreille attentive aux histoires que le comte, son époux, désirait raconter.

Frederico travailla jusqu'au lever de la première étoile; mais la nuit n'était pas encore assez obscure pour permettre une excursion dans les montagnes voisines. On avait fermé, selon l'usage, la porte du château, et Vincenzo avait reçu l'ordre de l'ouvrir lorsque Frederico le jugerait convenable. En attendant ce moment, Vitelli et Frederico avaient entamé une conversation sérieuse sur la décadence de l'art en Italie; c'est une mode établie dans tous les pays depuis l'invention de l'art. Elle se termina ainsi, cette fois, avec des phrases pleines de sens:

— Au reste, si je soutiens que l'art est en décadence, dit le comte Vitelli, c'est que j'entends répéter ce cri de détresse autour de moi, dans ma société romaine. Quant à moi, je n'ai jamais, pour mon propre compte, approfondi cette question ; ainsi excusez-moi si je commets quelque hérésie.

— Comte Vitelli, disait Frederico, quand Michel-Ange peignait la chapelle Sixtine, quand Raphaël peignait la *Transfiguration* et autres chefs-d'œuvre, il n'y a eu qu'un seul cri en Italie : *L'art est perdu!* On regrettait l'époque de Perugin et de Ghirlandaïo, si même l'on ne remontait pas plus haut jusqu'aux premiers commencements de l'art. On allait même jusqu'à comparer les sujets : comme si la plupart de nos premiers peintres n'avaient pas tous pris les sujets de leurs peintures dans la Sainte-Écriture ! Les livres saints ne pouvant se refaire ou s'allonger, il fallait donc, ou renoncer à peindre, ou reprendre les mêmes sujets. C'est ainsi que Michel-Ange reprend le *Jugement dernier* après Orgagna de Pise, qui lui-même avait emprunté ce sujet à bien d'autres ; Raphaël, la *Transfiguration* après Giotto, malgré la gloire toujours croissante du pâtre florentin au milieu de cette nombreuse et brillante école formée par ses soins et sous ses yeux. Qu'ajouter après ces grands exemples? Oui, comte Vitelli, l'art est en décadence, l'art est perdu de nos jours, comme autrefois, pour les imbéciles et les impuissants. Ce sera toujours ainsi.

— Comte Frederico, dit Vitelli, vous êtes un jeune homme digne de toute mon amitié, il faut que je l'avoue bien haut. Cette journée vous a grandi dans mon estime au delà de toute expression... Vous voilà sur le point d'aller courir de nouveaux dangers cette nuit, et pourtant vous avez consacré à un noble travail la journée qui précède votre expédition aventureuse ! et maintenant, au moment même où le péril arrive, avec toutes les embûches de la nuit, vous vous entretenez des choses les plus étrangères à cette grave situation avec un admirable sang-froid. Comte Frederico, je vous aime et vous admire.

— Comte Vitelli, vous êtes trop généreux, dit Frederico, et il faut faire bien peu pour gagner votre noble estime; j'espère la mériter un jour... Cela me rappelle pourtant au plus impérieux de mes devoirs... Adieu, comte Vitelli, et espérons que je dis avec vérité: A bientôt.

— Je veille pour vous attendre, dit le comte.

Ils se serrèrent les mains; Vincenzo ouvrit la porte devant Pluto. Frederico caressa le chien quelque temps pour se faire reconnaître, quand il rentrerait au château des Vitelli avec un inconnu, précaution nécessaire avec ces chiens de garde italiens, aussi attachés à leurs maîtres et à leur maison que les plus fidèles serviteurs. Puis il partit, en s'élançant vers les rives du lac, au milieu des ténèbres épaisses, d'un pas habitué aux nocturnes expéditions. Un instant après, tout était rentré dans le silence et l'obscurité.

Urbain, malgré lui et comme poussé par un Dieu supérieur, resté sombre et préoccupé depuis le repas, n'avait point assisté au départ du proscrit pour son aventureuse excursion. Quoique cette étrange conduite de son fils eût lieu de l'étonner, sans chercher à en approfondir les causes, le comte Vitelli vint rejoindre sa femme et sa fille qui, profitant de l'absence de Frederico, étaient occupées à examiner, aux flambeaux, le travail du jour à la fresque de Solimène.

— Vraiment, disait la comtesse, ce jeune homme a un talent merveilleux : il est né pour peindre la fresque.

— Il est né bien mal à propos, remarquait le comte. Il n'y a plus de fresques à peindre aujourd'hui. La fresque demande de grandes constructions, et l'âge heureux des grandes constructions est passé.

— Voyez donc, disait la comtesse, avec quel soin minutieux tous les plus petits détails sont traités ! Il fait de la miniature en grand, si je puis m'exprimer ainsi... Il y a un fini d'exécution qu'on ne rencontre plus nulle part... Toutes ces fleurs sont exquises... Ce comte Frederico ne restaure pas, il peint...

— C'est charmant, osait hasarder Fiorina, en s'appuyant sur sa mère.

— Comte Vitelli, disait encore la comtesse, avez-vous remarqué ses mains ?

— Oui, mon amie... il a de véritables mains d'artiste... elles annoncent une adresse infinies. On devine le grand peintre, en voyant ses mains.. Voyons, mesdames, que comptez-vous faire ? il est déjà fort tard ; et je ne crois pas qu'il soit très-convenable d'attendre ici en famille l'arrivée d'un nouvel étranger... j'attendrai seul.

— Comte Vitelli, dit la comtesse en souriant, nous nous intéressons tous à la situation, et nous n'avons nulle envie de dormir jusqu'à ce que tout cela soit éclairci. Seulement, nous nous garderons bien de paraître ; nous respirerons la fraîcheur de la nuit au balcon de notre appartement, du côté du lac ; et, quand nos étrangers arriveront, vous descendrez seul pour les recevoir.

— Ce plan est raisonnable, dit Vitelli ; alors, mesdames, montons, puisqu'il est accepté sans opposition.

Du balcon, qui servait de belvédère au château, on découvrait un immense horizon ; mais la nuit ne montrait, qu'à travers un crêpe confus et trompeur, le paysage qui servait de cadre au lac de Vico. Les petites vagues phosphorescentes qui se brisaient presque au pied du manoir, donnaient une clarté livide au premier plan de ce tableau ; mais au delà, on ne distinguait que des objets informes et ténébreux voilés par la nuit et les vapeurs du lac.

Après quatre heures d'attente fiévreuse, les murs du château, silencieux comme des pierres de tombe, rendirent un écho faible aux rives du lac. Des ombres mobiles se détachèrent sur l'immobilité des masses ténébreuses ; et les petits cailloux des grèves, grinçant sur le sentier battu, trahirent des pas humains.

En même temps, des silhouettes presque dessinées se montrèrent sur le fond sombre, et les habitants du château ne doutèrent plus que cette expédition ne touchât à sa fin. Le cœur battait violemment dans les poitrines de la famille Vitelli ; mais personne au balcon n'osait prononcer une parole.

— Ce sont eux ! dit enfin le comte à voix basse : eux seuls peuvent se trouver là à cette heure ; et il descendit dans les salles basses pour serrer les mains de Frederico, et le féliciter de son heureux retour.

Vincenzo était à son poste de serviteur fidèle. Au premier signe du comte il fut prêt.

La porte s'ouvrit bientôt, et trois hommes, au lieu des deux attendus, entrèrent dans le vestibule.

Urbain, cette fois, se tenait à côté du comte Vitelli. Lui aussi avait veillé de son côté, mais avec d'autres sentiments que ceux du reste de la famille. De temps en temps il avait quitté son appartement pour venir interroger Vincenzo ; mais le serviteur fidèle ayant toujours fait la même réponse à ses observations, il était resté dans ses perplexités. Alors, prenant une résolution suprême, il était descendu une dernière fois.

— Vincenzo, avait-il dit à son serviteur, écoute; je ne sais ce qui, dans quelques heures, peut arriver dans ce château, mais à tout événement, il faut être prêt. Regarde!...

Et il montrait à son serviteur un long poignard caché sous les plis de son vêtement. C'est ainsi que secrètement armés, son fils et son serviteur se trouvaient aux côtés du comte Vitelli.

Les nouveau-venus ne justifiaient en rien tant de précautions. Guidés par Frederico, ils s'approchèrent du comte Vitelli, le saluèrent respectueusement et murmurèrent quelques phrases d'introduction.

Maître de la situation, Frederico dit en serrant la main offerte par Vitelli :

— Comte Vitelli, je ne croyais trouver au rendez-vous qu'un ami malheureux, j'ai trouvé deux proscrits à sauver ; que fallait-il faire?...

— Ce que vous avez fait, répondit le comte.

Urbain regardait les deux nouveaux personnages, à la

clarté de la lampe du vestibule : ils avaient, l'un et l'autre, des figures où se peignaient l'intelligence, le courage et la vivacité.

Frederico ne voulut pas que ce surcroît d'étrangers donnât un surcroît de travail à la domesticité du château, surtout à une heure aussi avancée de la nuit.

— Comte Vitelli, je n'ai déjà que trop abusé de votre complaisance et de votre généreuse hospitalité; ne m'obligez pas à refuser impérieusement ce qu'il serait indiscret de ma part d'accepter. La chambre du bastion de Michel-Ange est vaste, elle peut facilement loger trois honnêtes vagabonds des Apennins. Il y a longtemps qu'ils n'en ont eu de semblable.

Ainsi parla Frederico, et le comte Vitelli fut obligé de subir sa volonté, sans se douter que cette délicatesse cachait le désir de ne pas se séparer dans une maison où Frederico n'était entré que la veille. Urbain, lui-même, fut mis en défaut cette fois par la grâce charmante et la parole exquise du proscrit. Il retomba dans ses incertitudes.

Sur l'ordre du comte Vitelli, Vincenzo prit une lampe, et conduisit les trois amis à ce bastion historique de Michel-Ange momentanément changé en auberge.

XV

Bientôt tout rentra dans le silence au manoir de Vitelli. Les lumières s'éteignirent une à une à toutes les

croisées. Une seule veilla longtemps, c'était celle de la
chambre du bastion de Michel-Ange. Mais si quelque
habitant du château eût pu la remarquer, la présence
de cette lumière se fût expliquée naturellement par le
besoin qu'avaient les trois amis de s'entretenir après
une séparation périlleuse. Mais personne au manoir de
Vitelli ne fit attention à cette circonstance.

Cependant, dans l'intérêt de ses maîtres, le serviteur
Vincenzo crut pouvoir faire une action fort blâmable en
elle-même, mais que la circonstance semblait excuser.

Lorsque les trois étrangers furent entrés dans la
chambre du bastion de Michel-Ange, Vincenzo vint,
dans les ténèbres et sur la pointe des pieds, prêter l'o-
reille aux indiscrétions que la vieille porte pouvait
transmettre au dehors. Vincenzo, sans le dire, conservait toutes ses appréhensions.

Cet innocent espionnage lui réussit; il entendit la
conversation des trois amis, comme s'il y eût assisté.

— Nous sommes ici, disait Frederico avec l'accent de
l'enthousiasme, chez le plus noble et le plus généreux
seigneur de toute l'Italie, et nous sommes en sûreté.
Pour nous, c'est le principal.

— Il est affreux, disait une voix, de nous dérober
ainsi, comme de vils criminels, à la société des hommes; de courir de cavernes en cavernes, comme des
bandits, sans trouver quelquefois une pierre pour repo-
ser notre tête, et sans avoir la moindre action coupable
à nous reprocher! Cette situation est affreuse; il faut en
sortir à tout prix.

— Mais, mon cher Valmonto, disait une autre voix,
aimerais-tu mieux avoir quelque chose à te reprocher?

Voilà précisément ce qui fait la beauté de notre position!
Nous avons toutes les émotions du criminel, sans en
avoir les remords. Bien des Anglais paieraient cher notre position.

— Mon cher Angeli, disait l'autre voix, chacun a ses
goûts. Quant à moi, je suis fort aise de n'avoir pas de
remords ; mais je déteste les émotions, et, si je pouvais
t'en céder ma part, je ne balancerais pas.

— Il se plaint toujours, ce pauvre Valmonto, disait
Angeli ; eh! remercie donc le ciel, ingrat ! t'attendais-
tu ce matin à passer une bonne nuit, dans un château,
dans un bon lit, chez un riche seigneur ?...

— Oh! je t'arrête à ce mot, disait Frederico ; je suis
déjà, moi, un vieil habitué de la maison, et je puis t'affirmer que le comte Vitelli n'est pas un riche seigneur.
Certes, il mériterait bien d'être riche, car il ferait un
noble usage de sa fortune ; mais sa famille et lui vivent
du mince revenu de cette terre et du loyer d'une petite
maison, *Via Ripetta*, à Rome. Si je rentre un jour dans
mes richesses, je veux lui acheter ce château quatre fois
sa valeur, et sans qu'il le sache.

— Très-bien, très-bien ! noble Frederico ! disait Angeli ; je reconnais bien là ta générosité.

— Maintenant, mes amis, ajouta Frederico, il est
temps de faire notre nuit ; demain nous nous mettrons
au travail, et nous prendrons le pinceau. Il s'agit de
terminer, à nous trois, en quelques jours, la restauration de ces fresques dont je vous ai parlé. Nous ne pouvons rien faire, je crois, de plus gracieux pour reconnaître l'hospitalité de cet excellent et noble comte Vitelli.

— C'est toujours Frederico qui a raison, dit Valmonto ; toujours lui qui a les bonnes et nobles idées.
Aussi, désormais, je le reconnais pour guide ; je me dis-
pense de penser, et n'agis plus qu'à sa guise.

— Allons, puisque Valmonto l'a dit, ajouta Angeli,
ne le contrarions pas et faisons comme lui.

— Un instant, un instant, dit Frederico, ne nous laissons pas ainsi emporter par l'enthousiasme. Un peuple
trop enthousiaste, a dit un grand orateur français, n'est
pas digne de la liberté. Or, je veux vous laisser toute
votre liberté. Promettez-moi donc purement et simple-
ment de m'aider à restaurer les fresques de ce château.

— Eh ! que faisons-nous autre chose ? Pauvre Frederico, déjà les fumées du pouvoir lui sont montées au
cerveau ; il n'a que deux sujets dans ses États, deux
amis, et il prend la dictature au sérieux.

Cette phrase de Valmonto s'éteignit dans un long éclat
de rire des trois amis.

On entendit encore quelques monosyllabes intermit-
tents, puis le silence régna dans le bastion.

Vincenzo s'éloigna au comble de la joie ; il était heureux surtout de la surprise qu'il allait donner le lendemain au jeune Urbino, en lui racontant ce qu'il avait
entendu. La joie de Vencenzo était si grande, qu'il n'en
dormit pas de la nuit.

Après cette scène, dérobée par l'excusable curiosité
du domestique aux épanchements intimes des trois amis,
les meilleurs rapports devaient s'établir entre Vincenzo,
Urbain et les étrangers. C'est ce qui arriva.

Le lendemain, une ère nouvelle commença pour la

colonie du château. Urbain, dont la défiance aurait dû jeter du trouble dans cette sérénité domestique, se réconcilia avec Frederico, et se joignit même aux trois peintres qui, excepté aux heures de la sieste et des repas, ne descendaient jamais de leurs échafaudages, et travaillaient avec une ardeur de plus en plus applaudie par le comte Vitelli et sa femme.

Les peintures, sous ces habiles pinceaux, revivaient avec une rapidité merveilleuse, et nous devons ajouter que Solimène et Lucca-fa-Presto ne perdaient rien à être restaurés par ces quatre jeunes hommes. Valmonto et Angeli, non-seulement secondaient Frederico, mais encore parfois le dépassaient. Chacun prenait dans ces quatre pans de murs ce qui était à sa convenance, et ainsi les quatre fresques se trouvaient marcher de front. Angeli, plein de fougue et de saillie, jetait sur le travail de tous un entrain et une animation qui ne sont connus que dans les ateliers italiens, pendant que Valmonto, caustique sous ses formes douces, égayait la réunion par des épigrammes qui relevaient sans cesse toutes les conversations.

Ainsi s'écoulèrent de nombreuses journées, et les proscrits ne parlaient plus de quitter l'asile qui leur avait été si généreusement offert. Il est vrai que leur départ eût maintenant laissé un grand vide dans ce château; car s'il eût été permis à un voyageur de s'arrêter un jour au château de Vitelli et de s'associer aux joies tranquilles de cet intérieur de fortunés cénobites, il aurait cru que le rêve du bonheur venait de se réaliser aux bords du lac de Vico. Tout le monde était heureux de cette réunion fortuite, qui avait subitement animé

cette demeure féodale, perdue dans les solitudes de
l'Apennin.

Le comte Vitelli surtout ne se possédait pas de joie, et
il ne faisait rien pour dissimuler son bonheur que chacun pouvait lire à toute heure sur sa noble et candide
figure. Parfois néanmoins, il aspirait en secret au jour
où, le travail des fresques fini, Frederico et ses amis seraient rendus à la vie de société. Car il n'avait point oublié la promesse solennelle à lui faite par Frederico de
creuser à fond la question économique du dessèchement
des Marais Pontins, et il espérait bien le sommer un jour
de la tenir. De plus, sous les épigrammes de Valmonto,
il avait découvert un grand fonds de science historique.
Comme la plupart des seigneurs romains, Vitelli s'était
occupé d'antiquité; il connaissait la langue de Virgile
et de Cicéron aussi bien et peut-être mieux que celle de
Dante et de Pétrarque, et il voulait un jour provoquer
une controverse à ce sujet avec Valmonto, et forcer son
éternel sarcasme à se faire un instant sérieux.

Mais les jours s'écoulaient et les fresques de Solimène,
comme une toile de Pénélope, absorbaient tous les loisirs des artistes. Le travail semblait renaître au fur et à
mesure qu'il avançait, et bien qu'on pût à tout instant
juger des progrès inouïs de cette œuvre colossale, ce qui
restait à faire était encore considérable.

Au milieu de cette existence si douce dans sa monotonie, il se fit tout à coup un brusque revirement, qui demande à être repris d'un peu plus haut, et qui fera mieux
connaître les trois proscrits.

Valmonto et Angeli étaient toujours restés tels que
Frederico les avait présentés au château Vitelli. Mais

insensiblement, Frederico semblait perdre son premier zèle pour les travaux de la galerie, et quelques murmures tombant du haut des échafaudages annonçaient que ce relâchement dans le travail n'était pas trop du goût des deux autres amis, dont l'ardeur ne se démentait jamais. Un soir, après le dernier repas, et une heure avant le coucher du soleil, Frederico, au lieu de suivre ses amis aux fresques, sortit sur la terrasse, en donnant le bras à la comtesse et à sa fille, pour faire avec elles la promenade du soir dans l'allée des pins et des cyprès. Frederico avait repris toute sa mélancolie des premiers jours.

Il y avait eu déjà, entre ces trois personnes, beaucoup de ces entretiens interrompus qui ne signifient rien à l'oreille des personnes indifférentes, mais qui sont une source de réflexions et de commentaires pour les inté-ressés, entretiens qui s'écoutent bien plus avec le cœur qu'avec l'esprit.

— Point de nouvelles encore aujourd'hui, comte Frederico? dit la comtesse Vitelli.

— Hélas! non, répondit Frederico. Vincenzo est revenu de Ronciglione les mains vides. Ma dernière lettre à Florence, où mon intendant s'est établi, est encore sans réponse... Êtes-vous bien sûre, madame, qu'il y a un bureau de poste à Ronciglione?

— Vous en doutez? dit la comtesse en riant; ce n'est pas un bureau organisé comme celui de la place Antonine à Rome; mais le service s'y fait pourtant avec fidélité. Nous nous en servons constamment, et jamais rien ne s'est égaré.

— Alors je ne comprends plus rien à ces retards, dit Frederico consterné.

— C'est que vous ne savez pas attendre, comte de Nola. Les heures de l'attente sont toujours longues.

— A qui le dites-vous, madame? Il y a longtemps que toutes les heures passent ainsi pour moi.

— Au reste, comte Frederico, je comprends votre impatience; elle est si naturelle, si légitime. Habitué, comme vous l'êtes, à la vie splendide de Milan et aux soins de votre famille, vous devez bien souffrir dans cette retraite d'exil, où rien ne peut vous dédommager de ce que vous avez perdu, où rien, pas même le travail, ne peut vous distraire.

— Madame, dit Frederico avec un accent plein de mélancolie, oui, j'éprouvais ces souffrances avant de franchir le perron de ce château, mais depuis, tout est bien changé en moi, et je ne me reconnais plus... Il y a de la honte à l'avouer, et pourtant, il faut tout dire, je passe des jours entiers sans donner une pensée à ma mère!... à ma mère!... Je sens que mon existence est ici... Oui, ce paysage est sombre, ce lac est triste, pour le voyageur qui regarde et passe... Mais il y a de doux regards, de divins sourires qui verseraient les rayons de la joie sur les murailles mêmes de l'enfer; et lorsque je suis assis comme ce soir, entre vous, madame, et votre adorable fille, je n'ai plus de pays, plus de parents, plus d'ambition; je ne demande au ciel qu'une chose, c'est d'arrêter ici ma course errante et d'être oublié par tout le monde, excepté par vous deux.

A ces dernières paroles, la voix du comte Frederico avait pris un tel accent de mélancolique tendresse, que

le cœur même le plus indifférent en eût été touché. Il
est vrai que tout le servait dans cette magnifique soirée,
telle que l'Italie seule sait en donner sous son ciel favo-
risé; le paysage, l'absence des étoiles, les parfums de la
nuit. Il y avait comme un charme enivrant de volupté
sereine qui courait dans l'air, et l'on comprenait que
l'âme se laissât aller à ses plus intimes épanchements.
Il y a ainsi des heures solennelles dans la vie, où le
cœur, sous l'influence de la nature qui l'entoure, ne
saurait garder ses secrets et éprouve le besoin de les
communiquer. Heureux ceux dont le cœur est jeune et
vit de ces douces émotions! Heureux ceux dont l'âge
n'a pas commencé la mort, ceux qui savent conserver
pure une vive flamme d'amour!

Après les paroles du proscrit, il se fit un grand silence sur la terrasse, mais ce silence était plus éloquent
mille fois que tout ce qu'auraient pu dire des lèvres humaines en un semblable moment.

La comtesse et Frederico regardaient Fiorina, qui, la
tête penchée, les yeux humides de larmes, arrachait,
d'une main distraite, les franges rouges de son ta-
bier.

Cette situation ne pouvait se prolonger longtemps, et
la comtesse avait déjà la bouche ouverte pour parler,
lorsqu'un bruit intérieur annonça qu'une nouvelle personne allait se mêler au groupe de la terrasse. Toutes
les têtes étaient tournées vers la maison, lorsque le père
de famille parut sur le seuil.

A l'arrivée du comte Vitelli, la conversation prit une
autre tournure; mais, dès ce moment solennel, la mère
de Fiorina vit un gendre futur et très-prochain dans

12.

Frederico, et cette perspective comblait de joie son cœur
maternel.

— Vos deux amis, dit le comte en descendant l'escalier du perron, ne s'humaniseront jamais; ils restent à
l'état sauvage. Comte Frederico, votre caractère est bien
différent du leur : vous travaillez autant que vos amis,
et vous trouvez encore le temps de vous mêler à nous,
pour nous distraire en commun dans notre solitude.
Sans vous, comte Frederico, notre vieux château serait
inhabitable.

— Que voulez-vous, comte Vitelli? répondit Frederico, mes amis Angeli et Valmonto étaient les hommes
les plus charmants de toute la jeunesse de Milan. Ils
étaient l'âme de toutes les sociétés où ils paraissaient, et
ce n'étaient pas les moins gaies. Mais depuis nos derniers
événements, ils ne sont plus reconnaissables. Leurs
meilleurs amis s'y tromperaient. L'infortune les a ai-
gris.

— Oh! l'infortune est cause de bien des désastres, elle
abat et métamorphose les plus forts.

— Alors, comte Vitelli, il faut être indulgent et excuser les infortunés.

— Comment donc, les excuser! dit le comte; je les
approuve et je les admire. De pauvres proscrits n'ont
pas besoin d'excuse. Le malheur légitime tout... Je leur
pardonne même de grand cœur le refus qu'ils viennent
de me faire. Ils avaient quitté leurs pinceaux; je leur ai
proposé le whist, et ils m'ont demandé la permission de
se retirer, en prétextant qu'après une longue journée de
travail, ils avaient besoin de repos... C'est **trop** raisonnable, ai-je dit, et je leur ai serré la main.

— Vraiment, comte Vitelli, vous poussez l'indulgence jusqu'à nous confusionner.

— Allons donc, comte Frederico, ne parlons plus de cette bagatelle, c'est chose oubliée. Au reste, je ne tiens à ma partie que pour passer le temps, et je serai plus heureux un autre soir.

— Voici Urbino qui nous arrive du lac, — dit Frederico, — et si l'une de ces dames consent à prendre les cartes, nous ferons la partie de M. le comte...

— Toujours prêt à toutes les complaisances, ce cher Frederico ! dit le comte ; il se résigne même à faire un *whist,* à deux baïoques la fiche !

— Comment à deux baïoques ! — dit Frederico en entrant au salon et marchant vers la table de jeu, — je n'ai juste que deux baïoques dans ma bourse, si je les perds, je perds ma fortune. Vous voyez que je joue gros jeu.

— Eh bien ! comte Frederico, dit Vitelli en riant, j'ai un pressentiment qui me dit que vous doublerez votre fortune cette nuit, et mes pressentiments ne me trompent jamais : ainsi soyez averti.

Au milieu de ces propos, les cartes avaient été battues et distribuées. Alors il se fit un silence qui n'était interrompu que de loin en loin par les exclamations des joueurs. Le whist est un jeu silencieux.

Cette partie se prolongea jusqu'à minuit ; elle fut très-courte pour Frederico et Fiorina qui ne s'épargnèrent pas les fautes de distraction.

XVI

La chambre du bastion, où nos trois étrangers passaient leurs nuits, était contiguë à une petite galerie, appelée la salle d'armes. A cette époque rien ne justifiait cette dénomination ; quelques vieilles épées, couvertes de rouille et qui semblaient avoir été fourbies pour des mains de géants aux arsenaux du moyen-âge, gisaient çà et là sur les dalles disjointes, comme au lendemain d'un assaut ; contre les murs, quelques cuirasses rongées par la rouille, et deux ou trois casques bosselés et entièrement démantelés complétaient les panoplies d'une époque disparue, et témoignaient que les aïeux du comte Vitelli n'avaient pas toujours mené la vie paisiblement patriarcale de leur descendant. Au reste, nul ordre n'avait présidé à l'arrangement de ces armes antiques, et cet entassement au hasard révélait bien mieux que tout arrangement systématique la puissance et la force des hommes qui revêtaient ces armures. On ne pouvait, dans cette salle, refuser son admiration à ces hommes de fer qui formèrent les générations terribles du moyen-âge.

Après la veillée de famille, Frederico passa dans cette salle d'armes avant d'entrer dans la chambre du bastion. Je ne sais quelle idée le poussait à visiter à cette heure ces vieilles armures. Peut-être la tranquillité du bonheur domestique qu'il venait d'entrevoir avait-elle, comme contraste, porté sa pensée sur ces temps dispa-

rus où tout château était une forteresse, tout gentilhomme un soldat. Quoi qu'il en soit, avant de se livrer
au repos, il se tint longtemps dans la salle d'armes,
et la tête sur sa main médita profondément. A quoi
réfléchissait-il, plongé ainsi dans la rêverie, durant les
longues heures de la nuit ? Pensait-il à ses années de
jeunesse écoulées follement, aux tempêtes politiques
auxquelles il s'était mêlé, ou bien cherchait-il dans un
avenir nébuleux ? C'est ce que nul ne saura jamais.
Toujours est-il que, lorsqu'il se releva et prit le chemin
de sa chambre de lit, son front était pâle et son œil
sombre lançait des éclairs.

Quand Frederico entra dans la première chambre, il
ne vit que Valmonto, endormi sur une espèce de lit im-
provisé avec de vieux fauteuils. Angeli se promenait le
long de la cloison contiguë à la salle d'armes, tête basse,
les bras croisés, avec une grande agitation.

Frederico regarda dans le corridor, pour s'assurer
que personne ne venait écouter aux portes, puis venant
se poser en face de son ami qui l'avait attendu, il lui
dit d'un ton sinistre :

— Tu as à me parler, Angeli, m'as-tu dit quand j'ai
quitté les pinceaux ? Parle, je t'écoute.

Angeli regarda Frederico comme si son regard eût
voulu pénétrer jusqu'aux plus intimes recoins du
cœur. Mais sa bouche n'articula aucune parole. Puis
son œil fauve, tournant lentement sous l'arcade sour-
cilière, fit circulairement l'inspection de leur appartement.

— Je te comprends, dit Frederico, tu ne te crois pas
en sûreté ici, Eh bien! allons ailleurs.

Au ton de ces paroles, on devinait que quelque scène étrange, inouïe, se préparait. Angeli était horrible à voir, et Frederico avait dépouillé cette grâce juvénile et ces manières charmantes qui lui avaient valu un si bienveillant accueil au manoir de Vitelli. Ayant fermé la première chambre à double tour, ils se rendirent à la salle [d'armes, sourdement éclairée par le reflet de la lampe suspendue à la voûte du bastion.

Frederico, comme un homme harassé de fatigue, s'assit sur un amas d'épées ; Angeli resta debout, se promena un instant, puis venant se placer devant Frederico :

— Je t'attendais, dit Angeli d'une voix sombre.

— Me voilà, répondit Frederico, parle.

— Je n'ai pas besoin de parler, dit Angeli; pour t'écraser de mes reproches, il me suffit de me taire et de te regarder. Qu'as-tu à répondre à mon silence et à mon regard?

— D'abord, dit Frederico, parle bas... Cette fois, je ne suis pas bien aise qu'un domestique entende ce que nous dirons, comme le premier soir. Alors, cela pouvait nous être fort utile, tandis qu'aujourd'hui... Mais tu comprends aussi bien que moi l'intérêt que nous avons à ne pas éveiller [les soupçons, et alors, à moins que tu ne sois fatigué de la vie de ce château, que tu n'aimes mieux courir de nouveau les aventures, tu garderas le silence que t'imposent la prudence et tes intérêts. Au reste, avant tout réfléchis et juge.¡

Frederico accompagna ses paroles d'un geste amical et s'apprêtait à se lever.

Mais Angeli, d'un mouvement impérieux étendant la main vers lui, le fit rasseoir. Puis il fit encore deux fois le tour de la salle d'armes, comme en proie à une grande agitation, et dit :

— Frederico, tu as le don de tromper ceux qui te connaissent le mieux. Mais crois que je ne suis pas dupe de tes paroles, quelque sensées et raisonnables qu'elles puissent paraître à d'autres qu'à moi. Aucune oreille ne peut nous entendre ici, et, tu le sais bien, tu as pris tes précautions.

— Valmonto dort...

— Qu'il se réveille ! cela m'est bien égal ! Valmonto est un imbécile qui ne voit que ce que tu lui fais voir ; mais je ne suis pas doublure, moi.

Angeli ne contenait plus sa colère qui bouillonnait dans son cœur. L'emportement succédait déjà à la contrainte forcée qu'il s'imposait. Frederico voyait venir l'explosion, et, pour mieux la dominer, il comprenait qu'il avait besoin de plus de tenue et de sang-froid que jamais. Aussi, pour répondre à cette impétueuse sortie, se composa-t-il une pose et un son de voix :

— Eh bien ! voyons, qu'as-tu vu ? demanda Frederico en croisant les bras et d'un ton railleur.

— J'ai vu que tu nous trahis, rien que cela. C'est assez, je crois.

— Ah ! voici du nouveau, mon brave Angeli ! dit Frederico, avec un éclat de rire modéré. — Tu as découvert cela ? Et sans le secours d'un espion ou d'une lorgnette ? C'est fort.

— Frederico, dit Angeli d'une voix sourde et stridente, pareille à un soupir de la Solfatare, je te dis de

ne pas me railler! L'heure est mauvaise, prends-y
garde.

— Ne menace pas, Angeli! ne menace pas! dit Frederico d'un ton résolu. Songe que nous ne sommes pas
seuls dans ce château! Si tu as quelque chose à me
dire, parle; je suis venu ici pour t'écouter et te
répondre. Mais, pour Dieu! ne menace pas, respecte ce
que tu dois respecter, et n'oublie pas que ta parole peut
être fatale à trois hommes.

— Vraiment, je crois que tu moralises, brave garçon.
Le moment est bien choisi.

— Que je moralise ou non, c'est indifférent. Mais
prends garde à tes paroles.

— Et que m'importe d'être pendu aujourd'hui ou
demain, pourvu que tu sois pendu avant moi, beau
Frederico!... Écoute... Sais-tu ce que nous sommes
venus faire ici? Voyons, réponds; le sais-tu?

— Belle demande!

— Il paraît que tu l'as oublié, Frederico, et qu'en
l'oubliant tu joues ta tête, ce qui t'est permis, et la
mienne, ce qui t'est défendu!

— Angeli, tu es somnanbule ou fou, de parler
ainsi.

— Ah! je suis fou, parce que je parle raison!... Ré-
ponds-moi, Frederico, si tu tiens à la vie.

— Angeli, dit Frederico avec un son de voix effrayant de douceur, ton caractère violent t'emporte, j'en
suis sûr, plus loin que tu ne voudrais aller. Malgré mes
avertissements, voilà que tu menaces encore. Cependant
tu sais que je ne suis pas homme à reculer devant la
menace, à fléchir devant l'intimidation. Voyons, calme-

toi, pèse tes paroles ; je suis prêt à répondre à toutes tes questions.

Cette parole douce et ferme à la fois, tombait sur la colère d'Ageli, comme l'eau froide qui ne fait qu'attiser l'incendie, lorsqu'elle ne l'éteint pas. Il devint évident alors pour cet homme que Frederico ne cherchait qu'à porter à son comble son exaspération, réservant ses forces pour le moment suprême d'une lutte inévitable. Mais Angeli ne voulut pas donner la joie d'un pareil triomphe à celui qu'il considérait déjà comme le plus dangereux des ennemis. Par un effort violent, comprimant sa colère, il lui dit :

— Eh bien ! puisque tu veux répondre, je suis prêt à t'interroger : Vois, je suis redevenu calme, et ma voix est presque aussi silencieuse que la nuit. Ce que je te demande, c'est de me répondre avec une franchise amicale. Je serai juge : si je te crois coupable, je te le dirai et tu redeviendras ce que tu étais avant de commettre la faute ; sinon je reconnaîtrai mes torts et m'inclinerai devant toi.

— Enfin, voilà qui est parler en homme, Angeli ; je te retrouve maintenant. Qu'as-tu à me demander ?

— Une simple question qui les contient toutes : Avant d'entrer dans ce château, connaissais-tu cette petite fille auprès de laquelle tu étais si empressé ce soir ?

— Choisis mieux tes expressions, Angeli ; non, je ne connaissais pas mademoiselle Fiorina Vitelli.

— Ainsi, la fantaisie de devenir amoureux est tombée dans ton esprit un beau matin ?

— D'abord, ce n'est pas une fantaisie ; ainsi n'en parle pas sur ce ton léger.

— Il paraît que, de quelque façon que je le prenne, j'aurai ce soir le talent de te déplaire.

— Non, Angeli; mais il me semble que tu pourrais parler sérieusement de choses sérieuses.

— Encore une question, Frederico : ces choses sérieuses existaient-elles avant notre arrivée au château ?

— Il est évident, Angeli, que je ne pouvais pas aimer cette jeune fille avant de l'avoir vue.

— Et tu oses m'avouer que tu l'aimes, étourdi Frederico ? Tu oses me l'avouer sans rougir et sans trembler ?

— Oui, j'ose cela... Est-ce que tu en serais amoureux, toi aussi ?... Et aurais-je trouvé en toi un rival inattendu ?

Un regard de mépris foudroyant fut la seule réponse du sauvage interlocuteur de Frederico.

Après le mépris vint dans l'œil d'Angeli une expression de haine si menaçante, qu'on eût dit que le trait visuel était la lame acérée d'un poignard. Cet homme disait tout par le regard.

Il n'y avait pas à se tromper à cette double idée exprimée d'une façon si formelle. Aussi Frederico se trouva-t-il debout instinctivement et dans l'attitude d'un homme prêt à se défendre.

— Oh ! calme-toi à ton tour, dit Angeli en faisant à Frederico un geste de mépris. Quand on veut mener la vie d'un homme, on ne doit pas prétendre aux joies faciles du Gynécée ; pour moi, j'y ai renoncé depuis longtemps. Mais il paraît qu'il n'en est pas ainsi de toi, Frederico. Du même coup tu veux tout avoir : fortune, amour, bonheur. Vive l'ambition ! Bravo, Frederico !

— Puisque tu le prends ainsi, sois libre, Angeli. Mais respecte la liberté des autres. Si tu as renoncé à être amoureux, eh bien ! que t'importe alors mon amour ! ajouta Frederico ; il m'est bien permis d'aimer une jeune fille en passant, et je laisse chacun maître d'en faire autant.

— Non, misérable, cela ne t'est point permis, dit l'autre ; et toutes tes mauvaises railleries ne te justifieront pas d'un crime. Ton amour est une trahison. Nous ne sommes pas venus ici, Valmonto et moi, pour te voir débiter des sonnets aux pieds d'une jeune fille. Nous sommes entrés sur tes traces dans ce château avec un but sérieux, avec un de ces projets dont la réussite bouleverse et change toute une vie. Et nous ne pouvons aujourd'hui voir, par ta faute, par ta coupable facilité à te distraire, voir ainsi se changer en fumée toutes nos espérances les plus légitimes. Si tu es de la nature des femmes, tant pis pour toi, Frederico ; mais n'oublie pas qu'il y a autour de toi de vigoureuses natures d'hommes qui savent lutter et combattre jusqu'à la mort. Tu es né dans les villes, toi, et tu as perdu la meilleure portion des qualités actives de ta race ; mais moi, je suis un fils des montagnes, inébranlable et inflexible comme les rochers de ces Apennins.

— Que veux-tu dire, au milieu de ce flux de paroles vaines ? Voyons, explique-toi.

— Ah ! tu n'as pas encore saisi ma pensée ! Eh bien ! je vais être clair, écoute. Je te connais, Frederico, tu es un de ces hommes que la main d'une femme fait mouvoir comme un arlequin de carton ; quand ta tête brûlera, tu ne seras plus maître de ta langue, et dans cette ivresse, pire que celle du vin, tu te trahiras toi-même, tu trahiras tes amis, tu nous livreras au bourreau.

— Angeli, dit Frederico avec un calme foudroyant, si je ne savais pas que tu es fou, j'aurais arrêté ton premier mot d'insulte avec un soufflet, et encore maintenant il faut le respect d'une vieille amitié et l'espoir d'un retour pour que je me retienne.

— Scélérat ! s'écria Angeli en ramassant une épée des vieux chevaliers du moyen-âge, tu ne sortiras pas vivant d'ici !

En même temps, sans attendre que son adversaire eût fait comme lui, le robuste montagnard fondit sur Frederico avec une ardeur et une vivacité qui lui auraient assuré immédiatement la victoire, si Frederico, qui dès le début de cet entretien avait prévu cette explosion, ne se fût tenu sur ses gardes et toujours prêt à se défendre par où Angeli chercherait à l'attaquer. Au premier mot de menace violente, il avait deviné que le combat allait s'engager, et son œil avait déjà choisi son arme.

Quand, dans un accès de rage, Angeli, poussé à bout, s'élança sur le coupable amant de la belle Fiorina, Frederico bondit en arrière, et, saisissant une autre épée, il para le premier coup, et un combat terrible s'engagea entre deux adversaires adroits et vigoureux, exercés à ces luttes dans les salles des maîtres napolitains.

Leur haute taille avait disparu : passés tous deux à l'état de reptiles, la main gauche sous le menton, comme un bouclier ; la tête inclinée sur le bras droit ; tous deux invisibles, derrière l'énorme poignée des glaives chevaleresques, ils eussent prolongé cette lutte jusqu'au jour ;

mais Angeli ayant mis son pied droit dans une crevasse de dalles brisées, il glissa, se découvrit, et reçut dans la poitrine le coup de foudre de la mort.

En ce moment, Valmonto se réveillait, et entendant un cliquetis d'armes, il entrait et voyait le dernier épisode, l'affreux dénoûment de cette horrible scène.

Valmonto était le seul témoin de ce duel, et sa position personnelle le rendait en même temps le juge du vainqueur et du vaincu. Le combat avait été si prompt et si acharné que Frederico n'avait pas vu Valmonto sur le seuil de la porte. Frederico ne remarqua sa présence qu'en le voyant se pencher sur le cadavre gisant d'Angeli et examiner si, malgré le sang répandu par la large plaie béante, la blessure était réellement mortelle. Couché sur le corps, il interrogea successivement toutes les sources de la vie. Mais il dut bientôt renoncer à toutes ses espérances : l'épée de Frederico avait porté bien à fond, Angeli était bien mort.

Quand Valmonto se releva tout pâle et le front inondé d'une sueur glacée, il vit Frederico qui, immobile et muet, encore appuyé sur la grande épée dont il s'était servi, le regardait poursuivre son funèbre examen d'un œil sec et comme s'il eût craint qu'il ne restât encore quelque lueur d'existence dans le corps de son ennemi. Valmonto et lui se regardèrent quelques instants en silence, puis :

— Je me suis défendu, dit Frederico en jetant son épée avec un geste de désespoir et voilant sa tête de ses mains.

Valmonto croyait continuer un mauvais rêve. Sa bouche béante et muette interrogeait Frederico d'une façon plus expressive que la plus impérieuse interrogation.

Mais Frederico ne voyait point Valmonto, et ce ne fut que quand celui-ci l'interrogea directement qu'il put lui raconter la source et l'origine d'une querelle dont l'issue pouvait être funeste à tous. Frederico raconta fidèlement la chose, et il n'obtint pour toute réponse que ces trois mots glacialement prononcés :

— Angeli avait raison.

— Il avait raison ! répéta Frederico avec un sourire affreux. — Eh bien ! veux-tu ramasser son épée ?

— Non, parce que je suis un véritable ami, moi, dit Valmonto ; tu peux me tuer comme lui, si tu veux, mais je soutiendrai toujours qu'il avait raison. La justice avant tout.... Pauvre Angeli ! mourir au moment où la fortune nous visite... à la veille du bonheur !

Des larmes mouillèrent les yeux des deux jeunes gens, à deux pas du cadavre d'Angeli. Dans ces sortes d'affaires, le bon sentiment vient toujours après un irréparable malheur consommé.

Frederico, accablé de douleur et vaincu par la parole douce de Valmonto, était tombé dans une prostration complète. L'œil morne, il regardait son œuvre avec effroi, et sans Valmonto, il eût porté sur lui des mains violentes. Mais Valmonto l'embrassant avec effusion :

— Écoute, Frederico, lui dit-il, Angeli avait raison, mais il ne faut pas pour cela se laisser aller ainsi au désespoir. Relève-toi, Frederico, ranime ton courage ; considérons ce qui vient de se passer comme accompli il y a dix ans ; parlons-en comme d'une chose vieille, et songeons à nous.

— Oui, songeons un peu à nous, cependant, dit Fre-

derico après une longue pause, il faut effacer les traces
de ce malheur... Mon Dieu ! ma tête n'est pas à moi !...
Valmonto, le jour paraîtra bientôt... c'est horrible ce qu'il
y a là, devant nous. Comment le faire disparaître ?

— C'est à cela qu'il faut penser avant tout, c'est le
plus urgent. Quelle est ton idée ?

— Moi, je n'en ai pas ; ma tête est perdue ; je n'ai pas
d'idée.

— Il faut cependant trouver un moyen de nous débarrasser de ce corps.

— Trouve le moyen, mon cher Valmonto. Moi je ne
puis penser. C'est horrible.

— Quelle abominable action ! dit Valmonto en croisant ses mains sur sa tête. Quelle vilaine idée de se que-
reller ainsi !

— C'est fait, dit Frederico.

— Et comment effacer tout cela ? dit Valmonto.

— Il faut porter le corps au lac, dit Frederico en frissonnant. Nous dirons qu'Angeli est sorti, croyant avoir
aperçu un signal de détresse dans la campagne, et que
depuis il n'a plus reparu. Nous serons même plus in-
quiets que les seigneurs Vitelli, parce que nous paraî-
trons croire que ce signal était un piége tendu par la
police dans lequel notre ami aurait été pris. Notre inquiétude aura sa source légitime dans notre position qui
deviendra critique.

— J'adopte volontiers une partie de ce plan que nous
modifierons encore. Mais je ne puis admettre de porter
le corps au lac de Vico. Il y aura trop de dangers pour
nous dans ce transport ; et puis le lac de Vico renvoie à
sa surface tout ce que le crime lui confie... Frederico, ce

lac est un perfide recéleur. Mieux vaut creuser ici une fosse, sous les dalles de cette chambre reculée... Ordinairement personne n'entre ici, n'est-ce pas?

— Je n'y ai jamais vu personne, ni du château, ni de la domesticité.

— Eh bien! enlevons les dalles et creusons la fosse.

— Adopté, dit Frederico. Le travail dissipera les sombres pensées.

Grâce à la dextérité de ces deux hommes, ce travail funèbre ne fut pas long; le cadavre d'Angeli disparut bientôt dans l'épaisseur de ce plancher de citadelle; on remit les dalles, on sema négligemment toutes sortes de débris informes sur la place de l'inhumation; les traces de sang disparurent sous une couche de poussière renouvelée. A l'aube, l'œil le plus subtil n'aurait rien découvert des mystères de cette nuit.

Les deux amis rentrèrent dans la première chambre, comme saisis de terreur après avoir accompli leur besogne funéraire, s'assirent à l'écart et s'entretinrent longtemps, à voix basse, d'un projet dont l'exécution devenait immédiatement nécessaire après la mort d'Angeli.

XVII

C'est dans cette conversation intime que tout fut arrangé entre Frederico et Valmonto pour que rien ne transpirât au château des événements de la nuit. Un plan avait été combiné entre les deux complices. Mais ce n'é-

tait pas chose facile que de le mettre à exécution. Car il
ne s'agissait de rien moins que de s'attendre à toutes les
questions d'usage sur le compte d'un absent et d'y répondre sur le ton de l'indifférence affectueuse sans jamais
se troubler, sans jamais laisser deviner dans son accent
ou sur son visage l'effroyable vérité. Telle était la situation.

Au lever du soleil, ils descendirent à la galerie des
fresques, pour attendre le comte Vitelli, le pinceau à la
main, devant le vieux Silène faisant l'éducation de Bacchus.

A peine debout, le maître de la maison vint, selon une
habitude qu'il avait contractée, rendre sa première visite matinale aux travailleurs. Le seigneur Vitelli avait
trouvé ce moyen d'utiliser agréablement le commencement de sa journée, et il aimait dès l'aurore levée se
trouver avec les proscrits.

La première question, la question attendue, que le
maître du château adressa à ses deux peintres en entrant, fut celle-ci :

— Et le seigneur Angeli dort encore ? cela m'étonne
bien, lui qui est toujours le premier sur l'échafaudage !

Cette question était trop naturelle dans la situation
pour que les deux amis ne l'eussent point prévue. Leur
réponse était prête, et de sa voix douce le comte de Nola
s'en fit l'interprète :

— Comte Vitelli, — dit Frederico, le pinceau à la
main et le visage collé sur la fresque, — notre ami Angeli s'est ennuyé de notre vie tranquille et il est parti.

— Parti !

— Oui, mon cher comte, et parti avec la douleur de

13

n'avoir pu vous faire ses adieux. Il a voulu profiter du
brouillard matinal du lac pour gagner les montagnes.

— Et nous reviendra-t-il, au moins?

— Je ne le pense pas, comte Vitelli... Notre ami a
une idée fixe; il veut gagner le littoral de la Méditerra-
née, et joindre quelque paquebot français ou anglais.

— Mais c'est une aventure folle que votre ami a voulu
tenter.

— C'est ce que Valmonto et moi avions pensé, comte
Vitelli. Au reste, cela ne nous a point étonnés de la part
d'Angeli. Il a toujours beaucoup aimé les aventures, et
tout péril sourit à son courage.

— Mais vous, du moins, mes amis, vous ne ferez pas
comme celui que nous avons à regretter.

— Oh! nous, comte Vitelli, le malheur nous a instruits
et nous a inoculé la sagesse. Angeli voulait nous entraî-
ner avec lui, mais nous avons refusé de le suivre. Nous
avons la force de savoir attendre, nous, grâce à l'inépuisable charme de votre hospitalité et à votre excessive
bienveillance, comte Vitelli.

— Je vais annoncer cette nouvelle à ma femme et à
Urbino. Quelle nouvelle! à bientôt, messieurs! ajouta-
t-il en s'éloignant.

Rien dans cette scène n'avait trahi la sombre préoccu-
pation à laquelle étaient en proie à cette heure les proscrits. L'accent de la voix avait été naturel, et les paroles
échangées eussent paru plausibles à de plus difficiles
que le comte Vitelli. Tout paraissait donc réussir au gré
des deux amis.

Il n'en était pas ainsi cependant, et la difficulté allait
surgir d'où on ne devait pas l'attendre.

Quand ils furent seuls, Frederico dit tout bas à l'oreille de Valmonto qui s'était philosophiquement remis à l'œuvre et travaillait avec son ardeur accoutumée :

— Oh! j'ai fait un effort extrême pour parler ainsi. Mon énergie m'abandonne. Le sang de là-haut coule sur ce mur... Nous ne pouvons plus rester dans cette maison... Et puisque *notre affaire est à peu près faite*, partons... Valmonto, si tu es mon ami, partons.

— Mais, Frederico, — dit Valmonto sur le même ton, n'est-ce pas aujourd'hui que Marzio t'envoie sa lettre de Florence... Vincenzo la trouvera à la poste de Ronciglione.. Dans quelques heures nous allons l'avoir.

— Oui, mais tous mes plans sont bouleversés par le malheur de la nuit dernière... Que m'importe cette lettre! il faut *tout prendre*, et partir.

— Frederico, partout où tu iras, je te suivrai. Mon sort est désormais lié au tien. Songe cependant qu'avant de prendre une résolution comme celle que tu proposes, il est bon de réfléchir. Je ne refuse pas de t'accompagner, de partir avec toi, mais avant tout voyons s'il n'y a rien de plus avantageux.

— Mon cher Valmonto, ta parole me touche plus que je ne saurais te dire. Elle est douce et amicale. Mais crois bien que toute position est préférable à celle qui par ma faute nous est faite dans ce château. J'y vois partout le spectre d'Angeli, et il me semble entendre une voix qui demande vengeance du sang versé.

— Illusion, mon ami, d'une imagination exaltée et qui se dissipera bientôt.

— Oh! ce n'est pas une illusion. En quelques heures ce château est pour moi devenu inhabitable.

— Ainsi, tu le quitterais sans laisser des regrets après
toi?

— Des regrets, dis-tu? J'y laisse des remords. Puis-
sent-ils me quitter sur le seuil !

— Et la belle Fiorina, Frederico ?

— Jamais je n'aurai le courage de l'aborder, dans
l'horrible état où je suis; je veux partir sans la voir.

A ces mots la comtesse et sa fille entrèrent.dans la galerie, et Frederico se retournant au bruit de leurs pas,
laissa tomber son pinceau en s'appuyant contre les pi-
liers de l'échafaudage pour ne pas le suivre dans sa
chute. Tout son sang avait subitement reflué à la tête,
puis au cœur; il était devenu d'une pâleur mortelle, et
ses jambes menaçaient de se dérober sous lui.

Valmonto, qui peignait à côté de Frederico, lui dit à
voix basse en voyant la pâleur livide de son ami :

— Sois ferme, ne te trahis pas; qu'as-tu fait de ton
énergie? encore une faiblesse, et nous sommes perdus.

Frederico se raidit sur ses pieds, respira fortement
pour se donner une voix calme, et descendit de l'échafaudage pour saluer la comtesse et sa fille.

Jamais la jeune Fiorina Vitelli n'avait été plus belle
qu'à cette heure matinale. Nonchalamment appuyée au
bras de sa mère avec une grâce tout italienne, elle reçut
le salut de Frederico le sourire aux lèvres, et laissant à
la comtesse Vitelli le soin d'entamer la conversation, elle
regarda le travail du jeune homme. La comtesse, heureuse encore de la joie causée par la conversation de la
veille, aborda Frederico comme un gendre futur et prochain et sans remarquer l'altération de ses traits.

— Quelle nouvelle vient de nous annoncer le comte

Vitelli, seigneur Frederico! Ne rien dire, même à ses amis! Ah çà! mais il a donc pris sa résolution à l'improviste, ce jeune homme?

Le visage de Frederico avait la pâleur de la mort, et le sourire qui passa un instant dans ses yeux était effrayant comme le sourire d'un fou. Heureusement pour le jeune homme, la comtesse tout en lui parlant avait les regards tournés d'un autre côté, de telle sorte qu'elle ne remarqua ni son trouble ni son abattement. Cependant Frederico n'osait répondre, de crainte que la voix ne trahît ses émotions intérieures. Au comble de l'embarras, il faisait vainement un énergique appel à sa force morale quand la porte s'ouvrit de nouveau.

Le comte Vitelli et Urbino, son fils, entrèrent au même instant dans la galerie.

— Il est donc parti, ce pauvre Angeli? dit Urbain en serrant affectueusement la main de Frederico.

— Eh! oui, seigneur Urbino, il est parti, — répondit Valmonto du haut de l'échafaudage, parti subitement.

Cette voix, qui semblait descendre du bastion funèbre, fit tressaillir convulsivement Frederico; une sueur glacée perla sur son front; un frisson de terreur courut dans ses os; le sceptre vengeur d'Angeli se dressa subitement devant ses yeux, accusateur terrible de meurtre et d'imposture, et sous l'obsession poignante de ces idées, il ne put retenir sur ses lèvres ce cri échappé avec une voix de fantôme:

— Qui donc a répondu?

— C'est Valmonto, dit Urbain.

— Ah! oui, c'est juste, murmura Frederico; je

13.

croyais que c'était Angeli... Ce brusque départ m'a tant saisi.

— C'est très-naturel, dit le comte Vitelli. Mais du moins, ajouta-t-il en se tournant vers sa famille, si leur ami a fait une folie, ces messieurs sont raisonnables et ils nous restent.

Il y eut un moment de silence après ces paroles qui ne pouvaient demeurer sans réponse.

— Eh bien! mes chers amis, dit enfin Frederico les larmes aux yeux et avec une voix désespérée, malgré la promesse que je vous avais faite, nous sommes à cette heure obligés de partir. Malgré tout notre désir nous sommes forcés de vous quitter aussi...

— Vous partez, — s'écrièrent à la fois le comte et Urbain, vous partez, seigneur Frederico?...

Frederico fit une pantomime affirmative et désolée.

Fiorina chancela et s'assit lourdement sur un fauteuil.

Urbain, qui remarqua le trouble de sa sœur, passa devant elle pour la dérober aux regards de Frederico; mais le désespoir et la pâleur de la jeune fille n'avaient pas échappé au jeune amoureux.

Le comte et la comtesse étaient immobiles de stupeur et n'osaient pas regarder leur fille. Valmonto, du haut de son échafaudage, planait sur cette scène, et se préparait à intervenir si la situation devenait alarmante par la faiblesse de Frederico ou par une trop grande émotion:

— Oui, dit le jeune proscrit; vous devez avoir remarqué ce matin, dans toute ma personne, un trouble extraordinaire, et ce que je vous dis maintenant vous ex-

plique tout... le brusque départ d'Angeli a déterminé
le nôtre. Nos intérêts sont communs; rien ne peut les
diviser, pas même l'amitié que je porte à toute la noble
famille des Vitelli et qui ne cessera qu'avec ma vie.

— Oh! cela ne sera pas, dit le comte; vous vous êtes
placés sous ma protection, et j'ai des droits sur votre
volonté... Votre vie est en danger, cette maison est
sûre, rentrez-y...

— Cher comte, interrompit Frederico, — vous n'avez
pas fait une réflexion, que nous avons faite, nous.
Angeli a passé bien des nuits sous le toit de ce château : s'il tombe entre les mains de la police et que,
dans un moment d'effroi, il nomme le comte Vitelli,
nous sommes découverts, nous, et vous êtes compro-
mis.

— J'accepte toutes les conséquences d'une indiscrétion ou d'une trahison, dit le comte avec feu; d'ailleurs,
je vous l'ai dit cent fois; je ne crains rien.

Le comte Vitelli parlait avec une chaleur qui témoignait de la plus vive sympathie qu'avaient su lui inspirer les proscrits. Valmonto sur son échafaudage dominait toujours la situation, ne jugeant pas encore le moment opportun de venir se mêler à l'entretien. Quant à
Frederico, pendant que le comte Vitelli lui parlait, sa
tête s'était penchée sur son sein comme pour cacher la
pâleur et l'abattement de sa figure, et toute son attitude
témoignait de sa profonde émotion. En somme, tout le
monde souffrait.

Dans ces circonstances les jeunes femmes ne savent
pas dissimuler. Fiorina faisait peine à voir.

La comtesse entraîna sa fille dans la salle voisine, et

Urbain vint, avec une légèreté fausse, dire à son père que l'atmosphère brûlante de cette galerie, exposée au midi, avait incommodé ces dames, et qu'elles allaient respirer la fraîcheur du lac et des arbres.

Le comte poussa un soupir, et, croisant les mains, il les plaça sur son front. Ce signe de désespoir ne pouvait être regardé comme l'expression d'une douleur causée par le départ d'un ami de quelques jours. Le comte avait bien jugé la situation. Fiorina, ne croyant pas s'égarer en suivant les inspirations de sa mère, avait, dans son triste isolement, fait un rêve d'avenir qui s'évanouissait déjà, sans retour, plus rapidement que ne se dissipe au soleil le mirage du désert.

Urbain était ressorti, allant rejoindre sa mère et sa sœur, et les jeunes proscrits restèrent seuls avec le comte Vitelli dans la galerie de Solimène. Un silence solennel régnait dans cette vaste pièce, et on eût dit qu'aucune de ces trois personnes n'osait le rompre. Tous semblaient avoir épuisé tout ce qu'ils avaient à dire; et en proie chacun à des sentiments divers, ils restaient plongés dans la méditation et le recueillement. Chacun comprenait que la première parole prononcée allait emprunter à la circonstance une grande solennité, et tous attendaient cette parole de la bouche d'autrui.

Frederico avait suivi de l'œil tous les mouvements de Fiorina, et, en la voyant sortir pâle et chancelante, il s'assit auprès du comte Vitelli, les coudes sur ses genoux, les mains sur son visage, comme pour chercher une bonne inspiration dans cette pose de recueillement.

La situation devenait tellement tendue que la solution ne pouvait venir que du dehors. C'est dans ces circonstances que se révèle la puissance du hasard. Il est rare qu'on ne voie point alors surgir quelque incident imprévu qui métamorphose et bouleverse tous les sentiments, et cet incident se produit avec un tel à-propos, qu'au lieu de l'attribuer au hasard on devrait bien plutôt l'attribuer à une intelligence supérieure, qui sait ? peut-être, en effet, y a-t-il là-haut une intelligence qui se plaît à combiner ces petits détails et à créer ainsi dans nos actions des péripéties inattendues.

Quoi qu'il en soit, dans cette occasion l'incident ne fit pas défaut.

Pendant que le comte Vitelli se promenait agité, que Frederico et Valmonto gardaient le silence, la porte de la galerie s'ouvrit, et Vincenzo entra, le front baigné de sueur, en disant d'une voix éteinte par la fatigue :

— Une lettre pour monsieur le comte !

XVIII

L'événement de la nuit avait tellement troublé les facultés de Frederico, qu'il avait complétement oublié les usages du château Vitelli. Ainsi Vincenzo était parti à son heure matinale accoutumée pour Ronciglione, et Frederico ne se souvenait plus à cette heure qu'il attendait une lettre avec impatience.

Assis dans un antique fauteuil et absorbé dans ses

réflexions, il ne releva même pas la tête au bruit que fit le serviteur en entrant dans la galerie. Il ne vit rien, il n'entendit rien de cette scène rapide qui venait changer encore la position des interlocuteurs, et il laissa les choses aller leur cours sans donner le. moindre signe d'attention. Il était admirablement servi par le hasard.

Vincenzo avait fait diligence et il était arrivé au château harassé de fatigue, abattu, brisé.

Le comte Vitelli, dont les yeux étaient ternis par les larmes, prit machinalement la lettre, l'ouvrit, et lut :

« *Monsieur le comte,*

» *Vous avez votre grâce...* »

Le maître de la maison s'arrêta à ces mots, voyant bien que la lettre n'était pas pour lui, et se tournant vers Frederico, qui n'avait pas bougé, qui n'avait pas quitté sa pose de recueillement :

— Mon Dieu ! s'écria Vitelli, j'ai ouvert votre lettre, cher Frederico ! achevez la lecture, et laissez-moi vous serrer contre mon cœur. Les quatre premiers mots disent tout. Enfin, elle est arrivée ! ce n'est pas trop tôt et votre impatience était légitime.

Retiré de son abattement par cette interpellation directe, Frederico prit la lettre que lui tendait la main tremblante du comte Vitelli ; puis il se jeta dans ses bras ouverts et le tint longtemps embrassé comme en proie à une émotion qu'il ne pouvait contenir. Et quand ce premier moment d'expansion fut passé, il se donna

une joie fausse que le comte Vitelli ne distingua pas
dans l'ivresse de ses transports. Car, pour lui, homme
simple et bon s'il en fut, il se réjouissait grandement
de l'heureuse chance de son jeune ami et ne trouvait
pas de paroles pour exprimer la joie où le plongeait cet
événement. Dans son ravissement, il serrait avec énergie
la main de Frederico qui achevait la lecture de sa lettre,
prononçant à peine de temps à autre un monosyllabe
de bonheur et paraissant attendre l'inspiration qui lui
permettrait de parler dignement.

— Oh! s'écria-t-il, mon cher Frederico, laissez-moi
sans plus tarder aller annoncer cette triomphante nouvelle à ma femme.

Et il sortit avec l'agilité d'un jeune homme de vingt
ans. Il courut ainsi sur le bord du lac où il espérait rencontrer la comtesse Vitelli avec sa fille et son fils. Mais
sous le poids des émotions qui l'accablaient, à peine
hors de la galerie, la jeune Fiorina s'était évanouie et
sa mère l'avait conduite dans son appartement pour lui
prodiguer ces soins qu'une mère seule sait donner. Le
comte Vitelli, après avoir cherché de tous côtés sur les
bords du lac, revint donc sur ses pas et trouva sur le
perron du château son fils, qui paraissait l'attendre.
Sans vouloir écouter ce que le jeune homme pouvait
avoir à lui dire, le comte lui annonça la nouvelle qui
le mettait ainsi hors de lui, et pour faire partager sa
joie à toute sa famille, s'informant aussitôt de sa femme
et de sa fille.

— Et ta mère, Urbain, et ta sœur, où sont-elles? Je
vous croyais sur les bords du lac.

— Ma mère et ma sœur sont dans leurs appartements.

Mais prenez garde, mon père, ma sœur est bien malade en ce moment. Une émotion nouvelle pourrait la tuer. Ménagez-la.

— Enfant ! dit le père, il y a des émotions qui tuent, mais ce ne sont pas les émotions de joie.

Et sans plus faire d'attention à son fils qui restait immobile et pensif sur le perron, le comte s'élança d'un pas leste vers les appartements supérieurs.

Dans la galerie des fresques, il se passait une scène d'un autre genre.

Après le départ du comte Vitelli et quand le bruit de ses pas se fut amorti dans le vestibule, Valmonto était descendu de son échafaudage, et il regardait silencieusement Frederico, sérieux et méditatif.

D'abord Frederico ne paru pas faire attention à cette espèce d'investigation muette à laquelle il était soumis de la part de son ami ; puis, au bout de quelques instants, voyant que celui-ci ne se décidait pas à rompre le silence, il prit le premier la parole :

— Cet imbécile de Vincenzo qui ne sait pas lire, — dit Frederico en froissant la lettre. — Voilà tous nos plans renversés et au moment où ils allaient si bien.

— Pourquoi ? demanda Valmonto, pourquoi renversés ?

— Comment, pourquoi ? — dit Frederico avec aigreur.

Et il accompagna ses paroles d'un geste qui montrait combien il était peu habitué à entrer dans de semblables explications avec ses amis. Mais Valmonto sans se déconcerter :

— Oui, mon cher Frederico, je te demande pourquoi

cette lettre te trouble de la sorte, parce que je ne comprends pas en quoi son contenu peut en rien renverser ou modifier nos plans.

— Quel prétexte avons-nous maintenant pour nous éloigner d'ici ? Je me suis fait écrire que j'avais ma grâce; mais quand j'ai donné cet ordre à Marzio, à Florence, il n'y avait pas un cadavre là-haut qui me chassait. La mort d'Angeli a subitement changé la nature de mon âme... Il me semble que je n'aime plus Fiorina...

— Tu te trompes ou tu me trompes, dit Valmonto avec un sourire railleur. Tu l'aimes toujours cette jeune fille, et tu t'applaudis au fond du cœur d'avoir reçu cette lettre, parce que tu as maintenant un excellent prétexte pour rester dans ce château.

— Valmonto, mon cher ami, — dit Frederico avec une voix mélodieuse, — veux-tu que je te dise franchement la vérité? et avec la vérité tout ce que j'ai sur le cœur.

Le son de cette voix fit tressaillir Valmonto. Frederico n'avait recours à sa séduction de sirène que dans les circonstances les plus difficiles et à l'heure où toute autre voie de succès lui était fermée. Valmonto connaissait Frederico de longue date, et il savait tous les piéges que pouvaient cacher ces paroles si douces. Aussi répondant brusquement à la question posée :

— Tu ne la dira pas, Frederico, cette vérité dont tu parles.

— Je te jure que je ne sais quelle décision prendre, et que je vais m'abandonner au hasard en jetant à la mer, dans cette tempête, ma boussole et mon gouvernail.

14

— Frederico! murmura Valmonto, le pauvre Angeli avait raison! cette femme nous perdra.... Quelle idée maudite de se faire amoureux!..... Sommes-nous venus ici pour nous amuser à de petites intrigues de cœur? Notre but était plus digne de nous. La fortune nous a secondés au delà de nos vœux. Tu as dirigé en maître cette opération, j'en conviens; ta finesse naturelle, ton audace, ta présence d'esprit, nous ont rendus, pour ainsi dire, les maîtres de ce château, si bien placé qu'il nous eût été impossible d'en trouver un plus favorable à notre opération, à moins de le faire bâtir exprès... En cela, je le repète, tu as agi en maître, en maître habile et consommé et jamais tu n'avais été si grand. Je n'ai que des éloges à donner.

— Est-ce que c'est pour en venir à cette fin que tu as bâti cette longue tirade?

— Non, Frederico, j'ai une autre conclusion, dit Valmonto, et cette conclusion la voici; Pourquoi faut-il que ta mauvaise étoile te conduise à compromettre un si beau résultat par l'incident de ce stupide amour?

La colère bouillonnait au cœur de Frederico et volontiers il lui aurait donné un libre cours, n'eussent été les circonstances terribles dans lesquelles il se trouvait placé, ayant sans cesse sur sa tête le cadavre de son ami assassiné. Valmonto, profitant avec habileté de la situation, avait donné à son organe une fermeté inaccoutumée, tandis que Frederico ne s'exprimait qu'avec mélancolie. Cette fois encore, quoique son cœur eût été rudement froissé par la parole brutale de Valmonto, Frederico lui répondit avec une suave douceur:

— Ah! Valmonto, j'ai résisté longtemps, crois-le

bien; j'ai lutté contre la muette fascination de cette
jeune fille. Le premier jour que je la vis, je compris
toute l'étendue de ce péril. Souvent, assis à son côté,
mes yeux s'obstinaient à ne pas la voir, et le charme
qui vient d'elle m'enivrait pourtant comme si je me fusse
livré à une dangereuse contemplation. Non, je n'ai pas
cherché cet amour ; je l'ai fatalement subi... Fatalement,
répéta Frederico avec un soupir, comme on subit un
coup de foudre qui vous frappe en plein champ. Oui,
mon ami, la comparaison dont je me sers est juste. Cet
amour a été pour moi un coup de foudre. Peut-être
quelquefois as-tu également ressenti de pareils effets de
cette passion ; car tu n'es pas insensible, Valmonto,
quoique tu t'efforces aujourd'hui de le paraître ; et si ton
cœur a connu l'amour, tu dois me comprendre et m'excuser.

Valmonto ne répondit rien, seulement il hocha la
tête, et ce signe marquait aussi bien qu'il doutait de la
sincérité des paroles de Frederico qu'il contenait de dé-
sapprobation de sa conduite présente. Frederico, voyant
qu'il ne gagnait pas grand'chose, reprit après une
pause :

— Écoute encore, mon ami, et après juge-moi. Malgré tout ce que je viens de te dire, Valmonto, j'aurais
eu la force de m'éloigner aujourd'hui, car le spectre d'Angeli me suivra partout et teindra de sang tous les murs
de ce château, désormais inhabitable pour moi... Cette
lettre... cette maudite lettre apportée par ce stupide
serviteur est arrivée un jour trop tôt. Je dois rester ;
je le dois pour ce père qui nous a si bien accueillis.

— Tu dois partir, Frederico, et partir aujourd'hui

même, avant ce soir. Tu ne dois plus passer un seul jour dans cette chambre, dont tu as fait la tombe de ton ami. Quelque rêve horrible te réveillerait en sursaut toutes les nuits, et la pâleur éternelle de ton visage te trahirait à chaque instant. Le sang versé laisse une souillure au front. Prends-y garde, ta faiblesse peut tout perdre.

— Fatal moment d'erreur ! que le poids d'une faute est lourd à porter !

— La plainte est inutile à cette heure, Frederico ; toutes les plaintes, toutes les larmes du monde, tous les repentirs ne rendraient pas la vie à celui qui n'est plus. Ainsi laissons là les regrets, les soucis et les erreurs du passé, pour ne songer qu'au présent et surtout à l'avenir. Car la besogne est encore rude et pour l'accomplir, il faut commencer. Ainsi partons.

— Oui, mais le prétexte de quitter ce château où l'on nous retient, Valmonto, ce prétexte ?

— Eh ! les prétextes ne manquent jamais quand on veut s'en servir. Ton imagination est trop riche, Frederico, pour être arrêtée par de semblables futilités. As-tu été en défaut quand pour la première fois tu as franchi le seuil de cette maison ? Rappelle-toi ce que tu as dit alors : Veux-tu que je remette sous tes yeux cette scène telle que tu nous l'as dépeinte le lendemain quand tu nous as introduits ?... Je pense que c'est inutile... mais n'as-tu pas parlé de ta vieille mère, et ne crois-tu pas que tu puisses en ce jour invoquer ici ce souvenir avec succès et à-propos ?

— Valmonto, puisque tu le veux, nous partirons aujourd'hui ; le soleil ne se couchera pas sur le lac de

Vico sans que nous ayons quitté le château Vitelli. Mais rapporte-t'en à moi du soin de conduire cette affaire.

— Eh! mon cher Frederico, j'ai pleine et entière confiance dans ton adresse et ton intelligence. Ce que je crains, ce sont les défaillances du cœur et crois-moi, tant que le cadavre d'Angeli sera devant tes yeux....

— Tu as raison, Valmonto, il me serait impossible de passer une seule nuit dans ce château, et surtout dans cette chambre, gardée par un cadavre... Il me faut une violente émotion pour me faire oublier le malheur d'Angeli... Prépare tout pour notre départ... entends-tu?... *tout!* que nous soyons prêts avant le coucher du soleil.

— Je comprends... sois tranquille, je ne laisserai rien.

Après ces paroles, les deux amis échangèrent un énergique serrement de mains, comme si, par cette étreinte muette, ils avaient voulu effacer toute trace d'aigreur laissée par ce pénible entretien et conclure un nouveau pacte d'amitié. Ils n'en avaient plus besoin après les dernières paroles de leur conversation. Ces deux hommes étaient irrévocablement liés l'un à l'autre.

Un bruit de pas s'étant fait entendre du côté de la porte extérieure, Valmonto laissa Frederico dans la galerie des fresques de Solimène et courut à la chambre du bastion de Michel-Ange.

Frederico se leva de l'air délibéré d'un homme qui a pris une résolution énergique, et rencontrant, dans le vestibule, le comte Vitelli, il passa son bras sous le sien et l'entraîna sous les arbres de la terrasse en lui demandant quelques minutes d'intime entretien.

Le comte Vitelli, dont le visage ne savait rien dissimuler, portait empreinte sur son front une profonde tristesse paternelle. Un coup d'œil suffit à Frederico pour deviner ce qui se passait dans l'intérieur des appartements. L'amour du jeune homme redoubla à cette assurance, donnée par la douleur, qu'il était aimé de la jeune fille. Quittant le bras du comte Frederico lui dit :

— Cher comte, écoutez-moi. J'ai ma grâce; c'est-à-dire, j'ai ma vie, ma fortune, ma liberté. Voici une lettre de crédit de soixante mille écus sur la maison Torlonia; c'est un à-compte de mes richesses. Vous avez appris à me connaître. On se connaît vite dans l'isolement... Un mot encore... J'aime votre fille, et sans préambule oiseux, je vous la demande en mariage.

Une sorte de réserve paternelle arrêta un cri de joie dans la bouche du comte Vitelli; mais sa figure s'illumina de bonheur; malgré lui, ouvrant les bras :

— C'est ainsi que je vous réponds, dit-il, mon cher Frederico, en vous embrassant, venez, mon fils.

Frederico se jeta avec une grande effusion apparente dans les bras ouverts du comte Vitelli. Il est vrai qu'à tout prendre il se réjouissait à cette heure profondément dans son cœur de la réussite complète de ses plans. Si Valmonto l'eût vu en cet instant, Valmonto lui-même aurait cru à sa sincérité et il eût entièrement partagé la joie de son ami.

— Maintenant, dit le comte Vitelli, allons trouver ma femme et ma fille.

Un quart d'heure après, l'allégresse était au château, et Frederico jurait un amour éternel aux pieds de Fiorina, en présence de toute la famille.

Tous les Vitelli, Urbain lui-même et le fidèle Vincenzo étaient radieux.

Le serviteur, se penchant à l'oreille de son jeune maître, lui dit de manière à n'être entendu que de lui seul ces paroles que seul, il est vrai, Urbain pouvait comprendre :

— Eh bien! seigneur Urbino, n'avais-je pas bien vu le premier jour, et tout ceci ne finit-il pas par un bon mariage? Béni soit le ciel, c'est le plus heureux jour de ma vie!

Urbain ne répondit rien, mais ses regards parlaient pour lui.

Au milieu du silence général qui avait succédé à la première effusion, une voix douce se fit entendre.

— On ne doit jamais ajourner le bonheur à trop longue date, — dit Frederico, en essayant de reprendre sa première légèreté. — Dès aujourd'hui, je vais monter ma maison, à Rome, avec un luxe digne de la céleste femme que j'épouse. Avec une bonne chaise de poste que je loue à Ronciglione, je suis rendu à Rome en six heures, et même, avant la nuit, je serai installé chez moi. Eh bien! suis-je approuvé par ma nouvelle famille? — ajouta-t-il avec une grâce inexprimable de parole, de geste et de regard.

Un sourire général de satisfaction répondit à cette demande et prouva à Frederico qu'elle était acceptée d'avance.

— Maintenant, dit le futur mari de la belle Fiorina, j'ai encore quelques devoirs à remplir, devoirs impérieux et que je ne saurais négliger plus longtemps. Il faut que j'écrive à ma mère et que je l'instruise de tout ce qui me touche. Elle est trop âgée pour venir me rejoindre à Rome... Mais je dois à son âge autant qu'à sa constante tendresse, de ne rien faire qu'avec son agrément.

Des larmes mouillèrent tous les yeux à ces dernières paroles qui montraient Frederico sous un si beau jour; et celui-ci, pour se dérober à l'attendrissement général. alla s'enfermer dans la chambre du bastion de Michel-Ange où Valmonto l'attendait avec une confiance pleine d'anxiété.

Quand ils se trouvèrent de nouveau en présence, les deux amis se parlèrent ainsi :

— Eh bien! Valmonto, dit Frederico, j'ai réussi au delà de toute espérance. Notre départ est assuré et toute la famille Vitelli est dans la joie. *Tout* est-il prêt ?

— Tout, mon ami, répondit Valmonto et nous n'avons plus qu'à partir.

— Alors, hâtons-nous, faisons nos adieux et partons.

En même temps la cloche du château sonna le déjeuner, et les deux amis descendirent prendre en famille le dernier repas qui devait leur être servi dans ce château. Il fut rapide et silencieux; tous les cœurs étaient trop pleins et chacun craignait de laisser déborder ses émotions.

Dans un de ces derniers entretiens qui accompagnent un départ, et où tout le monde parle à la fois, il fut convenu que la famille Vitelli fermerait la porte du château, le lendemain, et qu'elle viendrait habiter la maison de la *Via Ripetta*, pour s'occuper des préparatifs du mariage.

Frederico s'occuperait de son côté de l'installation de son jeune ménage, et quoique vivant sous un autre toit, consacrerait la majeure partie de son temps à la famille Vitelli.

Toutes ces choses furent dites à la hâte et au milieu d'un tumulte de propos divers, dans lesquels il fut rappelé à Frederico par le comte Vitelli qu'ils n'avaient pas eu leur entretien sur les Marais Pontins. Valmonto promit pour son ami que cet oubli serait réparé, et s'engagea lui-même à tenir tête au comte Vitelli, dans les soirées romaines, sur les fouilles antiques et les découvertes modernes.

A onze heures, par un soleil de zone torride, Frederico et Valmonto, n'ayant aucun bagage apparent, couraient en tilbury de poste, dans la poussière grise qui couvre la côte de Ronciglione. Leurs figures étaient sombres, leurs bouches muettes. Le postillon, selon l'usage de ce pays, se suspendait au brancard et semblait doubler l'attelage. Ils arrivèrent au sommet de la côte d'où on découvre la maison blanche de Baccano, perdue dans une enceinte circulaire de montagnes. Ils traversèrent cette immense prairie, désert de verdure, et après avoir relayé à la Storta, ils découvrirent à l'horizon le dôme de Saint - Pierre et les points blancs et lumineux qui sont les grands édifices du Monte-Mario et du Vatican.

La sentinelle, qui veille si mal à la porte du Peuple, laissa passer le tilbury et les deux voyageurs en promenade; on traversa le *Corso* jusqu'à la place de Venise, et on s'arrêta devant le palais de l'ambassade d'Autriche et l'église de Jésus.

15.

Frederico descendit seul, et entra chez le banquier Torlonia, où il passa un quart d'heure. Cette expédition faite, le tilbury fut congédié; les deux jeunes gens remontèrent le *Corso*, et prirent un somptueux appartement place du Peuple, à l'hôtel de Paris.

Là, un court et rapide entretien s'engagea entre les deux amis.

— Ainsi pas d'obstacle, dit Valmonto. Tu t'es présenté et tu as été servi?

— Comme tu le dis, mon cher Valmonto. De difficulté, pas la moindre.

— C'est merveilleux! ainsi je puis me présenter sans crainte?

— Pourquoi craindre? quand on craint, on tue d'avance le succès.

Quelques instants après, les deux amis couraient chacun de leur côté dans les rues de Rome.

Une partie du *Corso* ressemble à un quartier parisien de bon ton. Il y a des modistes, comme à la rue Vivienne, avec nos journaux de modes placardés aux vitrages; il y a des coiffeurs, avec des bustes de cire; des tailleurs, comme au passage des Panoramas; des marchands d'estampes; il y a même des Susse, des Félix, des Marquis, des Delille, des Palmyre; toutes les contrefaçons vivantes de l'industrie parisienne, qui hurlent d'effroi de se rencontrer sous le Capitole, entre le Forum de Trajan et la colonne triomphale d'Antonin.

C'est la moderne Rome qui s'étale ainsi sur les ruines de l'ancienne, somptueuse et frivole pour les vivants qui résident et s'agitent, laissant les débris antiques

aux voyageurs artistes et poëtes qui rêvent et recher-
chent les graves enseignements.

A ce vaste bazar européen, le proscrit de la veille,
qui a trouvé de l'or le lendemain, peut se transfigurer
en un instant. Ovide, en écrivant à Rome ses *Métamorphoses*, n'avait pas prévu celles que tant de Barbares
trouveraient à ce *Corso*, qui était alors le Champ-de-
Mars. Il est vrai que si ce poëte favori de la muse
romaine revenait de nos jours, il ne jugerait plus ces
métamorphoses nouvelles dignes de sa grande poésie.
Sans doute il regretterait ses dieux et leurs charmantes
amours. Et si, changeant son stylet en plume vulgaire,
il écrivait encore pour amuser ses contemporains, il
composerait des romans sur tous ces changements qui
éblouissent le monde.

Rien n'est plus facile aujourd'hui que de se composer
des dehors respectables. Habits, meubles, maisons, tout
est à la portée et sous la main de quiconque possède de
l'or.

Ainsi on ne sera pas étonné d'apprendre que Frederico, le soir même de son arrivée à Rome, se promène
à Villa-Borghèse, dans un costume qui n'aurait pas
été trop censuré aux processions mondaines du boulevard Italien de Paris; et que le lendemain il pouvait
déjà recevoir son futur beau-père, dans un riche appartement de la rue *San-Lorenzo-in-Lucina* où le bon goût
d'un tapissier romain de Paris avait décoré une chambre nuptiale, digne des hyménées de la Chaussée-
d'Antin.

XIX

Quand l'amour est de la partie, un mariage est vite conclu sous le ciel italien. Tous les préliminaires de l'union projetée de Frederico et de Fiorina furent promptement achevés, et le comte milanais ayant reçu une lettre de sa mère, qui approuvait entièrement sa conduite, les deux jeunes gens reçurent la bénédiction nuptiale à l'église aristocratique de Jésus.

Valmonto servit de témoin à son ami dans cette circonstance, comme dans tant d'autres, et toute la haute société romaine, à laquelle elle était alliée, accompagna la famille Vitelli.

Dans un récit épisodique, où l'enseignement doit l'emporter sur la curiosité romanesque, les détails intermédiaires sont oiseux; il faut marcher avec concision au but, qui est la moralité.

Vingt jours après le mariage du comte Frederico Nola et de Fiorina Vitelli, les deux époux étaient assis, à cinq heures du soir, devant la rotonde de la Villa-Borghèse, et jamais groupe ne représenta mieux le bonheur aux yeux de la foule qui passe et juge l'intérieur sur le visage. C'est dans ce pays pourtant, que Métastase a écrit ces admirables vers, qui résument un cours de philosophie :

> Lor nemici
> Hanno in seno, et si reduce
> A parer, a noi felici
> Ogni lor felicita.

Les promeneurs qui toujours abondent à Villa-Borghèse, s'arrêtaient devant ces heureux époux et semblaient envier leur bonheur. Il est vrai de dire aussi
que jamais couple ne mérita mieux l'admiration de
cette foule désœuvrée qui sans cesse passe et repasse
dans les jardins publics, indifférente et curieuse à la
fois, toujours en quête de ce qui peut lui plaire et la
charmer.

Frederico était vêtu avec une suprême élégance, et la
mise de sa jeune femme, quoique simple, avait cette
modestie orgueilleuse que prend le luxe quand il ne
veux pas humilier les voisins ; rien de ce qui saute aux
yeux au premier abord, mais l'élégance la plus distinguée avec la richesse sans éclat.

Au reste, ce n'était pas encore la toilette des jeunes
époux qui fixait l'attention, autant que l'air de bonheur
et de contentement parfait qui se laissait lire sur leurs
traits, dans leur démarche et jusque dans leurs moindres gestes. Quand leurs regards se rencontraient, le
passant étourdi qui saisissait au vol ce coup d'œil croisé
était tout étonné de sentir au fond de son cœur une
fibre inconnue délicieusement remuée. C'était comme
le rayonnement magnétique du bonheur de cette admirable union.

Un incident imprévu faillit faire passer un nuage dans
ce beau ciel de printemps.

Fiorina, heureuse comme toute jeune mariée de vingt
jours, venait de mettre fin à un long accès de rire, pro-
voqué par une improvisatrice ambulante, qui lui avait
débité une série de quatrains sur la *bellà* et la *fedeltà*.

Comme il arrive presque toujours aux jeunes femmes,

Fiorina tomba en rêverie après cette ébullition de gaieté folle. Sa tête se pencha et se fit un appui avec la poignée de l'ombrelle, fermée en l'absence du soleil.

D'où venait cet affaissement soudain ? quelque contrariété avait-elle déterminé cet accès de mélancolie ? Nullement. L'atmosphère du ciel romain était toujours aussi sereine, et ce n'étaient point les paroles de Frederico qui avaient pu ainsi troubler le cœur de sa jeune épouse ; car Frederico avait écouté l'improvisatrice ambulante comme Fiorina, et ne l'avait interrompue que pour la complimenter sur sa poésie pleine d'abondance et de facilité.

D'aileurs, de pareils accidents ne sont pas rares entre jeunes époux amoureusement épris l'un de l'autre.

Ce passage subit de la joie à la tristesse n'a point de motif raisonnable, ordinairement ; c'est une réaction nerveuse, une lassitude, un repos. Le bonheur ne devrait jamais penser ; quand il se recueille, il s'effraie de lui-même, et n'ayant rien à craindre du présent, il s'ingénie à chercher une peine dans l'avenir.

Le jeune homme s'aperçut de ce changement. Il crut un instant que c'était quelque pensée sérieuse qui avait éteint le sourire sur les lèvres de Fiorina ; mais il prit l'alarme en ne voyant pas revenir la gaieté.

— A quoi penses-tu ainsi, mon ange adoré ? — dit Frederico en agitant doucement avec ses doigts la frange de l'ombrelle.

— A bien des choses, mon ami, — dit Fiorina en relevant la tête avec un léger sourire.

— Et serais-je indiscret en te demandant quelles étaient ces choses ?

— Oh! nullement, mon Frederico bien-aimé, et j'allais t'en parler la première, lorsque tu m'as interrogée.

— C'est que j'étais inquiet, Fiorina. Après t'avoir vue rire avec tant d'abandon, je te vois tout à coup plongée dans la mélancolie. Alors j'ai été alarmé, sérieusement alarmé.

— Que tu es bon, mon Frederico!... Écoute-moi et vois comme parfois la pensée marche vite!... Cette pauvre femme en haillons m'a rappelé... quelque chose de bien terrible... et pourtant ce souvenir est plein de charmes... la nuit de ton arrivée à notre vieux château.

— Ah! oui, dit Frederico, avec une émotion affreuse, déguisée par un faux sourire, c'est un souvenir bien doux aussi pour moi.

La main de Fiorina se posa sur celle de son mari.

La jeune femme ne remarqua pas que cette main était glacée et comme agitée de mouvements convulsifs. Tout heureuse de faire une confidence à son mari, elle continua avec abandon?

— Tu étais affreux et superbe, mon Frederico! Tu ressemblais, comme disait ma mère, à un archange foudroyé, mais menaçant et beau encore après sa chute.

— Elle disait cela, ta mère...

— Frederico, mon ami, ne penses-tu pas quelquefois, avec délices, à notre vieux château?

— Oui, oui..... quelquefois, mon ange..... avec délices..... oui. Ce château est pour moi rempli de souvenirs.

Il n'y avait qu'une jeune femme amoureuse qui pût se tromper à l'accent de ces dernières paroles. Si Val-

monto avait été présent à cet entretien, il aurait vivement repris son ami de se trahir ainsi. Car Valmonto
comme Frederico eût vu soudain se dresser le spectre
d'Angeli à l'évocation du vieux manoir féodal.

Fiorina ne remarqua rien, et continuant sur le même
ton :

— Ils disent tous que ce pays est triste... Oh! rien
n'est plus joyeux que ce lac, ce bois, ces tourelles, ces
grands pins. J'avais une chambre adorable, un balcon
entre deux tiges d'aloës qui semblaient le soutenir, et
de là je voyais lever le soleil et je pensais à toi.

— Chère Fiorina!

— Sous ces grands arbres à la verdure sombre et
mystérieuse, j'aimais à te faire revivre par la pensée tel
que je t'avais vu le lendemain de ton arrivée, lorsque tu
voulais brusquement nous quitter.

— Et où tous vous me fîtes de si douces instances
que je ne pus partir. Je n'oublierai jamais ce jour.

— Frederico, mon doux seigneur, je veux te demander une grâce, une grâce qui me rendra bien heureuse.

— Une grâce, à moi, ma douce reine?

— Oui, me l'accorderas-tu?

— Puis-je te refuser quelque chose, mon amie, dans
tout ce qui est en mon pouvoir de te donner?

— Écoute, Frederico, — dit la jeune femme avec une
grâce irrésistible de geste et de regard, — Écoute: Cette
ville est inhabitable dans cette saison; toutes les familles
nobles s'en éloignent. Partons aussi, et allons attendre
l'hiver dans ce vieux château, où j'aurai tant de bonheur
à te voir, aujourd'hui que tu es mon mari...

Ces paroles de la jeune femme rembrunirent le front de Frederico. Son œil si doux d'ordinaire devint sombre tout à coup, presque menaçant, au point que Fiorina effrayée lui dit en tremblant :

— Eh bien!... vous ne me répondez pas, comte Frederico?... Comme il me regarde !... Ce que je te demande, n'est-il pas en ton pouvoir de me le donner ? T'ai-je déplu en te le demandant?

— Certainement... oui... cela est en mon pouvoir, — dit Frederico avec un effort suprême, — j'aime tant ce château, moi aussi. C'est là qu'a commencé mon bonheur.

— Et moi, je déteste la ville, Frederico, l'été surtout... d'ailleurs, l'air est très-malsain à Rome... mon père et Urbino le disaient encore hier.

— Oh! très-malsain ! — dit Frederico, sans penser à ce qu'il disait et ne sachant comment sortir de cette situation.

— Tu en conviens toi-même, mon Frederico... je savais bien que tu me ramènerais à la campagne...

— Certainement, ma bien-aimée, que nous reviendrons à la campagne.

— Oh! que je serais heureuse de revoir notre vieux château avec toi, mon Frederico...! Aussi à ton insu, je me suis donné, ce matin, une petite permission que tu approuveras.

— Voyons... parle... Fiorina.

— Comme il dit cela d'un air méchant!... j'ai donné ordre à Vincenzo de choisir de bons ouvriers à Rome, pour nous préparer une belle chambre; et sais-tu la chambre que j'ai choisie, celle que tu aimes tant à cause

de Michel-Ange ; celle où tu as reçu l'hospitalité du proscrit... Frederico, je vois à ton air sombre que je me suis
trompée... tu ne m'approuves pas.

Certes, il eût été difficile de ne pas voir sur le visage
de Frederico que quelque chose de terrible et d'inusité
se passait en lui. Sa figure se rembrunissait de plus en
plus à chaque parole de la jeune femme. Il faut avouer
que celle-ci jouait de malheur dans le choix de ses premiers désirs.

Cependant Frederico était trop habile à maîtriser ses
passions et ses idées les plus rebelles pour se laisser
ainsi longtemps dominer par une situation difficile.
Après une pause d'un instant :

— Fiorina, — dit Frederico qui avait repris graduel-
lement son énergie, — ma belle Fiorina, il m'est impossible de me décider à aimer ton château comme tu l'aimes. Une seule chose l'embellissait à mes yeux, c'était
ta présence. Mais si un vieux manoir baigné par un lac
mort et ombragé par une forêt de bandits, est une habitation agréable quand tu l'habites, quel charme n'aura
pas à mes yeux une de ces belles maisons de campagne
d'Albano ou de Tivoli ? C'est le plus charmant coin de
terre qu'il y ait au monde. Un air pur, des eaux vives,
des arbres joyeux, des parfums de collines, de poétiques
souvenirs : partout la grâce et l'amour.

Ces dernières paroles, prononcées par une voix mélodieuse, dans cette langue romaine qui est la musique de
la conversation, donnèrent l'enchantement à l'âme de
Fiorina. Il est si facile de tromper un cœur aimant, que
l'on ne comprend pas la volupté barbare qu'éprouvent
certaines gens à le torturer. Le son de la voix de Frede-

rico avait plus fait sur la jeune femme que toutes ses raisons. Du moment où il lui parlait ainsi, Fiorina ne pouvait plus résister. Que lui importait d'ailleurs l'endroit où elle se trouverait, pourvu qu'elle y fût avec cet époux de son choix auquel elle avait lié sa destinée; que lui importaient les ombrages et les eaux du manoir paternel, pourvu qu'elle entendît sans cesse à son oreille cette voix suave qui l'avait ravie?...

Elle oublia donc le manoir de Vico, et mettant sa voix à l'unisson de la voix de son mari :

— Et mon beau seigneur, dit-elle, a-t-il une de ces belles maisons qui font attendre patiemment le paradis?

— Ce qu'on n'a pas aujourd'hui, répondit Frederico en riant, on l'a demain. J'ai oublié l'acquisition d'une villa d'été avec des ombrages et des eaux vives, dans mes préparatifs de mariage. Mais c'est un oubli qui peut se réparer aisément et promptement.

— Et comment?

— Avec de l'or.

— Il a toujours raison, mon Frederico, — dit la jeune femme dans l'exaltation de sa joie, — tu ajouteras donc encore ce présent aux richesses de ma corbeille de noces?

— Tu sais, Fiorina, que mes promesses sont des dons.

— Oui, Frederico; pour toi, promettre, c'est donner, je le sais. Tu es le plus généreux des maris.

— Alors, il est inutile, mon ange, d'envoyer Vincenzo à ta vieille citadelle de Vico.

— Je n'y songe plus, mon beau seigneur; je ne veux aimer que ce que tu aimeras.

— Tu as raison, mon ange; car je mettrai toute mon ambition à satisfaire tes moindres désirs.

— Il est si bon, mon Frederico! Et quand aurons-
nous cette villa?

— Tu sais, Fiorina, que notre ami Valmonto, qui
s'est dévoué à terminer seul la restauration des fresques
de la galerie, arrive demain de ton château, et dès qu'il
sera de retour à Rome, je l'envoie à la recherche d'une
acquisition du côté des montagnes. Il y a toujours
quelque chose à vendre de ce côté; toujours quelque
Anglais, ennuyé de son domaine champêtre, après
quinze jours de possession, et qui a eu l'obligeance de
meubler avec luxe la demeure d'un successeur. Valmonto sait très-bien conduire ces sortes d'affaires et y
trouve un charme particulier, à cause des Anglais qui
l'amusent. C'est une nation qu'on trouve partout dans
l'univers pour ses menus plaisirs. Ainsi, mon ange
adoré, attends jusqu'à demain, et Valmonto de retour
se mettra aussitôt en campagne pour trouver la villa.

— Ta complaisance est adorable, cher Frederico, —
dit la jeune femme en se levant, — je suis fort aise, d'ailleurs, que ce pauvre Valmonto abandonne le château,
où il doit bien s'ennuyer, seul, au milieu de ces paysages sombres.

— Il travaille: le travail sauve de l'ennui, Fiorina.
Valmonto a la passion de la peinture, et là, il l'exerce
en grand, tout à son aise. Comme il doit se prélasser,
sur un échafaud et devant ces grandes fresques de Solimène! Je le vois d'ici tout absorbé par son travail et
barbouillé de couleurs.

Un long éclat de rire accueillit ces paroles de Frederico. Toute trace d'orage avait disparu.

Les deux jeunes époux montèrent dans la calèche qui

les attendait à la grille de Villa-Borghèse, et ils se rendirent à leur maison de San-Lorenzo-in-Lucina, où ils
trouvèrent le comte et la comtesse Vitelli et Urbain.

A Rome, rien n'avait été changé des habitudes du
manoir de Ronciglione. On vivait comme sur les bords
du lac de Vico, en famille unie et heureuse, et le moins
heureux de tous n'était pas Urbain, qui jouissait doublement et de son propre bonheur, et de celui de sa
sœur, qu'il aimait tendrement. Le comte Vitelli n'avait
jamais eu de sérénité plus parfaite que celle de ces jours
fortunés. Il avait trouvé dans Frederico un gendre parfait qui n'oubliait aucune de ses promesses, et qui, au
plus beau quartier de sa lune de miel, avait su dérober
une heure à l'amour pour approfondir et discuter la
grande question économique du dessèchement des Marais Pontins. En outre, ce gendre avait un ami qui était
le plus fort des Romains sur les études antiques et qui,
dans les rares instants qu'il avait passés dans la famille,
avait su se faire des amis de tout le monde par la grâce
exquise de sa parole, même dans les conversations
scientifiques, et surtout par la douce urbanité de ses
manières. Ainsi le bonheur avait fait élection de domi-
cile dans la famille Vitelli, et transporté ses pénates des
rives du lac de Vico à la maison de San-Lorenzo-in-
Lucina.

XX

Ce qu'on n'a pas aujourd'hui, on l'a demain, avec de
l'or. Ces paroles devaient avoir leur exécution.

Ce précepte de Frederico, qui est le pendant du vieux proverbe italien, remontant à Jugurtha, *tout est à vendre, il n'y a qu'à le payer*, ce précepte, dis-je, trouva, grâce à de mystérieuses ressources et à l'habileté de Valmonto, une facile et prompte application.

Valmonto avait été exact au rendez-vous fixé par Frederico, et il était arrivé à Rome le lendemain du jour de la promenade à Villa-Borghèse. Ne se doutant de rien, il ne pouvait arriver mieux à propos. Frederico le reçut avec de grandes démonstrations de joie et, devant sa jeune femme, lui fit part de la promesse qu'il avait faite la veille. Valmonto voulait se mettre en campagne sur-le-champ; mais après avoir donné les éloges dus à son dévouement, la famille Vitelli le détermina à prendre quelque repos avant de se lancer vers les ombrages de Tivoli.

Il y avait alors, au fond d'une petite vallée qui doit être la *valle reductâ* dont parle Virgile, une villa délicieuse habitée par un Anglais, nommé Simon Onill, qui, après avoir été marin, méthodiste, industriel, savant, astronome, philanthrope, architecte, professeur de chinois, quaker, aubergiste, jongleur indien, député d'York, se décidait à finir sa vie en n'étant rien du tout.

Il habitait cette villa et passait la journée à regarder couler l'Anio, fleuve qui était bien tenté de remonter vers sa source, comme le Jourdain, en entendant les vers de Virgile, prononcés sur ses rives avec l'accent anglais.

De pareilles existences émaillées de toute espèce d'accidents ne sont pas rares chez nos voisins d'outre-Manche; et cela se comprend aisément quand on réfléchit deux minutes à l'incommensurable somme d'ennui qui doit s'amasser dans des cerveaux sans cesse humectés de brouillard.

Valmonto, muni de bons renseignements, trouva Onill au moment où il épouvantait l'Anio, en lui déclamant *Taïtaïre, tiou petioulæ, requioubens, sioub tigmaïni fégé.*

Ce qui signifie :

Tytyre, tu patulæ recubans sub tegmine fagi.

Ces beaux vers du poëte latin, horriblement défigurés en passant par cette bouche anglaise, avaient cependant un certain charme pour l'ex-professeur de chinois. Il les appliquait à sa situation présente, se comparant au Tytyre de l'Églogue et cherchant le Mélibée qui viendrait lui donner la réplique, lorsque Valmonto parut à l'horizon de la villa.

L'Italien ne venait pas précisément trouver dans des intentions pastorales l'homme qui avait fait tant de métiers. N'importe, la présence de cet étranger causa une surprise agréable à Simon Onill, et il eût volontiers ri dans sa barbe, si son menton, comme celui de tout bon Anglais, n'eût été rasé de frais dès le matin, sans doute pour faire honneur à l'excellente coutellerie de Birmingham.

— Monsieur, dit Valmonto en l'abordant, j'ai entendu dire, il y a quinze jours, à Londres, au club de *Pall-Mall*, que vous étiez mort, bien mort, et enterré par-dessus le marché !

— Oh ! c'est très-amusant ! dit Onill ; on disait cela ?

— Alors, un monsieur de vos amis, poursuivit Valmonto, a ajouté: Voilà justement le métier que Simon Onill n'a jamais fait. Il est écrit qu'il les fera tous avant de nous quitter.

— Le métier de mort! C'est très-badin, dit Onill en roucoulant un éclat de rire sérieux.

— J'ai parié mille livres que vous étiez on ne peut plus vivant, continua Valmonto, et comme j'ai gagné mon pari, je consacre cette somme à l'achat d'une villa sur les bords de l'Anio. Je suis parti de Londres dès que cette petite affaire a été réglée, et me voici dans la campagne de Rome en quête d'une villa.

— Vous saviez que j'étais vivant, quand vous avez parié? — demanda Onill en se dandinant.

— Oh! non. Si je l'avais su, mon pari n'aurait pas été délicat. J'ai parié au hasard. On a écrit de Londres à la chancellerie anglaise de Rome, et la réponse m'a donné gain de cause. Je viens donc vous remercier de m'avoir fait gagner mille livres, pour avoir eu la bonté de n'être pas mort. On n'est pas plus aimable que vous.

— Vous m'aviez donc connu, monsieur? demanda l'Anglais avec inquiétude.

— Oui, monsieur, quand vous étiez professeur à l'Université d'Oxford, et aubergiste au *Lion-Rouge*, à Cantorbéry. Mais, sans vous connaître, j'aurais fait le même pari.

— Ah!

Onill ne prononça que ce monosyllabe, qui roula longtemps sur ses lèvres.

Il y eut un moment de silence, pendant lequel Onill parut se livrer à de profondes réflexions. Ce silence, n'était pas ce que désirait l'Italien. Aussi, après avoir attendu quelques minutes une parole qui ne venait pas, reprit-il la conversation qui menaçait de tomber.

— Je me suis fait un devoir de vous remercier, dit Valmonto, et maintenant je vais faire mon acquisition, ici près dans le voisinage, et j'espère devenir votre voisin et vous voir tous les jours.

— Vous espérez cela? dit Onill d'un air soucieux.

Il était évident que ce voisinage lui plaisait moins que celui des Nymphes de l'Anio qui, pendant quelques années, avaient charmé des loisirs assez chèrement achetés. Valmonto, qui lisait sur une face britannique ce qui se pensait au fond du cœur, comme dans un livre ouvert, saisit au vol cette pensée sérieuse qu'il avait fait naître, et se disposa à en tirer parti à son bénéfice.

Il laissa l'Anglais en proie à son anxiété, puis, re prenant

— A moins, ajouta Valmonto, que vous ne trouviez plaisant de me vendre votre villa pour la somme que j'ai gagné en pariant contre votre mort, et qui est encore dans mon portefeuille.

— Oui, dit l'Anglais, oh! oui, je trouverais cela assez plaisant; la plaisanterie qui se continue est la seule qui amuse.

— Eh bien! monsieur Onill, je vais faire un petit voyage de deux mois à Naples, et à mon retour nous traiterons. Que pensez-vous de ma proposition?

— Deux mois, — dit l'Anglais en secouant la tête, — ce n'est pas dans mon caractère d'attendre deux mois. Voici ma devise : tout de suite ou jamais.

15

— Tout de suite, soit, — dit Valmonto, après une minute de réflexion simulée. Votre devise deviendra la mienne.

— Je trouve cela très-plaisant, ajouta l'Anglais en riant avec modération, et je m'amuse beaucoup.

On fixa l'heure et le jour pour dresser l'acte d'achat et de vente, et tout fut dit. Onill et Valmonto se séparèrent.

L'Anglais ne se doutait pas, quand tout fut consommé, qu'il avait donné, tête baissée, dans un piége italien. Il est vrai que jamais piége ne fut plus habilement tendu. Il disparut aussitôt sa villa vendue et payée, et alla chercher quelqu'autre coin de terre où fut inconnu le mystère de ses existences antérieures. Mais en fuyant il emportait une blessure mortelle qui devait lui faire redouter les voisins.

Frederico, devenu propriétaire de la villa d'Onill, s'installa dans cette délicieuse résidence avec sa nouvelle famille, et Valmonto prit encore un congé pour aller, disait-il, travailler au château de Vico, malgré les instances du comte Vitelli, qui voulait le retenir, en soutenant que la restauration des fresques n'avait rien de fort urgent, puisqu'on l'attendait avec beaucoup plus de patience depuis 1527, et qu'on l'aurait attendue encore sans l'heureuse arrivée des proscrits.

Cette objection n'arrêta pas Valmonto, qui donna des raisons d'artiste, mollement approuvées par Frederico et Urbain. Valmonto était un ami, mais un de ces amis qui gênent quelquefois.

— Votre manoir de Vico me plaît, dit Valmonto au comte Vitelli, parce que j'aime la solitude et les paysa-

ges. Si j'ai consenti à accompagner Frederico, c'est
uniquement à cause de la vieille amitié qui m'unit à
lui ; amitié qui me force toujours à prendre ma part de
ses peines et de ses joies. Mais, comte Vitelli, je ne dois
pas cependant oublier ce que ma position a de délicat à
Rome. Si Frederico a sa grâce, je n'ai pas la mienne, et
je suis encore comptable de mes actions envers le gouvernement de mon pays. Ici, je sais bien que votre
haute protection me couvrirait et me serait une sûre
sauvegarde. Mais tenez, à ces ombrages si riants et si
frais je préfère les sombres cyprès du lac de Vico : ils
s'harmonient mieux à mes pensées. Laissez-moi retourner dans cette solitude que j'aime, reprendre des pinceaux qui me consolent et me distraient en même
temps. En suivant mes goûts, vous ferez une bonne
action.

Ces dernières paroles furent dites par Valmonto avec
une suavité mélodieuse qu'on ne trouve que sur des
lèvres italiennes. Cette langue, héritière directe du latin,
est véritablement la langue de la séduction. Toute la
famille était profondément émue. La comtesse Vitelli
essuya même à la dérobée une larme furtive qui glissait
entre ses cils. Après un pareil langage il était impossible d'ajouter de nouvelles instances ; le devoir de l'amitié était de s'abstenir : Valmonto fut donc rendu à la
liberté.

Le soir même, après de tendres adieux échangés sous
les ombrages, il partit pour le manoir de Vico.

Alors commença, pour cette famille, une vie de bonheur qui semblait se réfléchir dans l'azur du ciel et les
eaux calmes de ces jardins. La villa réunissait toutes

les conditions de sérénité douce poursuivies dans les rêves de l'homme. Les ombrages des bois, les harmonies des campagnes, le velours des hauts gazons, le charme de la retraite, les joies de la famille, et la richesse, cette magicienne aux mains d'or, qui ne fait pas le bonheur, mais ne le gâte jamais.

Fiorina s'abandonnait aux enivrantes émotions de cette vie, avec cette foi naïve dans l'avenir, que l'inexpérience met au fond des jeunes cœurs : elle ne voyait autour d'elle que des figures aimées, des sourires charmants, des horizons tranquilles, toutes les tendresses, toutes les joies, tous les amours; et, au milieu de ce tableau domestique, son heureuse mère, *qui se réjouissait de ses enfants*, comme parle le prophète-roi [1].

On a bien raison de dire qu'il n'y a rien d'aussi fugitif et d'aussi trompeur ici-bas que le bonheur, et que la foudre la plus terrible est celle qui éclate subitement dans un temps serein.

Un soir, un peu avant le coucher du soleil, toute la famille Vitelli était réunie sous une treille, suspendue comme un balcon verdoyant sur une anse de l'Anio. Urbain dessinait une vue du temple de la Sibylle, dont la colonnade brisée recevait le dernier sourire du soleil : Fiorina suivait du regard le crayon de son frère; et, par intervalles, le travail et l'entretien étaient suspendus, et ils écoutaient tous la lointaine mélodie des cascatelles, qui continue depuis dix-huit siècles l'hymne des poëtes romains.

Jamais soirée plus délicieuse n'avait été éclairée par

1. Matrem filiorum lætentem.

les derniers rayons du soleil italien. Tout dans les airs était harmonie et parfums. Au milieu de cette atmosphère sereine, il y avait un charme inexprimable dans cette réunion, où tous les cœurs pouvaient s'ouvrir sans craindre de rencontrer un cœur indifférent. La conversation languissait cependant, car chacun aimait mieux se plonger dans la rêverie, que d'échanger ces paroles complaisantes qu'on dit avec tant de prodigalité dans un salon.

Trois hommes de mine suspecte parurent subitement sous la voûte de la treille, et saluèrent d'une façon équivoque et peu rassurante.

Un de ces hommes fit cette question :

— Le comte Vitelli ?

— C'est moi, dit le comte.

— Le comte Frederico Nola ?

— C'est moi, dit le jeune époux.

— Comte Vitelli, — demanda le même personnage, — connaissez-vous un homme appelé Valmonto ?

— Sans doute, répondit le comte Vitelli ; c'est un de mes bons amis. Il était ici il y a quelques jours, à peine.

— Savez-vous où il se trouve en ce moment ?

— Il est à mon château de Ronciglione.

— Et que fait-il à votre château de Ronciglione, pourriez-vous nous le dire ?

— Oh ! ce n'est pas un mystère, il restaure les fresques que mes aïeux avaient obtenues du pinceau de Solimène-le-Napolitain, et qui avaient été dégradées par les lansquenets, en 1527.

15.

— Il peint des fresques! l'imagination n'est pas mauvaise, dit l'étranger en riant d'une façon sinistre.

— Ah çà! monsieur, dit Vitelli, avant de venir troubler ainsi une honnête famille dans son repos et de l'importuner de vos questions, vous auriez dû au moins...

— Quoi! vous dire mon nom?... Oh! mon nom n'est pas nécessaire dans l'affaire qui m'amène à cette villa, et il ne vous apprendrait rien, Ainsi, je le tais.

— Mais, enfin, monsieur, pourquoi cette brusque visite, à cette heure?

— Voici l'ordre signé du cardinal Somaglia, — dit l'homme en ouvrant son habit et montrant les insignes de sa profession. — Toute résistance est inutile. Un détachement de dragons pontificaux est à la grille. Vous êtes arrêtés. Comte Vitelli, et vous, comte Nola, suivez-nous.

Les deux femmes poussèrent un cri lamentable. Frederico se précipita dans le fleuve, et Urbain reçut dans ses bras sa mère et sa sœur évanouies.

Rien ne saurait dépeindre cette scène de désolation.

Le comte Vitelli ne put obtenir une minute pour donner des soins à sa famille. Les ordres étaient inexorables : on ne le conduisit pas, il fut enlevé.

Il n'avait pas été aussi facile de s'emparer du mari de Fiorina.

Pendant que ces choses se passaient sous la treille, un des sbires, après avoir fait feu de ses deux pistolets sur Frederico, s'était jeté à la nage à sa poursuite. Ils atteignirent la rive opposée presque en même temps. Frederico, ayant le sbire sur ses traces, fuyait, avec

l'agilité que donne le péril, vers l'abîme où le fleuve
s'écoule en deux cataractes. A cette extrémité du terrain,
plus d'issue. Les arbres et les buissons se hérissent de
tous côtés; les gueules béantes du gouffre se veloutent
de gazons spongieux, où le pied n'a plus d'appui. La
terreur de l'eau, le fracas de la chute, la désolation du
paysage, l'approche des ténèbres glacent le sang du plus
brave et enlèvent son énergie au plus fort.

Frederico, tout couvert du nuage d'écume qui flotte
sur la cataracte, s'arrêta, et, s'étançonnant de son pied
droit contre la dernière roche saillante qui sifflait, en
divisant une trombe du fleuve, il attendit le sbire romain. Une lutte terrible s'engagea corps à corps. Chaque secousse de ces deux lutteurs précipitait dans l'a-
bîme des lambeaux de ce terrain miné par les siècles ;
et les combattants, quelquefois suspendus sur le vide,
après l'écroulement du point d'appui, se cramponaient
aux arbres inclinés vers le gouffre, se balançaient avec
eux, et, rejetés sur le plateau glissant par des élans convulsifs et surhumains, ils se saisissaient encore avec
toute la furie des antiques lutteurs. Frederico, souple
comme la panthère, tenta un coup décisif ; dardant sa
tête horizontalement, comme un bélier romain, sur la
poitrine de son ennemi, en brisant le bouclier des mains,
il incrusta ses dents aux muscles de son cou, et en arra-
cha un horrible lambeau de chair; le sbire poussa un
cri fauve et chancela ; Frederico le saisit à la ceinture,
le précipita dans l'abîme et le suivit quelque temps des
yeux, ricochant à toutes les roches saillantes des cataractes croisées, et se perdant au fond du gouffre avec la
dernière lueur du jour.

Cette triste victoire ne donna pas un instant de joie au malheureux vainqueur : il fit même un mouvement significatif vers l'abîme, et le regarda les bras croisés, avec une sorte de convoitise, comme un malade désespéré regarde le remède sauveur. Puis il lança un mélancolique regard vers les arbres lointains que le soleil de ce jour lui avait encore faits si beaux, et frappant son front avec ses mains, il se dirigea vers la chaîne de montagnes qui se prolonge à l'horizon du Midi.

XXI

C'était une expédition de la justice romaine admirablement conduite ; elle venait ainsi troubler le bonheur d'une famille qui paraissait si digne de le savourer. Le mystère et l'habileté de cette arrestation montrent l'importance que le gouvernement y attachait. Le criminel recherché ne pouvait être le comte Vitelli, vieillard simple et bon, connu de toute la noblesse romaine pour ses mœurs patriarcales, et qui, dans sa longue vie, n'avait jamais su faire de mal à personne. C'était donc son gendre, le comte Frederico Nola, et ainsi l'accusé échappait à la justice.

Ceci exige de nous quelques explications.

Dans la noblesse italienne tout le monde se connaît ou à peu près, et chaque famille sait les ressources des autres familles dans lesquelles elle peut rechercher une alliance. Chez elle, être pauvre n'est pas une déchéance ;

c'est un accident, et tel seigneur italien qui souvent est embarrassé pour les nécessités de la vie quotidienne, possède un palais et des richesses artistiques d'une valeur incalculable, auxquelles il tient autant qu'à son existence propre et comme reliques de famille et comme traces de l'antique splendeur de ses aïeux. Ainsi l'on ne sera pas étonné de voir la noblesse italienne se mouvoir dans ses petits comités à la nouvelle du prochain mariage de Fiorina Vitelli avec le comte Nola de Milan. On se demandait quel était ce comte Nola, inconnu jusqu'à ce jour, et dont le nom n'avait encore figuré sur aucun acte public à côté d'un nom de grande famille. De plus, cette richesse dont il faisait si volontiers l'étalage fastueux, on se demandait quelle était la source qui l'alimentait; on ne connaissait rien à Milan ni ailleurs sous le nom de Nola.

Tout cela se disait à petit bruit, discrètement à l'oreille parmi la haute société romaine, pendant que Frederico, retiré avec la famille Vitelli dans sa villa d'Albano, savourait les délices de la lune de miel.

Une autre accusation plus directe partit tout à coup de l'ambassade britannique.

Dans la colonie anglaise qui habite Rome ou qui la traverse, un bruit s'était tout à coup répandu qu'il y avait en circulation de faux billets de la banque d'Angleterre. La police, excitée par la chancellerie, se mit avec ardeur aux perquisitions, et M. Simon Onill s'étant présenté à l'office de *Piazza Madama* pour le visa de son passe-port, il fut interrogé sur la vente de sa maison de campagne, montra ses billets, qui furent soumis à un examen délateur et mit les limiers de la police sur les traces des coupables, ou du moins des émissaires de fausses *banks-notes*.

On se rendit d'abord au château de Vico, parce que le nom du comte Vitelli figurait sur le contrat de vente, et qu'on supposait avec raison que la fabrication de cette monnaie avait eu lieu dans ce manoir, qui favorisait le crime par son isolement. On ne trouva au château que la vieille Francesca. Elle dit aux gens de police que le château était momentanément abandonné par ses maîtres qui étaient à Rome où ils se rendaient d'habitude chaque année dans cette saison. Que c'était à eux qu'il fallait s'adresser si l'on désirait d'autres renseignements. Du reste, elle donna exactement leur adresse à la maison de *Via Ripetta*.

La police se lasse difficilement dans ses interrogatoires. Ce qu'elle avait appris l'intéressait peu et il lui fallait des réponses plus claires. Elle pressa donc de questions la vieille fille, qui répondit :

— Je ne sais si ce que je vais vous dire est bien ou mal ; mais c'est la vérité. Nous avons reçu dans ces derniers temps un proscrit milanais, le comte Nola, qui a reçu ici sa lettre de grâce. Le comte Vitelli, mon noble maître, ne le connaissait pas avant de lui donner l'hospitalité de sa maison. Le comte milanais amena bientôt deux de ses amis, dont l'un partit au bout de quelque temps, l'autre resta avec le comte Nola. Le seigneur Valmonto a accompagné son ami à Rome et est ensuite revenu seul. Il est même en ce moment à Ronciglione. Si vous avez besoin de lui, c'est là que vous le trouverez ; le seigneur Valmonto passe les nuits à l'auberge de Ronciglione, et il ne va pas tarder d'arriver, à l'heure

ordinaire, pour travailler aux fresques ; travail, ajouta-
t-elle, qui ne l'occupe pas beaucoup, car il est presque
toujours dans la chambre du bastion.

Un des agents fit descendre la vieille femme aux salles
basses, pour la garder à vue, et deux autres montèrent
à la chambre du bastion, et se cachèrent dans l'obscure
salle d'armes où était inhumé le cadavre d'Angeli.

Après plusieurs heures d'attente, Valmonto entra dans
la première chambre, en fredonnant une cantilène, et
ceux qui étaient aux écoutes comprirent que le travail
du faussaire venait de commencer, car un vigoureux
coup de marteau retentissait par égaux intervalles, toujours accompagné d'une formule d'approbation que Valmonto s'adressait à lui-même.

Les limiers de police gardèrent longtemps leur poste
d'observation. Ils étaient au comble de la joie du succès de leur entreprise qui leur paraissait assuré. C'est
pourquoi ils attendaient patiemment, afin de saisir toutes les pièces de conviction aux mains du coupable et
de ne pas tout compromettre par une trop grande pré-
cipitation. Retenant leur haleine, ils écoutaient avec
anxiété chaque coup de marteau, craignant que le travail ne fatiguât le bras ; mais le travailleur était infati-
gable.

Un incident imprévu et fortuit précipita la catastrophe.

La chute d'un corps pesant résonna dans la salle d'armes, et fit pâlir Valmonto, comme s'il eût entendu monter une plainte de la tombe d'Angeli.

Le faussaire se leva, tout convulsif de cette terreur
qu'inspirent aux plus braves les choses surnaturelles, et

il regarda quelque temps d'un œil fixe la porte de la salle funèbre avant de s'y hasarder.

L'éclat du jour lui rendit un courage que la nuit refuse toujours aux imaginations nerveuses ; il se décida donc à visiter la tombe d'Angeli, et à peine eut-il fait quelques pas, qu'il vit se lever dans les ténèbres une apparition menaçante qui marchait à lui.

Valmonto se précipita la face contre terre, et quand il se releva, il était garrotté par deux sbires de la police romaine, qui se tenaient à ses côtés.

— Ce n'est pas moi qui l'ai tué ! s'écria-t-il. Je vous jure que ce n'est pas moi !

Deux crimes au lieu d'un étant ainsi révélés, et l'effroi du coupable favorisant les aveux, on fouilla le plancher de la salle, et on découvrit le cadavre d'Angeli sous sa couche de poussière.

Un instant après, on enlevait aussi l'atelier du faussaire, avec les poinçons, les papiers, les clichés, les encres et tous les ustensiles de la criminelle fabrication.

Cette expédition faite et terminée heureusement, les pièces de conviction convenablement mises sous des scellés aux armes pontificales, pour l'édification complète des juges, les sbires se mirent en route pour Rome où ils avaient hâte d'arriver, car ce qu'ils avaient saisi au château du lac n'était que la moitié de la capture confiée à leur intelligence et à leur activité. La vieille Francesca, remise en liberté après le départ des sbires romains, croyait avoir fait un mauvais rêve, tant cette expédition avait été promptement menée à bonne fin. Son interrogatoire lui pesait comme un cauchemar, et souvent dans les jours suivants elle se demandait si elle

n'avait pas été victime de quelque hallucination mauvaise, et si ce qu'elle avait vu était bien la réalité.

Le lendemain de cette descente au château de Vico,
les agents de la police romaine achevèrent leur ouvrage
à la villa du comte Vitelli, comme nous l'avons vu.

Valmonto et le comte Vitelli furent enfermés dans les
prisons du château Saint-Ange et tenus à un secret rigoureux.

La procédure commença bientôt. Valmonto plaida
lui-même chaleureusement la cause du comte Vitelli, et
se reconnut seul coupable.

Nous avons oublié de dire que la prévention avait
écarté l'accusation d'assassinat; qu'importait en effet à
la justice romaine un homme de plus ou de moins,
quand cet homme était un inconnu dont on ignorait
même le nom, et pour lequel personne ne venait réclamer les vengeances de la loi? D'ailleurs, d'après ce
qu'avait appris la justice dans l'instruction, cet homme
n'était-il pas un complice des faussaires, et dans ce qui
lui était arrivé ne devait-on pas voir une punition
juste, quoiqu'anticipée, de son crime? Ainsi pensèrent
les juges romains.

Resta donc l'accusation de falsification de billets de
banque britannique, et ici, nous l'avons dit, Valmonto
faisait peser sur lui tous les torts et lavait entièrement
Vitelli de toute complicité.

Au moment où les juges allaient prononcer, un grand
bruit se fit entendre dans la salle, et le comte Frederico
parut, avec un visage et un costume qui annonçaient
plutôt un spectre échappé de la tombe qu'un être vivant.

D'où venait cet homme? que voulait-il? Nul ne le savait, et cependant la foule s'écarta respectueusement sur
son passage, comme devant une infortune inouïe, et il
put ainsi pénétrer librement jusqu'à la barre de l'auguste tribunal, grave comme la loi. Là, d'une voix ton-
nante :

— Voici le coupable! s'écria-t-il, il n'y a d'autre
criminel que moi.

— Il ment! s'écria Valmonto. Il veut sauver son père,
et son beau-père est déjà sauvé !

— Cet homme n'est pas en cause, — dit le président
en désignant Frederico, — qu'on le fasse retirer.

Les soldats s'emparèrent du comte Frederico et l'en-
traînèrent de vive force hors de l'enceinte du tribunal.

Ce ne fut pas sans peine que les soldats parvinrent à
maintenir les efforts de ce furieux que la foule, curieuse
dans tous les pays, suivait indécise de savoir si elle devait prendre parti pour lui ou contre lui. Enfin on arriva
à la porte du Peuple, et là les soldats le lâchèrent dans
la campagne, le menaçant de leurs armes s'il tentait de
rentrer dans la ville. Ils n'avaient pas besoin de cette
recommandation. Le premier moment d'exaltation
passé, Frederico, avait réfléchi à sa position excentrique.
Les paroles de son ami Valmonto, retenues involontairement dans son esprit, bourdonnaient à son oreille et
le ramenaient au sentiment de la situation présente. Il
songea donc à se mettre en sûreté, et bientôt il disparut
aux limites de l'horizon romain.

Cet incident avait jeté un tel trouble dans l'audience,
que les juges pensèrent qu'il était convenable de ren-
voyer à un autre jour le prononcé du jugement. Ils se

séparèrent donc sans avoir statué sur le sort des prisonniers, toujours détenus au fort Saint-Ange, et ajournèrent une sentence attendue par toute la société romaine avec anxiété.

Cette affaire n'ayant pas été instruite avec ces formes minutieuses et ces investigations patientes qui sont dans l'esprit de la justice française, la sentence, prononcée deux jours après, ne frappa qu'un coupable. Valmonto fut condamné à vingt ans d'emprisonnement dans la citadelle de Civita-Vecchia, à laquelle il fut conduit à peine la sentence rendue.

Mais ce n'était pas sur Valmonto que s'était porté l'intérêt de la société romaine; pour tous Valmonto était coupable. Il n'en était pas ainsi de Vitelli.

Dès le début de l'instruction, toute la noblesse romaine s'était vivement intéressée à cet auguste vieillard, aimé de tous. L'innocence du comte Vitelli n'avait jamais été un instant douteuse : la justice, après l'avoir traité avec les plus grands égards, lui prodigua les consolations; mais ce malheureux père n'écoutait plus rien de ce qui lui venait de la bouche des hommes; il était frappé au front de cette douleur de feu qui prépare la folie ou le suicide. En sortant avec la foule, et dans les ténèbres, il n'entendit pas les cris de son fils Urbain qui l'appelait; il entra au hasard dans la rue de Borgo-Nuovo, et montant l'escalier des colonnades, il s'y laissa tomber de faiblesse et de désespoir.

Urbain avait perdu ses traces, et comme il n'arrive que trop souvent, en le cherchant avec obstination, il s'était égaré. Il rentra à la petite maison de la *Via Ripetta* en proie à un morne désespoir, et ne reprit quelque courage qu'en présence de sa mère et de sa sœur, inconsolables depuis le jour du fatal événement. La nécessité d'en inspirer aux autres fait aussi rentrer l'énergie dans le cœur de l'homme fort, et le cuirasse contre les inclémences de la fortune.

Aux premières lueurs du jour, il eût été fort difficile de deviner si le vieillard reprenait ses sens après un long évanouissement, ou s'il se réveillait après un sommeil léthargique. La figure du comte, autrefois colorée par l'expression d'une figure confiante, ne laissait voir à cette heure que l'empreinte d'un abattement stupide. On aurait pu dire de lui ce qu'Ovide disait, au même lieu, de l'homme qui, frappé de la foudre, a conservé la vie et ne sait pas s'il existe [1].

L'*Angelus* sonna au beffroi de Saint-Pierre et réveilla tous les clochers de la ville sainte. Cette harmonie matinale se mêla aux chants des oiseaux qui saluaient le jour sur les corniches des colonnades, et la sérénité de l'aurore descendit de la coupole du monument, comme du sommet d'une montagne arrondie par la main d'un ange. La majesté solennelle de cette place où tout est si grand, humilie l'homme isolé, perdu dans sa poussière, et l'oblige à s'élever par la pensée jusqu'à Dieu.

Le comte Stephano Vitelli s'oublia un instant dans cette muette contemplation, et à force de regarder le ciel, au signe de ces pierres muettes qui montent si haut, et entraînent le regard, il ne songea plus à la terre. Par la pente douce du parvis, il arriva sous le porche

---

1.   *Qui fulmine tactus,*
Vivit, et est vitæ nescius ipse suæ.

de la basilique, et entra, au milieu d'une gerbe de rayon s
de soleil, qui coururent en fusée d'or jusqu'à l'autel
et illuminèrent les colonnes d'airain.

L'église était déserte, et les statues colossales des prophètes, des évangélistes, des martyrs, des confesseurs,
alignées, comme l'armée du ciel, dans l'immensité de la
nef du milieu, semblaient regarder un seul homme et
verser sur lui les paroles mystiques qui guérissent les
blessures du cœur.

Le comte Vitelli s'arrêta quelque temps devant la tombe
où s'agite, dans un relief effrayant, le squelette de la
Mort, vit luire une lame d'acier sur le sarcophage ; c'é-
tait un poignard que le démon semblait avoir déposé là
comme une tentation de suicide. Vitelli ramassa cette
arme et la regarda longtemps avec un sourire affreux ;
puis il la serra précieusement comme une provision d'a-
venir.

C'est alors que Mateo, l'ami du concierge, passa dans
la nef latérale, où Vitelli était assis sur une tombe, devant le squelette de la Mort.

— Votre Seigneurie est ici de trop grand matin, lui
dit-il, pour être un étranger ou un curieux... vous devez souffrir.

Le comte fit un signe affirmatif.

— En effet, votre visage est bien pâle, ajouta Mateo.
La dernière nuit n'a pas été bonne pour vous... Oh !
Dieu me garde de vous demander quel si grand malheur
a pu dévaster ainsi la noble face d'un homme ! Mais
vous êtes dans l'hôtellerie de Saint-Pierre, et vous en
sortirez guéri. Nous n'avons pas besoin, nous, de connaître le mal pour indiquer le remède.

Mateo prit le bras du comte Vitelli, et le conduisit, ou pour mieux dire le traîna, jusqu'à la loge du concierge. Là, tous les soins que le moment exigeait lui furent donnés avec les attentions les plus délicates.

— Vous resterez neuf jours ici, dit Mateo à Vitelli, et quand vous sortirez, vous ne souffrirez plus. Tout homme qui a un ulcère dans l'âme, et qui, dominé par une inspiration, se réfugie comme vous l'avez fait, à l'ombre de nos tabernacles, a déjà commencé sa guérison.

Le père de Fiorina n'avait plus même la force de résister. Il subit la douce influence de Mateo et s'installa dans la loge du concierge du Vatican. L'heureux vieillard prodigua à l'infortuné les soins et les consolations. Dans cette langue si douce à entendre auprès de Saint-Pierre, il lui dit de ces choses qui ne se trouvent que dans le cœur de ceux qui ont mis toutes leurs espérances dans le ciel.

Sous cette douce influence, le malheureux père éprouva quelque allégement à ses douleurs, et écouta cette parole grave et sereine qui lui disait avec une onction touchante que tous les malheurs dont nous sommes frappés sont une expiation, et que nous devons les accepter en bénissant la main qui veut bien abréger notre temps d'épreuve et avoir les yeux sans cesse fixés sur le but éternel.

Ce jour-là même, le comte Vitelli monta au dôme de Saint-Pierre, et son premier coup d'œil chercha l'horizon de montagnes où vivait une famille bien chère, et qu'il n'osait plus revoir depuis que le crime l'avait flétrie en la touchant ; car le monde, dans l'histoire de ses calomnies, ne se donne pas le souci d'un contrôle scrupuleux pour savoir si le crime et l'innocence ne marchent pas quelquefois ensemble sur le même sillon. Le monde aussi tient son lit de justice, après un tribunal, et n'acquitte pas toujours ceux que les juges ont acquittés.

Le comte Vitelli abandonna bientôt cet horizon lointain, ce point imperceptible où se perdait un malheur isolé ; il ramena et fit rayonner ses regards sur cette ville qui est le reliquaire de tous les martyrs, depuis les sénateurs massacrés par les Gaulois, jusqu'aux chrétiens de Clément VII, massacrés par les hérétiques. Là, chaque pierre a été un autel de sacrifice ; et souvent même la cité entière, glorieuse martyre, a été violée aux époques fatales, sur un fleuve de sang ; puis égorgée, aux feux de l'incendie, sur le bûcher des sept collines, ainsi que l'attestent toutes ces pierres qui pleurent encore, depuis le môle d'Adrien jusqu'à la tour de Cécilia, et depuis la rotonde des Vestales jusqu'aux limites du camp Prétorien ou des thermes de Titus.

Aucune autre ville au monde ne peut offrir cette désolation qui console, cette large souffrance qui guérit.

Neuf jours, le comte Vitelli fit le pèlerinage dans les airs, et il respira tous les parfums salutaires que la double philosophie du stoïcisme et du martyre a laissés sur cette terre.

A la fin du neuvième jour, il dit ce mot de l'Évangile : *Je me lèverai et j'irai* [1].

Et ayant serré les mains du concierge et de Mateo, il se dirigea vers sa maison de ville, où sa femme, sa fille

1. *Surgam et ibo.* (Parabole de l'Enfant prodigue.

et son fils, après avoir abandonné la campagne, s'étaient réfugiés, pour pleurer tant de malheurs auxquels il fallait ajouter la perte d'un mari et d'un père ; aussi cette famille se sentit presque consolée lorsqu'elle vit reparaître le comte Vitelli. La joie de ce moment fit évanouir le souvenir du passé...

Dans cet intervalle, on avait reçu une lettre de Frederico Nola, ainsi conçue :

« J'ai offert ma tête en expiation d'un crime, et pour » sauver le comte Vitelli.

» La justice humaine s'est contentée d'un coupable ; » elle a voulu laisser la vie, la liberté, l'honneur au » gendre du comte Vitelli, dont le nom est révéré.

» Je saurai me punir moi-même. Je me condamne à » un exil de dix ans, et lorsque de glorieux travaux » m'auront réhabilité, j'oserai venir demander mon » pardon.

» L'amour du luxe et de la dissipation folle m'ont » perdu. Je saurai conquérir les vertus qui me rendront » votre estime ; et si je ne trouve pas le pardon au bout » d'un si long et si laborieux repentir, je sais comment » il faut mourir et rendre pur à une famille son hon- » neur que j'ai souillé par le crime.

» FREDERICO. »

Le comte Vitelli lut cette lettre, et sa fille le regardait avec une expression indéfinissable. Lecture faite et profondément réfléchie, le père embrassa la jeune femme en pleurant, et lui dit :

« — Ma fille, quand Dieu aura pardonné, nous par- » donnerons. »

XXII

Tel est le récit qui me fut fait au dôme de Saint-Pierre. Quand Mateo eut fini de parler, je restai long-temps sans oser interrompre le silence qui nous enve-loppait. Les yeux tour à tour dirigés sur tous les hori-zons, je ne pouvais me lasser de contempler la ville étendue à nos pieds, bien plus vivante dans le souvenir que dans la réalité. Enfin je me résolus à parler :

— L'histoire de Stephano Vitelli, dis-je à Mateo, s'explique très-facilement ici, où nous sommes : cette coupole est le belvéder de la consolation.

— Monsieur, me dit Mateo, on composerait non pas des volumes, mais des bibliothèques, avec toutes les histoires de ce genre que nous savons.

— Et avez-vous revu le comte Vitelli ?

— Jamais, monsieur ; il a quitté l'Italie avec sa fa-mille, après avoir vendu ses propriétés... Mais le pre-mier coup de vêpres sonne, il faut aller à notre de-voir.

Nous descendîmes du dôme, et je pris congé, avec un regret infini, de ce bon concierge, qui avait réalisé pour moi l'homme heureux.

— Je quitte Rome bientôt, lui dis-je, mais à mon re-tour, je ne manquerai pas de venir passer encore quel-ques moments avec vous.

— Monsieur, me dit-il, cette porte vous sera toujours

ouverte, et il y aura toujours une place pour vous sur
le vieux banc de ce jardin,

— C'est bien pour vous, lui dis-je, qu'un de vos immortels aïeux, le poëte Virgile, a écrit ce fameux vers :

Vivez heureux !.....

— Oui, me dit le concierge ; mais mon aïeul Virgile
ne parlait que du bonheur de ce monde ; il ne connaissait pas l'autre... Certainement je crois être heureux,
mais je le suis surtout en songeant que le bonheur de
là-haut ne manquera pas aussi au pauvre concierge.

Et me montrant, accroché au mur, un portrait de
saint Pierre, il ajouta :

— Voilà mon patron, et mon puissant protecteur ; il
tient les clés du Paradis.

Ce dernier mot du concierge avait une signification
immense, et résumait toute la théorie du bonheur humain. Aucun souci ne troublait donc l'éternelle quiétude de ce vieillard. Heureux en ce monde, il était sûr
de continuer son bonheur après sa mort.

Ce soir-là, Rome allume sa *girandola*, pour terminer
dignement la fête pascale : c'est le plus beau feu d'artifice que les étoiles puissent admirer. On croirait voir un
opéra de Rossini, traduit en étincelles et exécuté sur la
plate-forme du château Saint-Ange. Il y a un orchestre
d'artillerie qui accompagne, avec des notes sublimes, les
cavatines, les duos, les chœurs que font éclater dans
l'air les fusées, les chandelles romaines, les bombes,
tous les artistes aériens de la pyrotechnie du Vatican.
C'est un spectacle merveilleux. On dirait que les étoiles

pleuvent du ciel en entraînant avec elles toutes les chevelures des comètes, et qu'un volcan mêle ses éruptions à cet orage de feu qui dépouille de ses astres le firmament romain.

Aux environs, toutes les pierres se colorent des pâles lueurs de l'incendie, le Tibre cesse d'être jaune et devient le rouge Phlégéton de l'Énéide, la herse du château Saint-Ange, avec ses noires profondeurs, ressemble à la gueule du Tartare ; des milliers d'ombres errent sur les bords du fleuve, et appellent des bateliers. C'est le sixième livre de Virgile en action.

Malheureux Adrien ! voilà pourtant à quoi sert un tombeau impérial ! Cette leçon devrait bien nous dégoûter, même de l'orgueil des sépulcres. Puissant Adrien ! il voyage sept ans sur la terre d'Égypte ; il bâtit la ville d'Antinoë sur le Nil, une ville délicieuse ; il rapporte à Rome une gerbe d'obélisques et une collection de sphinx pour amuser son peuple : il hache à morceaux une montagne pour se bâtir un mausolée, et plante une forêt de cyprès pour l'embellir. Après cela, il meurt content. Le temps fait un pas ; le môle d'Adrien est baptisé ; on le nomme château Saint-Ange, et il sert de théâtre aux feux d'artifice de Rome chrétienne ! Toute la fumée qui couronne l'édifice, dans pareille fête, est l'image de la gloire et de la puissance du divin empereur !

Mieux vaut être concierge du Vatican !

NOTE

Après avoir hasardé mon opinion sur la pensée chrétienne qui fonda le Panthéon de Rome, après avoir essayé d'établir un parallèle entre l'époque d'Auguste et l'époque actuelle, à l'endroit de notre manie d'imitation anglaise, je ne terminerai pas ce livre sans raconter, et cette fois en dehors de toute comparaison, cette révolution morale qui s'opéra dans les esprits, les guerres civiles étant terminées, et Auguste étant maître de l'univers alors connu. Quand le romancier se fait historien, par hasard, il s'impose de sévères obligations; il ne doit jamais citer à faux, même de mémoire : rien n'excuserait chez lui un mensonge, puisqu'il a la ressource du roman. Ceci servira de réponse à deux lettres, très-bienveillantes d'ailleurs, mais qui élèvent un doute sur quelques citations ou parallèles faits dans les chapitres précédents.

Avant Auguste, là rudesse des mœurs était grande à Rome, et cela se conçoit très-bien. Les guerres civiles, les disputes du Forum, les tumultes causidiques, les criailleries de la tribune n'étaient pas des écoles de bon goût et de beau langage. *Urbs* n'avait pas encore donné au monde sa noble fille romaine, *Urbanitas*.

Les femmes, recluses au fond de leur gynécée, n'osaient se montrer ni sur la voie publique, toujours envahie par la sédition civile, ni sur les gradins des théâtres. Les jeunes gens, au dire d'Horace, s'y montraient avec une licence qui aurait offensé la pudeur des sévères matrones, poursuivant de leurs galanteries ces belles courtisanes qui avaient déserté Athènes et Corinthe pour suivre les vainqueurs des Grecs ; et encore n'était-ce qu'aux rares moments de loisir laissés par les guerres intestines. Car tous étaient engagés dans ces luttes ; tous prenaient part, qui pour le peuple, qui pour les patriciens, qui pour la liberté, qui pour la dictature, et servaient leur parti avec une ardeur sans égale. Au reste, qu'aurait pu faire de mieux cette jeunesse romaine, *si rare par la faute des pères*, comme dit le même poëte, *vitio parentûm rara juventus ?* Avait-elle le temps de vivre, d'aimer, de grandir dans ces horribles époques où un dictateur comme Sylla pouvait faire massacrer douze mille proscrits à Préneste ? La loi qui punissait d'une amende les vieux célibataires ne trouvait plus même aucune application. Les célibataires ne vieillissaient plus, ils éludaient la loi en se faisant tuer sous quelque drapeau de guerre fratricide. Qu'importait aux jeunes Romains que Sylla leur fît présent de la bibliothèque d'Appellicon d'Athènes ? Est-ce que la main qui tient toujours une épée nue peut ouvrir un livre ? Des émeutiers permanents ne seront jamais des lecteurs studieux. La turbulence intestine, victorieuse de Rome, imposait silence aux maîtres des élégances, des belles manières et des formes du langage attique; entre deux batailles civiles, on allait s'instruire et se polir un moment sur les bancs des histrions nomades, des athlètes thaumatopes, des gladiateurs de carrefours, et des belluaires africains.

La même rudesse existait dans la langue latine; le souffle athénien ne l'avait pas encore purifiée des barbarismes sonores et des proxilités redontantes d'Ennius et de Pacuvius, son neveu. Les éternelles guerres civiles ne donnaient jamais assez de loisirs aux jeunes patriciens pour s'embarquer, aux môles de Brindes et d'Anxur, sur les navires venus du Pirée. L'armée de Mummius n'avait rien rapporté de l'harmonieuse Corinthe, elle avait même laissé à cette ville ses *dieux irrités*. La Sicile, où chanta Théocrite, où les échos du théâtre de Taorminium redisaient encore les plaintes des Océanides de Prométhée; où les bergers de Syracuse racontaient aux pêcheurs d'Agrigente les idylles du maître harmonieux, la Sicile était regardée comme un grenier d'abondance destiné à nourrir les laboureurs romains qui avaient changé le soc de la charrue contre l'épée de la sédition, Aussi, dans le Champ-de-Mars, au Forum, aux curies, aux comices, devant le *Tabularium* du mur Capitolin, on hurlait un dialecte guttural, formé de toutes syllabes barbares recueillies dans les éternelles séditions chez les Parthes, les Scythes et les Pannoniens. La guerre civile, d'ailleurs, n'est pas exigeante à l'endroit des formes du langage; l'idiome le plus grossier convient toujours à la bouche de celui qui cherche son frère pour l'égorger. Caïn n'avait pas une mélodie sur la lèvre, quand il créa la guerre civile dans un désert.

A l'aurore du siècle d'Auguste, un avocat de génie, Marcus Tullius Ciceron, fit beaucoup plus que les historiens romains ses devanciers pour donner au peuple le goût du beau langage, des formes polies et des désinences euphoniques : Cicéron avait un avantage

énorme sur les écrivains pour opérer ce résultat salutaire ; il parlait en public, et sa musique oratoire ravis-
sait un peuple alors artiste à son insu. Cicéron était le
précurseur d'Auguste : il préparait Rome à recevoir la
grande époque qui allait venir ; il déblayait le Forum
des broussailles semées par la guerre civile, et, le premier de tous, il appelait les foudres de Jupiter et les
supplices éternels des lieux profonds sur les mauvais
citoyens. *Tum tu, Jupiter, æternis suppliciis vivos mor-
tuosque mactabis.* Lorsque l'illustre orateur, arrivé de sa
petite maison de l'Aventin, descendait de sa litière
devant le temple de la Concorde, un peuple immen se
accourait pour écouter cette langues des dieux que parlait un homme, et chaque auditeur était un écho vivant
qui apportait aux sept collines des lambeaux mélodieux
de l'oraison de Marcus Tullius. Les défauts mêmes de
cette langue plaisaient à un peuple enthousiaste et con-
templateur de la sobriété oratoire.

Cicéron avait employé quatre synonymes pour annoncer la fuite de Catilina : *Abiit, excessit, evasit, erupit.*
César avait donné en trois mots le bulletin d'une
grande victoire : *Veni, vidi, vici.* Le peuple trouvait
que la prolixité de Cicéron était bien supérieure à la
concision de César. Sans doute Marcus Tullius,
homme d'un goût exquis, connaissait très-bien lui-
même le vice brillant de beaucoup de harangue s ; il
avait voyagé dans la grande Grèce ; il avait fait un long
séjour, en qualité de questeur, en Sicile, où on lui
devait la découverte du tombeau d'Archimède ; il savait
tout ce que la concision nerveuse et le laconisme pitto-
esque donnent de prix aux œuvres parlées ou écrites ;

il connaissait le sage conseil qui invite à la brièveté lacédémonième, *breviter tibi more Laconum;* mais les exigences des clients et les applaudissements publics lui conseillaient bien plus fort la période infinie, l'arabesque de la phrase, la redondance stérile, le *congeries verborum* chéri des plaideurs; et chez lui le calcul intéressé de l'avocat diminuait trop souvent la gloire de l'orateur. Avec ce dédain systématique de la sobriété, il s'éleva un jour, ou, pour mieux dire, il descendit à l'exorde de l'oraison *pro Marcello,* tour de force inouï dans les annales du barreau de Rome, et le peuple écouta, comme il aurait écouté la gamme d'un citharède, cette merveilleuse période du *Diuturni silentii,* qui, débutant par un génitif, amoncelle les phrases incidentes, fait onduler ses draperies, tourbillonne dans un labyrinthe de syllabes sonores, et pose audacieusement à la fin son verbe et son nominatif. Ce luxe trop souvent pauvre appelait une réaction salutaire. Les jours allaient venir où Virgile devait mettre tout un volume de philosophie en elixir, avec son quadruple *Sic vos non vobis;* où Tacite devait peindre en quelques mots, *disjecta aut agglomérata,* l'immense tableau de désolation du champ de massacre d'Arminius.

Il fallait que cette grande voix cicéronienne passât sur le Forum et obéît à l'inspiration d'en haut, qui lui criait, comme à l'Apôtre : *Préparez le chemin du Maître (Parate viam domini!)* Auguste paraît à l'*atrium* du Palatin, et décrète la latinité de son siècle, la langue du siècle d'or, celle que les prêtres de Janus n'entendirent jamais dans leur temple ouvert. Au signal du maître, les lyres résonnent, Rome écoute, les glaives tombent, les haines s'éteignent, le passé se couvre d'un voile, l'avenir s'illumine de rayons... Des poëtes, la veille inconnus, chantaient les épithalames des jeunes vierges, la veillée des fêtes de Vénus, l'hymne séculaire de Rome, les amours de Lycoris, de Galathée ou de Lesbie, et les joies des futurs hyménées que les mères ne redoutaient plus. A ces chants, venus des hauts sommets du Janicule, ou des collines de Tibur, ou des treilles vertes voisines des jardins de Salluste, les portes des gynécées s'ouvrirent, et toutes les femmes romaines, se délivrant d'un long deuil, *longo luctu demisso*, descendirent au Champ-de-Mars, au Forum et aux promenades transtévérines pour accomplir aussi leur mission civilisatrice et faire disparaître les derniers vestiges de la rudesse des mauvais jours. Il y avait une loi, tombée alors en désuétude et non abrogée, celle dont parle Valère-Maxime, et qui ordonne aux hommes de céder aux femmes le sentier pavé de la rue, *ut féminis semita viri cederunt;* on ne trouva pas nécessaire de remettre en lumière cette loi, tant elle fut prompte la rénovation des mœurs urbaines, grâce aux bons exemples donnés par l'empereur ! L'homme ayant été rendu à sa dignité, rendit, à son tour, la dignité à la femme. On reconstitua ainsi la famille, et sur la terre de la sédition et de l'émeute on créa une société.

Il est hors de doute que l'harmonieuse douceur de cette langue, soudainement popularisée, contribua beaucoup à l'assainissement des mœurs et créa, sous le beau ciel de Rome, un autre climat de mélodie, délices de l'oreille et du cœur. Encore de nos jours on peut se faire une idée juste de l'influence d'une langue musicale sur les mœurs, lorsqu'on traverse la ville de Sienne par un beau soir d'été. Toutes les portes et les fenêtres basses sont ouvertes à la fraîcheur du dehors; sur la *Piazza del Campo*, les groupes se forment et parlent; les femmes vont réciter le dernier *Angelus* devant la façade du Dôme. Cette ville charmante, assise sur un plateau des Apennins et qui ne connaît aucun des bruits du commerce et de l'industrie, ne laisse pas perdre une de ses paroles à l'oreille du voyageur. Cette conversation de Sienne est le plus délicieux concert du monde; la plus belle musique le diminuerait; on croirait entendre partout des cascades de gouttes d'or tombant sur des lames d'ivoires, dans un diapason toujours mélodieux; car jamais une de ces malheureuses syllabes de mâchefer, si communes dans les langues du Nord, ne vient ternir cette éclatante sérénité des désinences italiennes qui ravissent la cité cénobite des Apennins. Eh bien, jamais, de mémoire de centenaire, un crime n'a été commis à Sienne, parce que sa langue est restée comme l'écho le plus pur des mélodies du siècle d'Auguste et des portiques du Palatin. Chose remarquable? lorsque Pise et Florence, ennuyées de leur bonheur, tentèrent des guerres de fratricides et rougirent de sang les beaux jardins de Ponto-d'Era et d'Empoli, Dante se précipita, l'olivier à la main, entre les deux armées, et fit remettre les glaives dans le fourreau en leur parlant de la sagesse des Siennois dans cette langue qui tombait, ce jour-là, des lèvres de ce poëte comme la divine rosée de la conciliation,

Quand, sous Auguste, le peuple se formait ainsi aux belles manières et aux esquises élégances, il voyait naître autour de lui des merveilles dignes de sa langue; il comprenait aussi que cette prodigalité de colonnes, de statues, de temples, de basiliques, était un hommage impérial rendu à sa dignité, lorsque d'ignobles et obscurs carrefours, privés d'air et de lumière, s'écroulaient sous le marteau, et qu'à leur place s'élevaient, comme par magie, des habitations neuves, largement exposées au soleil, le peuple comprenait encore qu'une pensée intelligente prenait souci de lui, et que ses anciens tribuns prenaient souci de leur ambition. Un nouveau décret impérial affiché, un matin, au mur du *Tabularium*, acheva de révéler au peuple tout ce qu'il avait à gagner dans l'ordre de choses nouveau.

Pour bien comprendre la valeur de ce nouveau décret, il faut se faire une idée exacte de la position que les guerres civiles et les tourmentes politiques avaient faite à ce même peuple romain, toujours caressé, comme instrument d'ambition, la veille des comices, toujours brisé le lendemain, comme un hochet d'enfant.

Une population d'environ trois cent mille âmes, composée surtout de vieillards, de femmes et d'enfants, erraient à travers la ville, les bourgs, les campagnes, les monts, demandant sa nourriture et son lit de chaque jour à cette Cybèle maternelle qui allait devenir bientôt, au premier vagissement du Christ, la Providence des chrétiens. Pour subvenir aux besoins de tant de malheureux, victimes des guerres civiles, l'empereur trouvant insuffisante la loi de l'*annone*, promulguée par le tribun Caïus Sempronius Gracchus, accorda à chaque pauvre une large ration de froment. La loi *Sempronia* était moins généreuse, car elle exigeait un prix très-modique il est vrai, pour chaque *modius* accordé par le préfet de l'*annone*. Toutefois, l'empereur ne voulait pas donner ainsi à l'oisiveté une prime perpétuelle d'encouragement; il venait en aide aux souffrances abattues; il relevait le moral du peuple, et lui rendait la *force* avant de le convier au travail.

Ce nouveau décret, par lequel Auguste s'investissait lui-même des attributions du préfet de l'*annone*, lui imposait des devoirs plus sérieux, des devoirs providentiels. L'empereur sut les remplir. Tant de pauvres familles demandaient à vivre de l'*annone*, qu'une famine paraissait inévitable dans un très-proche avenir. Tous les matins, à la grande audience nommée *Salutation de César (salutatio Cæsaris)*, l'empereur écoutait des rapports alarmants : on lui disait que des navires chargés de blé avaient péri dans la mer Tyrrhénienne ou dans le golfe de Ligurie, ou dans l'orageuse Adriatique, parce que les ports maritimes étaient insuffisants ou d'un abri peu sûr. Les proconsuls des guerres civiles n'avaient point songé à creuser ou à restaurer des ports : ils ne s'occupaient que d'élections. Le peuple vint applaudir au *Tabularium* des nouveaux décrets impériaux qui attestaient la sollicitude constante d'Auguste pour l'intérêt des pauvres. Ce que les guerres civiles ne pouvaient faire, la volonté d'un seul l'accomplit. Les navires arrivèrent bientôt sur le double littoral de la péninsule, apportant les blés de la Chersonèse-Tauride, de la Béotie, de la Sardaigne, de l'Espagne et des îles Baléares. C'était peu encore : l'empereur voulut rendre aussi l'Égypte tributaire de l'*annone* : il envoya donc à cette immense province, conquise et négligée depuis Actium, un pro-

consul, avec le titre de *préfet augustal*. Ce magistrat fut
chargé de restaurer les canaux du Nil, afin de rendre à
ce fleuve toute sa liberté d'irrigation, et à l'Égypte sa
fécondité première. Rien ne peut donner une idée de la
joie que le peuple romain fit éclater lorsqu'il vit arriver
dans le port creusé devant le mont Aventin les navires
égyptiens, reconnaissables à la voile dite *suparum*, qu'ils
avaient seuls le droit de porter à la cime de leur mât. A
dater de ce jour, l'Égypte seule contentait, pour quatre
mois, tous les ans, les exigences affamées des indigents
du portique de Minucius, où était le bureau de bienfai-
sance romain.

Malgré toutes ces preuves de sollicitude révélées aux
classes pauvres, les classes riches donnèrent à l'empereur des témoignages éclatants de leur reconnaissance ;
il y eut de très-rares exceptions prises parmi les usu-
riers, ceux qu'Horace appelle des *tourmenteurs d'argent*,
(*qui vexant pecuniam*). Auguste avait dans sa tête toutes
les affaires de l'univers connu, et il ne daigna pas remarquer ces dissidents jaloux. Incontestablement ce fut
la haute aristocratie de la richesse qui éleva dans les
basiliques, les temples et les thermes, plus de quatre-
vingts statues d'argent à l'empereur, statues soit éques-
tres, soit curules, soit quadriges ; ces dernières surtout
devaient avoir une immense valeur, car elles étaient
conformes à ces nombreux modèles de marbre que nous
voyons encore aujourd'hui dans la salle des quadriges,
au musée du Vatican. Auguste ne manqua pas de saisir
cette occasion pour donner aux Romains une nouvelle
preuve de son exquis bon sens : il laissa inaugurer les
statues impériales, et ensuite il les fit fondre ; leur pro-

duit fut employé à construire le temple de Jupiter-Pa-
latin; et pour dédommager noblement les citoyens qui
avaient payé ces statues, il fit graver dans le vestibule
tous leurs noms sur des tables de marbre en lettres d'or.
C'est un trait d'esprit monumental qui donne une juste
idée du caractère d'Auguste et met le dernier sceau à la
gloire de ce siècle et de son immortel créateur.

FIN

TABLE

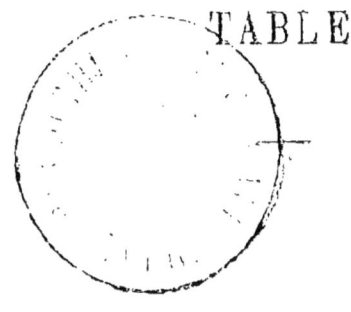

BEAUGENCY. — IMP. F. RENOU.

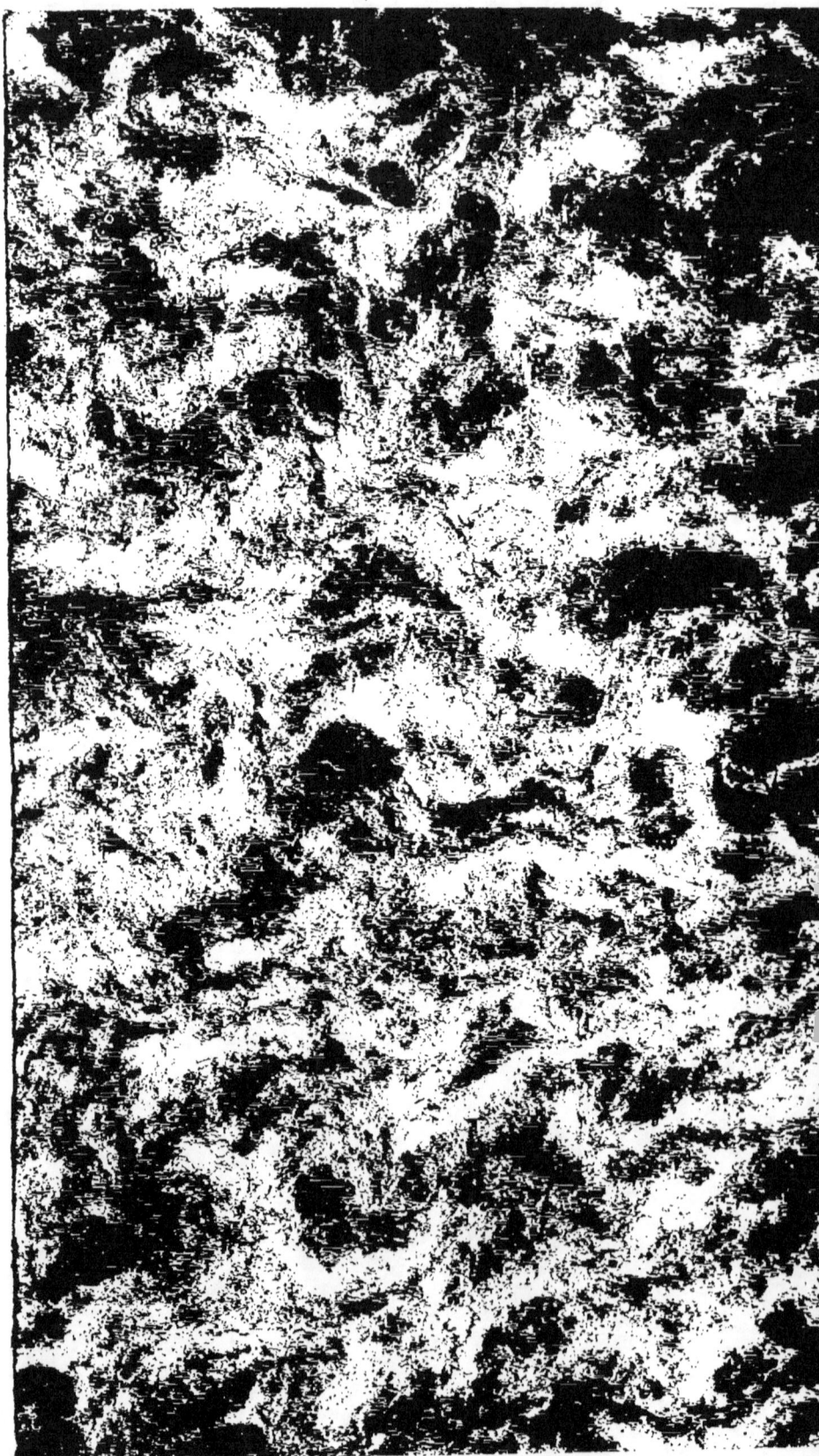

www.ingramcontent.com/pod-product-compliance
Lightning Source LLC
Chambersburg PA
CBHW072205030726
47501CB00015B/725